KB050496

 10

초판 1쇄 인쇄일 2019년 9월 4일 | **초판 1쇄 발행일** 2019년 9월 9일

지은이 조휘 | **펴낸이** 곽동현 | **담당편집 팀장** 이범수
편집부 정요한 홍현주

펴낸곳 (주)조은세상 | 출판등록 제2002-23호
주소 경기도 연천군 미산면 청정로1355
TEL 02)587-2966 | FAX 02)587-2922
E-mail bukdu@comics21c.co.kr

조휘ⓒ2019
ISBN 979-11-6432-422-4 | ISBN 979-1-89785-63-5(set)
값 8,000원

독재자

조휘 대체역사장편소설

ALTERNATIVE HISTORY FICTION

10

북두
(주)조은세상

조휘 대체 역사 장편소설

NEO ALTERNATIVE HISTORY FICTION

CONTENTS

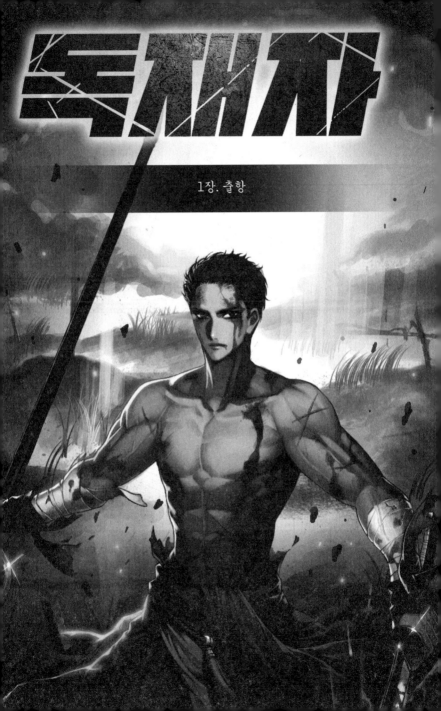

독재자

1장. 출항

우리 속담에 울고 싶은데 뺨 때려 준다는 말이 있다.

이준성의 지금 심정이 딱 그러했다.

이준성은 원래 내년 봄에 해양 원정을 떠날 생각이었지만 마땅한 명분이 없어 고민하던 차였다. 물론 원정을 떠나는 데 있어 명분이 꼭 필요한 것은 아니지만, 없는 것보다는 나았다.

한데 때마침 에스파냐인이 대만 타이중에 있는 한국의 해군 기지를 공격해 그가 원정을 떠날 명분을 만들어 주는 일이 발생했다.

지금으로부터 10여 년 전, 해적이 남긴 보물을 찾던 이준

9

성은 대만 타이중에 흩어져 사는 야생부족인 타이호족을 처음 만났다. 당시 타이호족을 이끄는 족장은 타이가란 사내였는데, 이준성 일행을 침입자라 여겼는지 그는 몰래 습격을 해 왔다.

다행히 곧 오해가 풀려 이준성은 타이호족의 족장 타이가와 한 가지 협정을 맺을 수 있었다. 협정의 내용은 간단했다.

한국이 타이호족 영토에 속한 타이중 해안에 조차지를 얻는 조건으로 타이호족에 무기와 화약 등을 양도하는 협정이었다.

타이호족은 몇 년 후, 한국 정부가 양도한 무기, 화약 등으로 대만에 있던 여러 야생부족을 정복해 대만 전체를 통일했다. 그리고 통일한 대만에 타이호 왕국을 세웠으며, 왕국의 초대 국왕에는 당연히 족장이었던 타이가가 즉위했다.

이후, 한국타이호 양국은 더욱 긴밀하게 협력했다. 한국 정부는 쓸 만한 문자가 없는 타이호 왕국에 한글을 전수했다.

그리고 농사짓는 법과 튼튼한 배를 만드는 법, 철을 제련하는 법, 옷감을 만드는 법 등 문명국에 필요한 기초 지식을 가르쳐 주었다. 타이호 왕국은 그 대가로 한국이 할양받은 타이중 조차지를 절대 침범하지 않았다. 또, 타이호 왕국이 생산한 농산물과 옷감 등을 한국 정부에 싼값에 공급했다.

한국이 전형적인 농경 국가에서 상업 국가, 나아가 산업 국가로 서서히 변신을 꾀하는 동안, 농산물이나 옷감과 같은 기초 생필품의 수요가 급격히 늘어났다. 그러나 아직 시스템이 안정적이지 못하던 한국은 이러한 수요에 제대로 대응하지 못해 물가가 크게 올랐다. 하지만 중국과 일본, 대만 등에서 무기 등을 팔아 수입한 농산물, 옷감 덕에 물가를 잡을 수 있었다.

다만, 중국은 여진족의 침입, 일본은 시마즈 가문과 도쿠가와 가문 사이에 벌어진 내전 때문에 공급량이 일정하지 못했다.

한데 타이호족은 불과 2년 만에 대만 전체를 통일했기 때문에 중국, 일본보단 훨씬 안정적으로 공급할 수 있었다. 그 덕에 한국은 큰 혼란 없이 시스템을 안정화하는 데 성공했다.

타이호 왕국은 한국이 필요한 식량과 옷감을 자체 생산함에 따라 판로의 다양화를 꾀했다. 그렇게 해서 만들어진 새로운 판로 중 하나가 지리적으로 가까운 필리핀 루손 섬이었다.

당시 필리핀은 에스파냐인의 지배를 받던 중이었다. 한데 타이호 왕국에서 값싼 곡물과 직물이 대거 들어옴에 따라 필리핀 경제를 좌지우지하던 에스파냐 상인이 손해를 입었다.

결국, 견디다 못한 에스파냐 상인 연합은 그들이 운영하던 갈레온 함대를 앞세워 타이호 왕국의 수도가 있는 타이중으로 쳐들어갔다. 그러나 갈레온 함대 앞을 막아선 것은 타이호 왕국의 해군이 아니라, 한국 해군이 이끄는 무장상선이었다.

필리핀 에스파냐 갈레온 함대와 한국 해군의 무장상선 10여 척은 두 차례 해전을 벌였지만 두 번 모두 한국 해군이 압승을 거두었다. 그러나 에스파냐인들은 포기하지 않았다.

해전에선 한국 해군을 이길 수 없단 사실을 깨달은 그들은 다른 해안을 이용해 대만에 상륙한 다음, 육지 쪽에서 조차지에 있는 한국 해군 기지를 공격해 들어갔다. 기지를 지키던 해병대와 해군이 분전했지만, 에스파냐가 투입한 병력이 많아 결국 수십 명이 넘는 장병과 공무원이 순직했다.

이 소식에 크게 분노한 이준성은 당장 국무회의를 소집해 내년 봄에 떠나기로 한 해양 원정을 3월로 앞당기란 명령을 내렸다. 이준성의 기세가 심상치 않은 모습을 본 국무위원들은 당겨진 일정에 맞추기 위해 밤낮을 잊어 가며 일했다.

그로부터 넉 달이 지났을 때였다. 가족과 작별의 시간을 가진 이준성은 경인 고속도로를 이용해 제물포 항구로 이동했다.

준비는 보름 전에 끝난 상태라 이젠 길일을 골라 출발만 하면 되었다. 말을 타고 경인 고속도로를 달리던 이준성은 마지막으로 보았던 령이의 모습이 눈에 밟혀 마음이 아팠다.

다른 가족들은 이런 이별에 익숙한 편이지만, 령이는 태어나 처음 겪는 이별이었다. 령이가 태어났을 땐 그가 대궐에 있지 않았기 때문에 이별이라 부를 만한 상황 자체가 없었다.

그러나 이번엔 달랐다. 거의 2년이 넘는 시간 동안 같이 살며 돈독한 부녀의 정을 쌓아 왔기 때문인지, 남자아이처럼 씩씩하던 령이가 그가 떠나는 날 바짓가랑이를 붙잡고 늘어지며 통곡했다.

령이는 그와 무빈, 중전, 세자 등이 한참을 달랜 후에야 잡고 있던 바짓가랑이를 놓아주었다. 그러나 령이는 아버지와 헤어지는 게 끝내 싫었던지 그가 말을 타고 근정전을 나서기 직전까지 몰래 뒤를 쫓다가 세자에게 붙잡혀 돌아갔다.

세자가 울고 있는 어린 여동생을 달래며 그에게 말했다.

"아바마마, 어서 가시옵소서! 령이는 소자가 잘 달래 놓을 테니 걱정하실 필요 전혀 없사옵니다! 소자는 그저 아바마마께서 몸 건강히 무사히 돌아오시기만을 바랄 뿐이옵니다!"

"그래, 부탁하마."

한숨을 쉬며 고개를 돌린 이준성은 적랑을 몰아 바람처럼 경복궁 근정문을 통과했다. 그처럼 철석간장을 지닌 사내라도 어린 딸의 눈물 앞에서는 한없이 약해질 수밖에 없었다.

이준성은 피가 맺힐 정도로 입술을 힘껏 깨물어 가족 생각을 떨쳐 버리려 애썼다. 지금부턴 해양 원정에 정신을 집중해야 했다. 그렇지 않으면 원정이 대재앙으로 끝날 수 있었다.

이번 해양 원정은 규모가 엄청났다. 일단 동원하는 전함만 해성 12척, 해궁 27척, 해신 39척이었다. 또한 전함에 탑승하는 승조원은 5,000여 명이었고 해병은 거의 1만여 명이었다.

즉, 80여 척의 전함에 원정을 떠나는 병력이 1만 5천이었다. 10만을 동원하는 육로 원정에 비하면 별거 아닐 것처럼 보일지 모르지만, 해군의 60퍼센트에 달하는 엄청난 규모였다.

한데 그런 해양 원정이 실패로 돌아가면 엄청난 물적, 인적 손실이 아닐 수 없었다. 아마 원정이 실패로 돌아간다면, 그 정도의 해군 전력을 다시 갖추기 위해 최소 5년은 소요될 것이다.

더욱이 해양 원정 중에 이준성이 죽거나 크게 다치면 어떤 일이 생길지 그 누구도 장담할 수 없었다. 막말로 한국이 갑자기 망하고 다시 조선이 들어서지 말란 법이 없는 것이다.

이준성은 적과의 전투에서는 죽지 않을 자신이 있었다. 그러나 인간이 통제하지 못하는 자연재해 앞에서는 그 역시 힘없는 인간일 뿐이었다. 물론 다른 사람에 비해 생존 가능성이 큰 것은 사실이지만, 수십 미터에 달하는 해일이 함대를 덮친다면 그 역시 생존을 장담할 수 없긴 마찬가지였다.

며칠 후, 제물포에 도착한 이준성은 함대 지휘를 맡은 이순신 장군을 만나 함대를 사열한 다음, 길일을 골라 출발했다.

기함에 탑승한 이준성은 함교 위 전망대에 올라가 주변 바다를 둘러보았다. 작은 섬을 연상시키듯 거대한 전함 수십 척이 그가 탄 기함을 에워싼 상태에서 남서쪽으로 이동했다.

그가 탄 함대를 멀리서 보면 작은 섬이 모여 하나의 큰 섬을 이룬 것처럼 보일 것이다. 그만큼 원정을 떠나는 한국 대양 함대의 규모가 엄청났다. 그렇다고 단순히 규모만 큰 것 또한 아니었다. 각 전함의 화력은 동급 전함의 몇 배에 해당해 섬이라기보다는 요새포를 장착한 해상 요새에 더 가까웠다.

이준성은 기함을 둘러싼 수십 척의 전함을 보며 전율이 이는 것을 느꼈다. 이는 그가 20년 동안 피땀 흘려 이룩해 낸 성과였다. 그리고 이제는 그 성과의 과실을 수확할 차례였다.

노을이 질 때까지 전망대를 떠나지 않던 그는 저녁 식사 준비가 끝났다는 은계란의 말을 듣고서야 함교 밑으로 내려왔다.

그가 탑승한 기함인 해성 1호 장보고함의 함교는 대여섯 개의 층으로 나뉘어 있었는데, 그는 그중 한 층을 통째로 사용 중이었다. 그가 쓰는 층은 궐을 작게 축소한 것과 같았다.

층 안에 집무실과 침실, 귀빈실, 비서실, 경호실, 당직실, 회의실, 식당, 주방, 의무실 등 있어야 할 것은 거의 다 있었다.

그는 식당 의자에 앉으며 은계란에게 명령했다.

"이순신 장군에게 가서 내가 같이 식사하잔다고 전하게."

"알겠사옵니다."

은게란은 즉시 함교 5층을 통째로 쓰는 조타실로 뛰어 올라가 부하들과 함께 주변 해역의 지도를 점검하던 이순신 장군에게 이준성이 같이 식사하자고 청했던 사실을 전달했다.

잠시 후, 이준성은 식당에 도착한 이순신 장군과 식사하며 앞으로의 일정을 상의했다. 그러나 사실 상의보다는 점검에 가까웠다. 이미 계획이 어느 정도 세워져 있기 때문이었다.

항해 중간에 비바람이 몰아치는 폭풍을 한 번 만나긴 했지만 큰 피해 없이 돌파하는 데 성공한 함대는 첫 번째 목적지인 대만 타이호 왕국의 타이중 항구에 도착해 닻을 내렸다.

타이중 항구에는 그가 온단 소식을 접한 타이호 왕국 국왕 타이가가 신하들과 함께 직접 마중을 나와 있었다. 그리고 그 옆에는 에스파냐인의 공격에서 간신히 살아남은 대사관 직원과 상관 직원, 그리고 해군 장병 수십 명이 도열해 있었다.

타이가는 한국이 동원한 엄청난 규모의 함대에 놀랐는지 벌어진 입을 다물지 못했다. 놀란 건 타이가뿐만 아니었다. 같이 나와 있던 타이호 왕국의 신하들 또한 놀란 표정이긴 마찬가지였다. 심지어 항구에 나와 있던 한국인들 역시 본국이 동원한 함대 규모에 놀라 거의 넋이 나간 모습이었다.

타이중 항구가 그렇게 크지 않은 관계로 함대는 몇 척씩 번갈아 정박해 항해에 지친 해병과 승조원을 육지에 내려 주었다.

부두에 내린 이준성은 바로 타이가 왕을 찾아 인사를 나누었다.

타이가 왕은 그동안 한국말을 배웠는지 우리말로 인사를 해 왔다.

"여기까지 오느라 고생이 많았습니다."

이준성은 타이가 왕의 손을 잡으며 미소를 지었다.

"국왕께서 직접 나와 환대해 주시니 이것보다 큰 영광은 없을 겁니다. 그동안, 현지 대사관 직원을 통해 타이호 왕국이 우리 한국을 위해 여러 가지 배려를 해 주셨다는 말을 들었습니다. 한국인을 대표해서 감사하다는 말씀을 드리겠습니다."

통역을 들은 타이가 왕이 침통한 표정으로 대꾸했다.

"별말씀을 다 하십니다. 오히려 타이호 왕국이 많은 도움을 받았지요. 심지어 한국 해군이 저희를 위해 나섰다가 에스파냐에 큰 손해까지 보았으니 그저 송구스러울 따름입니다."

말을 마친 타이가 왕이 항구 옆쪽을 가리켰다.

이준성은 고개를 돌려 타이가 왕이 가리킨 방향을 보았다. 그곳에는 항구를 보호하는 성벽이 길게 뻗어 있었는데, 군데 군데 불에 그을린 흔적이 남아 있었다. 에스파냐의 공격에서 살아남은 한국인들이 타이호 왕국의 지원을 받아 급히 재건하기는 했지만, 적에게 당한 상흔까지 지우진 못한 듯했다.

이준성은 서늘한 눈빛으로 대답했다.

"놈들은 우리 한국을 건드린 대가를 톡톡히 치러야 할 겁니다."

타이가 왕은 이준성의 싸늘한 말에 잠깐 움찔했지만, 일국의 국왕답게 재빨리 표정을 푼 다음 그를 왕궁으로 초대했다.

타이가 왕은 이준성 일행을 마차에 태워 타이호 왕궁으로 데려갔다. 타이호 왕궁은 항구에서 그리 멀지 않은 곳에 있어 그날 저녁에는 타이가 왕이 주최한 연회에 참석할 수 있었다.

다음 날 오전에는 한타이호 정상회담이 열렸는데, 양국 정상은 앞으로 좀 더 긴밀히 협력해 나가자는 협정문에 서명했다.

타이가 왕의 간곡한 요청에 따라 이틀을 더 왕궁에서 머문 이준성은 다시 타이중 항구로 돌아가 직원에게 보고를 받았다.

타이호 왕국이 물심양면으로 도와준 덕분에 공격에 불타거나 무너진 시설을 거의 다 재건한 상태였다. 그러나 죽은 사람은 재건할 수 없어 시설이 제 기능을 못 하는 중이었다.

이준성은 즉시 함대에 태워 온 새 인력을 대사관과 상관, 기지 등에 배치했다. 그리고 대사관 등에 근무하며 온갖 풍파를 겪은 기존 인력은 한국으로 복귀할 예정인 해신에 태웠다.

기존 인력을 태운 해신이 떠나는 날, 이준성은 에스파냐의 공격으로 순직한 장병과 공무원의 유해 송환식을 주관했다.

장병과 공무원의 유해가 담겨 있는 유골함이 해신 귀빈실에 실릴 때마다 이준성은 절도 있게 경례하여 그들의 희생에 경의를 표했다. 이준성 뒤에 늘어서 있던 장병과 공무원들 역시 경례하거나 묵념하며 희생자에게 조의를 표했다.

봉환식이 시종일관 아주 경건하게 진행되었기 때문에 참관하던 타이호 왕국 사람들도 숨죽이며 봉환식을 지켜보았다. 봉환식 마지막엔 예포(禮砲)를 쏴서 끝까지 경의를 표했다.

봉환식이 끝난 후엔 살아남은 기존 인력과 희생자의 유해를 실은 해신이 선수를 돌려 본국으로 돌아갔다. 해신 한 척이 빠지면 전력에 손실이 생기기는 하지만 기존 인력의 가족과 희생자의 유가족을 생각하면 어려운 결정은 아니었다.

타이중에 머물며 그동안 쌓인 여독을 푼 함대는 항구를 나와 필리핀으로 곧장 항해했다. 필리핀 중 타이호 왕국과 가장 가까운 곳은 북부 해안에 자리 잡은 루손 섬으로, 둘의 거리는 500킬로미터 정도에 불과했다.

그러나 이준성은 거리가 좀 더 먼 마닐라로 직행할 생각이었다. 이번 전투의 목적은 필리핀에 있는 에스파냐인을 쫓아내는 데 있지, 필리핀을 정복해 점령하는 데 있는 것이 아니었다.

필리핀은 동남아시아의 입구에 있어 위치가 절묘하긴 하지만, 그리 매력적인 땅은 아니었다. 일단 자원이 그리 풍부하지 않았다. 그리고 에스파냐의 영향으로 마닐라 쪽은 가톨릭이 많지만, 남쪽에는 에스파냐인에게 쫓겨 도망친 이슬람교도가 살았다. 종교적으로 복잡하단 뜻이었다. 심지어 그 복잡함이 21세기에 들어서도 필리핀의 발목을 잡았다.

이준성은 그런 이유로 에스파냐인이 많이 사는 마닐라만 공격하기로 마음먹었다. 이준성은 적당한 시점에 함대를 둘로 나눴는데, 이순신 장군이 지휘하는 공격 함대는 루손 섬 왼쪽을 우회해 마닐라 항구 입구를 봉쇄하도록 하였다. 그리고 그가 직접 이끄는 상륙 함대는 루손 섬 오른쪽을 돌아 마닐라의 후방을 칠 수 있는 동북쪽 해안으로 빠르게 나아갔다.

마닐라 뒤쪽으로 항해하던 중에 마닐라와 멕시코를 오가는 갈레온 선단을 하나 마주쳤지만, 상륙 함대에 실려 있던 강력한 함포로 선공해 상대에게 도망칠 기회를 아예 주지 않았다.

다행히 그 뒤엔 에스파냐 상선이나 전함과 마주치는 일이 없어 목적지인 마닐라 동북쪽 해안에 도착하는 데 성공했다.

이준성은 즉시 홍염해병군단에 상륙을 명령했다. 곧 붉은 명찰을 단 해병 수천 명이 해안을 향해 벌떼처럼 진격했다.

이준성은 상륙 함대 기함의 전망대에 서서 홍염해병군단이 마닐라 동북쪽 해안에 상륙하는 장관을 유심히 지켜보았다.

해병이 상륙 중인 해안은 마닐라와 가까워 전략적 요충지에 해당했다. 하지만 해안을 수비하는 에스파냐 측 수비병은 그리 많지 않았는데 그나마 있는 병력조차 해병을 실은 상륙정이 해안으로 돌진하는 모습을 보기 무섭게 도망쳐 피 한 방울 흘리지 않은 상태에서 무혈입성하는 데 성공했다.

얼마 후, 해안에 붙어 있는 어느 해안 절벽 위에 3, 4미터 크기의 대형 깃발이 올라오는 모습이 보였다. 하얀 광목천 위에 붉은 불꽃을 형상화해 제작한 홍염해병군단의 군단기였다.

"해병이 해안을 점령한 모양이군."

그 모습을 본 이준성은 흡족한 표정을 숨기지 못했다. 상륙 작전이 진행되기 직전, 그는 홍염해병군단장 송대립에게 해안을 점령하면 군단기를 세워 신호를 보내란 명령을 내려 두었는데, 송대립이 그 명을 충실히 수행한 것이었다.

군단기를 본 이준성은 직접 후속 부대를 이끌고 해안에 상륙해 상륙 지점의 경계를 강화했다. 상륙 작전이 성공하려면 두 가지가 필요했다. 첫 번째는 당연히 상륙에 성공하는 것이고,

두 번째는 상륙 부대가 전략 목표를 달성하기 전까지 상륙 지점을 지켜 내는 것이었다. 상륙에는 성공하더라도 상륙 지점을 빼앗기면 작전은 실패로 돌아갈 수밖에 없었다.

해안에 상륙한 이준성은 송대립을 불러 정충신이 지휘하는 해병 1여단, 강홍립이 지휘하는 해병 2여단을 마닐라로 진격시켜 시가지를 점령하란 명령을 내렸다. 또, 슈메가 지휘하는 해병 3여단에게는 상륙 지점을 지키란 명령을 내렸다.

병력 배치를 완료한 이준성은 해병 1여단과 동행하며 마닐라로 이동했다. 냉정한 성격을 지닌 해병 1여단장 정충신은 적을 얕보는 실수를 범하지 않았다. 그는 1여단에 있는 10개 중대를 부채꼴 모양으로 배치해 좌우 측면을 강화했다.

또, 여단이 이동하는 방향 앞엔 항상 1여단의 특수 수색 중대를 배치해 적에게 예상치 못한 기습을 받는 일이 없게 했다.

해안에서 도망친 경계병을 통해 한국군이 루손 섬에 상륙했단 비보를 접한 마닐라 총독은 소규모 부대를 계속 내보내 국지전을 유도했다. 턱없이 적은 숫자로 싸움을 거는 총독의 의도는 세 가지 중 하나일 것 같았다. 첫 번째는 한국군의 전력을 알아보기 위한 위력 정찰이었다. 그리고 두 번째는 병력을 집결시킬 시간이 부족해 시간을 끌려는 수작일 수 있었다. 마지막 세 번째는 의미가 불분명한 경우였다.

그러나 마닐라 총독의 의도가 무엇이었든 간에 성과를 내는 데는 실패했다. 그들은 1여단 특수 수색대가 펼친 매복 작전에 걸려 1여단의 정확한 규모조차 제대로 파악하지 못했다.

1여단은 불나방처럼 달려드는 소규모 부대를 박살 내며 마닐라로 순조롭게 진격했다. 그야말로 파죽지세가 따로 없었다.

한데 마닐라를 30킬로쯤 남겨 뒀을 때, 전방을 정찰하던 특수 수색 중대의 중대장이 전령을 보내 적이 나타났음을 보고했다.

정충신은 바로 전령을 소환해 물었다.

"전방에 나타났다는 적의 숫자는 확인했느냐?"

"예, 장군. 갑옷과 조총으로 무장한 에스파냐인 병력 200명에 루손 섬 주민으로 보이는 현지 병사 1,000명이었습니다."

정충신은 미간을 살짝 좁히며 물었다.

"무기는 어떻더냐?"

"에스파냐인 병력 대부분은 머스킷으로 무장한 상태였습니다. 다만, 머스킷 대부분이 20년쯤 전에 한국군이 쓰던 조총 수준을 벗어나지 못한 상태였습니다. 그리고 현지 주민으로 보이는 병사들은 상황이 더 열악해 갑옷을 입은 병사가 손에 꼽을 정도로 적은 데다 수중에 소지한 무기라고는 조악한 형태의 정글도와 창, 도끼, 활 등이 대부분이었습니다."

전령은 상대를 얕보는 듯한 뉘앙스로 보고를 이어 갔다. 사실 이 정도 전력 차이에서는 상대의 전력을 묻고 답하는 이런 절차가 요식 행위처럼 느껴질 수 있었다. 그냥 휘하 중대장에게 적을 공격하라 명하면 쉽게 끝낼 수 있는 전투였다.

그러나 냉정한 성격을 지닌 정충신은 신중한 태도를 고수했다.

"병력 배치는 어떻게 했더냐?"

"에스파냐인 200명이 현지 주민으로 이뤄진 병사 1,000명을 방패처럼 앞세운 상태에서 본대 쪽으로 이동 중이었습니다."

전령을 돌려보낸 정충신은 1, 2, 3중대를 좌측으로, 9, 10, 11중대를 우측으로 보내 알파벳 U자 형태의 진형을 갖췄다.

잠시 후, 특수 수색대가 발견한 적이 야트막한 언덕에 나타났다. 전령이 말한 대로 앞에는 현지 주민으로 이루어진 병사들이 방패처럼 서 있었고 그 뒤에 에스파냐인 병력이 있었다.

적의 진형을 확인한 정충신은 차분한 목소리로 명령을 내렸다.

"전 중대에 작전을 시작하란 명령을 내려라."

정충신의 명령이 떨어지는 순간, 적과 대치 중이던 5, 6, 7, 8중대 병사들이 함성을 지르며 언덕 위로 맹렬히 돌진했다.

해병대의 돌진을 목격한 적들 또한 고지를 절대 내줄 수 없다는 듯이 마주 함성을 지르며 언덕을 내려왔기 때문에 수백 미터이던 양측의 거리가 순식간에 100미터로 좁혀졌다.

적이 뇌섬의 유효사거리 안으로 들어오는 순간, 해병대 장교들이 팔을 들어 올렸다가 내리며 부하들에게 소리쳤다.

"사격하라!"

장교의 명령을 받은 병사들은 즉시 장전해 둔 뇌섬을 들어 올려 적을 조준했다. 그러나 막무가내로 사격하지 않았다.

한국군에 속한 모든 병사는 훈련소에서 기초 사격 훈련을 받았다. 그리고 자대에 배치받은 후에는 중급 사격 훈련을 받았는데, 중급 사격 훈련엔 이동 표적 사격, 이동간 사격, 화망 사격, 전술 사격 등이 기본 커리큘럼으로 들어가 있었다.

그리고 중급 사격 훈련을 우수한 성적으로 통과한 장병은 이른바 CQB라 불리는 근접 전투 사격 훈련을 받는데, 이 훈련을 거쳐야지만 장교나 부사관 등으로 진급할 자격이 주어졌다.

더구나 해병대는 전략적 목표를 달성하기 위해 만들어진 특수 부대이기 때문에 CQB훈련을 통과하지 못하면 군을 나와야 했다. 즉, 해병대는 모든 장병이 샤프 슈터인 셈이었다.

탕탕탕탕탕!

해병대원이 가한 정밀 사격에 맨 앞에서 달려오던 적 수십 명이 비명을 지르며 나자빠졌다. 그 모습에 놀란 적들이 급히 몸을 돌려 도망치려 했지만, 그마저도 여의치 않았다.

앞의 적은 도망치려 했지만, 뒤의 적은 앞의 상황을 전혀 모르는 탓에 앞사람의 등을 밀며 계속 내려왔기 때문이었다.

그다음 전투는 사실상 전투보다는 학살에 더 가까웠다. 적은 섶을 지고 불에 뛰어드는 나방처럼 속절없이 죽어 나갔다.

현지 주민으로 이뤄진 병사들이 픽픽 쓰러져 나가는 광경을 목격한 에스파냐 병사들은 소스라치게 놀라 뒤로 도망쳤다. 현지 주민이야 죽든 말든 자신들과는 상관없다는 태도였다.

망원경으로 그 모습을 확인한 정충신이 서늘한 표정을 지었다.

"매복 부대에 신호를 보내라!"

"예!"

대답한 통신 장교가 검은 깃발을 흔들어 숨어 있는 중대에 명령을 내렸다. 잠시 후, 언덕 좌, 우측에 숨어 있던 매복 부대가 뛰쳐나가 도망치는 에스파냐인을 화망 속에 가두었다.

탕탕탕탕탕!

언덕 위에서 뇌섬과 연뢰가 뿜어 대는 총성이 한동안 이어지다가 갑자기 뚝 끊겼다. 정충신은 망원경으로 언덕 위를 훑었다. 곧 언덕 정상에 하얀색 깃발이 하나 올라왔다.

"매복 부대가 에스파냐인을 모두 제압한 모양이군."

정충신은 본부중대의 호위를 받으며 언덕으로 올라갔다.

예상대로 에스파냐인 대부분이 피를 흘리며 바닥에 누워 있었다.

그리고 현지 주민으로 이루어진 병사들은 바닥에 엎드린 상태에서 해병대원에게 철저한 몸수색을 받는 중이었다. 몸수색이 끝난 병사는 등 뒤로 수갑이 채워져 한쪽으로 끌려갔다.

신속 정확한 지휘로 전장을 단숨에 정리한 정충신은 언덕 밑에서 기다리던 이준성에게 이번 전투의 결과를 보고했다.

잠시 후, 언덕으로 올라온 이준성은 공을 세운 정충신과 해병 1여단 장병들을 칭찬했다. 그리곤 예비 부대로 대기하던 강홍립의 해병 2여단에게 마닐라를 점령하란 명령을 내렸다. 지금부터는 고생한 1여단을 대신해 2여단이 나설 차례였다.

명령을 받은 강홍립과 해병 2여단은 즉시 마닐라로 진격했다. 포로를 심문해 본 결과, 에스파냐인 1,000여 명과 현지 주민으로 이뤄진 병사 3,000명이 마닐라를 지키는 중이었다.

그러나 마닐라 외곽에서 벌어진 전초전에서 현지 주민으로 이뤄진 병사 수백 명이 죽고 수백 명이 포로로 잡혔다는 소식이 전해졌는지 겁을 먹은 현지 병력이 뿔뿔이 흩어졌다.

현지 주민으로 이뤄진 병력 대부분은 에스파냐인의 강압에 못 이겨 무기를 들었던 탓에 그리 이상한 일이 아니었다.

결국 마닐라 총독은 어쩔 수 없이 마닐라에 주둔한 에스파냐인 병사만으로 한국군 해병대를 막는다는 결정을 내렸다.

한편, 적이 보낸 소규모 병력을 분쇄하며 마닐라 외곽에 도착한 해병 2여단은 시가전 준비를 마친 후에 시내로 들어섰다.

이에 에스파냐인 병사들은 길 중간에 바리케이드를 쳐서 해병 2여단의 시내 진입을 차단했다. 그리고는 길 양쪽에 늘어서 있는 허름한 건물 안에 들어가 머스킷을 쏘며 저항했다. 시가전으로 이어지는 전형적인 흐름이라 할 수 있었다.

해병 2여단장 강홍립은 1여단장 정충신과 스타일이 달랐다. 냉정한 성격인 정충신이 적의 약점을 날카롭게 찔러 들어가는 지휘관이라면, 강홍립은 완벽주의자 쪽에 더 가까웠다.

즉, 강홍립은 FM대로 행동하는 사람이었다. 지금 역시 마찬가지였다. 그는 그가 배운 시가전 교본에 나와 있는 대로 에스파냐인이 숨어 있는 건물을 차근차근 점령하며 전진했다.

건물을 점령하는 방법은 의외로 간단했다. 건물에 뛰어들기 전에 천뢰 5호를 무지막지하게 던져 넣어 적의 혼을 빼 놓은 다음, 병력을 투입해 숨어 있는 적을 정리하는 식이었다.

한데 적이 격렬하게 저항할 때는 병력을 투입하기 어려웠다. 해서 그럴 땐 시가전 교본에 나와 있는 대로 불을 질러 태워 버리거나 백뢰탄을 쏴서 아예 건물 자체를 무너트렸다.

이러한 방법은 돌발 변수가 적어 병력의 소모가 적다는 뚜렷한 장점이 있었다. 그러나 이 세상에 장점만 있는 방식은 있을 수 없으므로 단점 역시 있을 수밖에 없었는데, 그건 바로 속도가 느리단 점이었다. 하지만 완벽주의자인 강홍립은 이 작전을 끝까지 고수하여 마치 개미 떼가 커다란 벌레를 뜯어 먹듯 마닐라 중심부를 향해 차근차근 전진했다.

강홍립은 결국 적지 않은 시간이 걸리긴 했지만, 에스파냐인의 저항 거점인 성당과 시청, 상관이 모인 중심가까지 진격하는 동안 피해를 거의 입지 않는 완벽한 결과를 도출했다.

중심가에 도착한 강홍립은 주변을 둘러보며 미간을 찌푸렸다. 성당과 시청, 상관은 지금까지 점령한 건물과 다르게 석재로 지어져 있어 불로 태워 버리는 방식이 통하지 않을 것으로 보였다.

그리고 병력을 대거 투입해 숫자로 압도하는 방식 역시 쓰기 어려웠다. 물론 2여단 병력을 전부 갈아 넣으면 점령할 수는 있겠지만, 이런 방식은 강홍립의 스타일 절대 아니었다.

강홍립은 고민 끝에 2여단 박격포중대 중대장을 불렀다.

"백뢰탄은 재고가 얼마나 남아 있는가?"

"200발이 남아 있습니다."

"생각보다 많이 남았군. 남아 있는 백뢰탄 재고를 여기서 다 소모해도 상관없다. 박격포중대는 지금부터 성당과 상관, 시청에 백뢰탄을 쏟아부어 적이 저항을 포기하게 만들어라."

"알겠습니다."

대담한 박격포중대 중대장은 즉시 부대로 돌아가 중심가 옆에 백뢰포 10문을 설치했다. 그리곤 관측 장교가 계산한 결과를 전해 받아 포각을 조정한 다음 백뢰탄을 발사했다.

펑펑펑펑펑!

다소 경망스러운 포성을 내며 솟구친 백뢰탄이 급격한 포물선을 그리다가 마닐라 중심가에 세워진 성당, 시청, 상관의 지붕에 떨어져 폭발했다. 성당과 상관은 지붕을 나무로 만들었기 때문에 백뢰탄이 터지는 순간, 불길이 크게 치솟으며 타올랐다. 아마 몇 차례 더 포격하면 불길에 휩싸인 지붕이 완전히 무너져 내려 성당과 상관 안에 숨어 결사적으로 저항하는 에스파냐인을 쓸어버릴 수 있을 것 같았다.

그러나 시청은 지붕까지 석재로 지어져 있어 끄떡없이 버티는 중이었다. 심지어 지붕의 두께가 상당한지 백뢰탄 10여 발을 명중시켰음에도 좀처럼 무너질 기미가 보이지 않았다.

시청에서 머스킷을 쏘며 저항하는 에스파냐인의 수가 가장 많았기 때문에 빨리 점령하지 못하면 전투가 길어질 듯했다.

그 모습을 지켜보던 이준성은 즉시 강홍립을 불러 명령했다.

"지금 당장 시청 쪽으로 향하는 백뢰탄 포격을 중지시켜라. 지금부터 시청 점령은 맹호특수전여단에게 일임할 것이다."

"알겠사옵니다."

대답한 강홍립은 즉시 박격포중대에 연락해 시청에 쏟아지는 포격을 중단시켰다. 이준성은 그 틈에 한명련이 지휘하는 맹호특수전여단을 불러 시청을 점령하란 명령을 내렸다.

이준성은 이번 해양 원정에 딱 두 부대만 데려왔는데, 한 부대는 지금까지 맹활약을 펼친 홍염해병군단이었다. 그리고 다른 한 부대는 바로 한명련이 지휘하는 맹호특수전여단이었다.

명령을 받은 한명련은 바로 1중대장 남이홍을 찾았다. 남이홍이 이끄는 1중대의 CQB 실력이 가장 뛰어나기 때문이었다.

한명련과 상의해 세부 작전을 수립한 남이홍은 바로 행동에 들어갔다. 곧 해병 2여단 병사들이 적이 모여 있는 시청 정문을 향해 엄호 사격을 가하는 동안, 맹호특수전여단 1중대 대원들이 몸을 숙인 상태에서 시청 뒤쪽으로 은밀히 접근했다. 그리고는 연막탄인 운룡 5호를 대거 터트려 적의 시야를 방해한 상태에서 시청 뒷문 쪽으로 재빨리 질주했다.

그다음은 말 그대로 일사천리였다. 맹호특수전여단은 이런 진압 훈련을 평소에 자주 해 보았기 때문에 손발이 척척 맞았다.

폭파 주특기를 가진 대원이 다이너마이트를 이용해 만든 폭발물을 뒷문에 부착하는 동안, 다른 대원은 사방을 경계했다.

잠시 후, 폭발물을 설치한 대원이 멀찍이 물러서는 순간, 쾅하는 폭음과 함께 두꺼운 문이 경첩째 뜯겨 날아갔다.

그러나 바로 진입하진 않았다. 대원들은 천뢰 5호 10여 개를 뒷문 안으로 투척해 매복해 있을지 모르는 적부터 무력화시킨 상태에서 안으로 뛰어들어 적을 신속히 제압해 나갔다.

그야말로 잘 훈련받은 특수 부대의 전형적인 모습이었다.

◆ ◈ ◆

시청에서 저항하는 에스파냐인은 원래 100여 명에 육박했다. 그러나 전문적인 훈련을 받은 맹호특수전여단 앞에서는 범 앞의 하룻강아지와 마찬가지였다. 결국, 1시간이 채 지나기 전에 에스파냐인 100명 전부가 죽거나 포로로 잡혔다.

맹호특수전여단이 시청을 점령했을 무렵, 해병 2여단이 공격하던 성당과 상관 역시 굉음을 내며 무너져 내려 마닐라 중심가 전체가 한국군 손에 떨어졌다. 방어 거점을 잃은 에스파냐인은 결국 저항을 포기한 상태에서 항구 방향으로 도망쳤다. 항구에 정박해 둔 무장상선을 이용해 도망치려는 것이다.

그러나 그들이 항구에 도착했을 땐 이미 이순신 장군의 공격 함대가 마닐라 항구 전체를 물 샐 틈 없이 포위한 상태였다.

에스파냐인은 공격 함대를 구성하는 전함의 엄청난 크기에 한 번 놀라고 공격 함대 자체의 엄청난 규모에 또 한 번 놀랐다.

비록 칼레에서 대패해 명성에 흠집이 가긴 했지만, 에스파냐 하면 한때 무적함대란 말이 자연스레 떠오를 정도로 해군이 강한 나라였다. 그러나 그런 무적함대조차 한국 해군이 지금 동원한 엄청난 규모의 거대 전함을 보유하진 못했었다.

아마 현재 유럽에서 세계 최강의 해군이란 명성을 얻은 영국의 주력 전함조차 한국 해군이 이번에 동원한 전함 중 가장 배수량이 큰 해성의 규모에는 미치지 못할 게 틀림없었다.

부두에 정박해 둔 무장상선을 이용해 도망칠 궁리를 하던 에스파냐인 수천 명은 마닐라 항구 전체를 포위해 버린 공격 함대의 당당한 위용에 겁을 집어먹고 우왕좌왕하기 시작했다.

그러나 어디든 간에 간이 배 밖으로 튀어나온 사람이 있기 마련이었다. 에스파냐 무장상선 한 척이 부두를 몰래 빠져나와 포위망이 조금 헐거워 보이는 쪽으로 잽싸게 도망쳤다.

아주 은밀한 움직임이어서 자세히 살펴보지 않으면 알아채기 힘들었다. 그러나 그 무장상선은 전장을 읽는 눈이 누구보다 날카로운 이순신 장군의 레이더망까지 피하지는 못했다.

결국 무장상선이 포위망을 벗어나 넓은 바다로 도망치려는 순간, 해왕 한 척이 별안간 튀어나와 상선 옆에 따라붙었다.

무장상선을 모는 에스파냐인 선원들은 그들을 쫓는 적이 해왕 한 척인 것을 보곤 약간 안심한 눈치였다. 더구나 해왕의 배수량이 무장상선의 배수량과 별 차이 없다는 사실마저 깨달은 후에는 더 안심해서 배 밖으로 튀어나온 간이 더 튀어나와 우현의 함포로 해왕을 선공하는 대실수를 범했다.

그러나 두 전함 사이의 거리가 상당히 멀었기 때문에 무장상선이 발사한 포탄 10여 발 중 겨우 두 발만이 해왕의 좌현 뱃전에 명중했다. 더구나 그것조차 제대로 명중한 게 아니어서 뱃전이 약간 부서진 해왕은 잠시 기우뚱하다가 곧바로 균형을 회복했다. 놀라운 복원력이 아닐 수 없었다.

그때, 해왕이 좌현에 탑재한 함포 10문으로 반격을 시도했다.

펑펑펑펑펑!

해왕의 함포가 불을 뿜는 순간, 뒤에 흰 꼬리를 매단 유선형 포탄 10발이 거친 파도 위를 얕은 포물선을 그리며 질주했다. 그리고는 그중 다섯 발이 무장상선 선체를 관통했다.

명중에 실패한 나머지 다섯 발은 옆이나 위로 빗나갔지만, 해왕의 승조원은 개의치 않는 표정이었다. 화룡탄 다섯 발이면 무장상선 한 척 정돈 금방 박살 낼 수 있기 때문이었다.

그로부터 2, 3초쯤 지났을 때였다. 대형 폭탄이 터진 것처럼 무장상선의 뱃전이 가운데부터 터져 나갔다. 그리곤 순식간에 불길에 휩싸여 거세게 타올랐는데, 몸에 불이 붙은 에스파냐인 10여 명이 뒤늦게 바다에 뛰어들어 봤지만 대부분 불이 붙은 그대로 물속에 가라앉아 다시 떠오르지 않았다.

그 모습을 본 다른 에스파냐인들은 도망칠 엄두를 내지 못했다. 해왕의 속도가 기이할 정도로 빠른 데다 함포로 쏜 포탄의 위력 역시 엄청나 정면으로 붙어선 승산이 전혀 없었기 때문이다.

해왕과 에스파냐 무장상선이 속도와 위력에서 차이가 큰 것은 당연한 일이었다. 해왕은 유진이 21세기 첨단 과학을 응용해 설계한 범선이기 때문에 속도가 타의 추종을 불허했다.

또, 해왕에 탑재한 홍뢰포는 강선을 파서 만든 후장식 함포이기 때문에 에스파냐가 무장상선에 탑재한 활강포보다 훨씬 긴 사거리와 정확성을 지니고 있었다. 심지어 발사하는 포탄에서까지 차이가 극심했다. 에스파냐 무장상선은 철환, 즉 쇳덩이를 포탄으로 쓰지만, 해왕이 함포에 사용하는 포탄인 화룡탄은 안에 신관이 들어 있어 표적에 명중하면 불꽃과 파편을 쏟아 내며 폭발해 그 일대를 불지옥으로 만들었다.

잠시 후, 마닐라 항구에 정박해 있던 에스파냐 측의 모든 무장상선 돛대 정상에 항복을 의미하는 하얀 깃발이 올라왔다.

그 모습을 본 이준성은 해병대를 투입해 상황을 정리했다.

백뢰포 포격을 집중적으로 받은 마닐라 중심가가 쑥대밭으로 변해 버려 임시 사령부를 세울 장소가 마땅치 않았다. 그나마 성당이 피해를 덜 받아 이준성은 그쪽으로 이동했다.

성당에 들어선 이준성은 미간을 찌푸렸다. 부하들이 급히 치우긴 했지만, 불에 탄 검은 자국과 에스파냐인이 쏟은 검붉은 핏자국이 지독한 악취를 풍기며 낯선 손님을 맞이했다.

그러나 이준성의 신경을 건드린 것은 코를 찌르는 악취나 누군가 흘린 핏자국이 아니었다. 성당 안에 커다란 십자가 하나가 바닥에 떨어져 있는 모습을 본 이준성은 짧게 한숨을 내쉰 다음, 십자가를 다시 원래 위치로 돌려놓았다. 그는 불가지론을 믿는 무신론자에 더 가까운 사람이지만, 어떤 한 종교를 대표하는 성물을 모욕할 생각은 추호도 없었다.

그때, 홍염해병군단장 송대립이 팔과 다리에 구속 기구를 착용한 에스파냐인 포로 몇 명을 성당 안으로 압송해 왔다.

"전하, 마닐라 총독과 상관장, 해군 지휘관을 데려왔사옵니다."

십자가를 올려다보던 이준성은 그 소리에 뒤로 돌아섰다. 그리고는 서늘한 눈빛으로 총독과 상관장 등을 쏘아보았다.

포로 중에서 마닐라 총독을 찾아내는 일은 그리 어렵지 않았다. 마닐라 총독은 40대로 보이는 대머리 중년 사내였는데, 귀족이나 사용할 벗한 화려한 장신구를 착용한 상태였다.

이준성의 서늘한 눈빛을 받은 포로들은 얼른 시선을 피하거나 어깨를 바짝 움츠리며 겁을 먹은 모습을 보였다.

한숨을 내쉰 이준성은 옆에 있는 은계란에게 물었다.

"통역은 어떻게 하기로 했나?"

"포로들이 의외로 중국말을 할 줄 알아 중국어를 하는 통역관을 이쪽으로 불렀사옵니다. 아마 곧 도착할 것이옵니다."

이준성은 고개를 저으며 대꾸했다.

"포로들이 중국말을 할 줄 아는 게 그리 이상한 일은 아니지."

"그렇사옵니까?"

"필리핀에는 중국 화교가 많이 거주할 뿐만 아니라, 이들의 주요 교역국이 중국이니까 말을 배울 수밖에 없었을 것이다."

그때, 은계란이 부른 통역관이 긴장한 표정으로 들어와 이준성에게 큰절부터 올렸다. 그 모습을 본 포로들은 더 겁을 집어먹었다. 이준성이 평범한 사람이 아님을 직감한 것이다.

고개를 끄덕여 가볍게 답례한 이준성이 통역관을 통해 물었다.

"마지막으로 하고 싶은 말이 있소?"

통역을 들은 포로들의 안색이 새파랗게 질렸다. 이준성에게 그들을 살려 줄 의사가 전혀 없단 사실을 눈치 챈 모양이었다.

총독과 상관장은 겁이 나는지 두려움에 몸을 바들바들 떨었다. 그러나 군인은 역시 달랐다. 해군 지휘관은 움츠렸던 가슴을 쫙 편 다음, 당당한 어조로 이준성의 행동을 비난했다.

"이번에는 당신이 이겼소. 그러나 너무 좋아하지는 마시오. 본국에서 이 사실을 알면 한국을 절대 가만두지 않을 테니까."

이준성은 어이가 없다는 표정을 지었다.

"본국이라면 에스파냐를 말하는 건가?"

해군 지휘관은 자신감이 넘치는 표정으로 대꾸했다.

"우리 에스파냐는 한국 따위와는 비교할 수 없는 해양 강국이오. 아마 마닐라가 당했다는 소식을 듣는 즉시, 수백 척으로 이루어진 대함대를 파견해 우리의 복수를 해 줄 것이오."

이준성은 콧방귀를 뀌며 대꾸했다.

"에스파냐는 지금 오스만 제국, 영국과의 사이가 좋지 않은 편이지. 또, 네덜란드가 일으킨 독립 전쟁 때문에 국고가 텅텅 비어 왕실 자체가 부도나기 직전인데 고작 마닐라 하나 때문에 돈이 얼마가 들어갈지 모르는 해외 원정을 떠날 것 같은가? 만약 정말로 그렇게 믿는다면, 손쓸 수 없는 멍청이거나 머리가 회까닥 돌아 버린 미친놈일 거야."

해군 지휘관은 정곡을 찔린 모양이었다. 그는 얼굴이 붉

으락푸르락해졌지만, 이준성이 한 말에 딱히 반박하지는 못했다.

고개를 절레절레 저은 이준성은 송대립에게 고개를 끄덕였다.

송대립은 즉시 포로들을 처형장으로 끌고 가 목을 베었다. 그리곤 항구에 있는 에스파냐 무장상선을 전부 불태워 에스파냐의 거의 유일한 자금줄인 갈레온 교역에 타격을 입혔다.

이준성이 방금 해군 지휘관에게 설명한 대로 국내외 사정이 좋지 않은 에스파냐가 이 먼 동쪽 섬까지 대함대를 파견해 쳐들어올 리는 없었지만, 미리 조심해 나쁠 것은 없었다.

송대립은 마지막으로 마닐라에 있는 머스킷과 화약 등을 전부 압수한 다음, 포로로 잡은 에스파냐인 3,000여 명을 풀어 주었다. 포로가 3,000명에 달하는 이유는 에스파냐인 귀족과 상인, 병사들이 데려온 가족까지 포함됐기 때문이었다.

송대립이 포로를 풀어 주는 동안, 이준성은 마닐라 항구에 있는 상관 창고를 둘러보았다. 창고 안에는 중국에서 수입해 온 비단과 멕시코에서 들여온 은화가 산덩이처럼 쌓여 있었다.

에스파냐는 멕시코 은광에서 채굴한 은을 갈레온에 실어 필리핀 마닐라로 가져왔다. 그리곤 새로운 세금 제도인 일조편법 때문에 주변국의 은을 소용돌이처럼 빨아들이던 남명에 판매한 다음, 그 돈으로 중국의 특산물인 차와 비단을 샀다.

차나 비단이 여의치 않을 때는 금을 주로 구매했다.

차, 비단, 금 모두 유럽에 가져가 팔면 상당한 이익을 볼 수 있는 품목이어서 에스파냐는 그 덕분에 한때 유럽을 좌지우지하던 강대국으로 부상할 수 있었다. 물론, 그 후엔 버는 돈보다 쓰는 돈이 많아 나라 전체가 도산할 위기에 빠졌다.

이준성은 흡족한 표정으로 명령을 내렸다.

"비단은 말라카로 가는 전함에, 은은 대만으로 돌아가는 전함에 각각 나눠 싣도록 해라. 은은 남명에 가져가 팔고 비단은 유럽에 가져가 팔아야 이득을 더 크게 볼 수 있을 거다."

"알겠사옵니다."

대답한 은게란은 즉시 이준성의 명령을 각 부서에 전파했다.

얼마 지나지 않아 항구에 있던 창고 수십 개가 싹 비워졌다. 그러나 이준성은 만족하지 않았다. 그는 마닐라에 있는 시청, 상관, 귀족 저택을 뒤져 돈이 될 만한 물건을 싹 챙기란 명령을 내렸다. 동남아시아에서 바타비아와 함께 가장 부유한 도시로 손꼽히는 마닐라를 통째로 약탈한 셈이었다.

마닐라에서 사흘 동안 머물며 이번 원정에 쓴 돈을 어느 정도 보충한 이준성은 공격 함대와 상륙 함대를 다시 합쳐 서쪽으로 향했다. 다음 목표는 대월국이 있는 베트남이었다.

베트남은 한국처럼 중국이란 대국 옆에 붙어 있는 탓에 그리 순탄치 못한 역사를 지녔다. 베트남은 중국 왕조인 진나라, 한나라, 당나라, 명나라의 지배를 1천 년 가까이 받았다.

그 바람에 어쩔 수 없이 중국의 한자와 유교를 받아들였으며 끝내는 중국의 남서쪽 구석에 있는 지방으로 전락했다. 그러던 중 레러이란 걸출한 인물의 활약 덕에 지금으로부터 180년 전인 1,426년에 마침내 명나라로부터 독립했다.

독립을 쟁취한 레러이는 대월국을 세운 다음, 초대 황제로 즉위했다. 그리고는 훗날 하노이라 불리는 통킹을 수도로 삼아 대월국을 통치했지만, 대월국은 100년이 채 지나기 전에 혼란에 휩싸였다.

지금은 레러이의 후손인 경종이 대월국을 통치하는 중이었지만 반란과 재건, 토벌이 정신없이 이어지는 동안 황권의 위상이 크게 추락한 탓에 지금은 명목상 황제일 뿐이었다.

현재 황제 경종 대신에 대월국을 실질적으로 통치하는 가문은 북쪽을 지배하는 찐 씨와 남쪽을 지배하는 응우엔 씨였다.

이준성은 그중 응우엔 씨가 지배 중인 대월국 중부의 해안 도시인 다낭으로 향했다. 대월국에는 해군이라 부를 만한 조직이 딱히 없었기 때문에 함대는 다낭에 도착해 무사히 닻을 내릴 수 있었다. 그러나 대월국에 해군이 없을 뿐이지, 육군까지 없는 것은 아니었다. 더군다나 육군은 몽골의 침입을 수차례 격퇴했을 만큼 강병인 데다 병력의 숫자까지 많았다.

대월국이 남쪽에 있는 참파에 쳐들어갔을 때 동원한 병력이 25만이란 점을 고려하면 쉽게 생각할 상대가 절대 아니었다.

이준성은 다낭 항구에 정박한 상태에서 응우옌 측이 보낸 사절단이 도착하길 조용히 기다렸다. 자신들의 영토에 80여 척이 넘는 대형 전함으로 이뤄진 함대가 들어왔다면, 당연히 정권의 고위 인사를 보내 무슨 일인지 알아보려 할 것이다.

예상대로 10여 일이 채 지나기 전에 응우옌 측이 보낸 사절단이 다낭에 도착했다. 그러나 사절단만 온 것은 아니었다.

응우옌 측은 한국군과의 전투를 대비해 4, 5만에 달하는 대군을 사절단에 딸려 보냈다. 아마 시간이 좀 더 있었더라면 7, 8만, 혹은 10만이 넘는 대군을 동원했을 수도 있었다.

한국 정부 역시 발 빠른 대응을 보여 주었다. 사절단이 도착한 바로 다음 날, 홍염해병군단장 송대립이 중국어 통역관을 대동한 상태에서 응우옌 측이 보낸 사절단을 만나 협상을 벌이기 시작했다. 대월국은 중국의 지배를 오래 받았기 때문에 지위가 높은 사람일수록 중국말을 유창하게 하였다.

송대립은 통역관의 도움을 받아 대월국을 찾은 이유를 말했다.

"우리 한국은 완주와 교역하며 친선을 다지길 원하오."

완주는 응우옌 씨가 세운 제후국의 이름이었다. 반대로 경쟁자인 찐 씨가 베트남 북쪽에 세운 제후국 이름은 정주였다.

그러나 완주 사절단은 한국과 교역할 생각이 없었다. 그들은 완주의 영토를 무단으로 침입한 한국의 행동을 비난한 다음, 빨리 돌아가지 않으면 공격하겠다는 살벌한 경고를 하였다.

송대립은 상대의 비난을 웃어넘기며 차분하게 대꾸했다.

"우리가 이번에 한 행동은 당연히 비난받아 마땅한 행동이라 생각하오. 하지만 우리 한국에 완주를 도와줄 수 있는 강력한 무기가 있다는 사실을 알면 아마 생각이 달라질 거요. 내 말만 들어서는 감이 잘 오지 않을 것이오. 해서 그쪽을 위해 미리 준비해 둔 게 하나 있소. 모두 저쪽을 보시오."

송대립이 손가락으로 왼쪽을 가리키는 순간, 해성 한 척이 근처에 있는 무인도를 향해 홍뢰포 30여 문을 발사했다. 곧 화룡탄 30여 발이 무인도에 떨어져 그 일대를 박살 냈다.

그 광경을 목격한 완주 사절단의 얼굴에 핏기가 싹 가셨다.

독재자

2장. 거점

완주 사절단은 작은 산을 연상시키는 거대한 전함의 규모에 경악을 금치 못했다. 그러나 이는 약과였다. 그 거대한 전함이 마치 불을 뿜듯 포탄을 발사해 그리 작지 않은 무인도하나를 불지옥으로 만들었을 땐 아예 넋이 나가 버렸다.

그러나 그런 완주 사절단을 더 공포에 떨게 만든 것은 따로있었다. 그건 바로 조금 전에 엄청난 화력을 선보인 전함과똑같이 생긴 전함이 한국군에 10척이 더 있다는 것이었다.

그 거대한 전함 10여 척이 일렬로 늘어서서 조금 전과 같은 화력을 퍼붓는다는 상상을 하는 것만으로도 오금이 저렸다.

그뿐만이 아니었다. 그 거대한 전함 주변에는 그보다 약간 작은 전함 수십 척이 마치 연꽃잎처럼 넓게 퍼져 있었다. 작은 전함이 함포를 발사하는 모습은 아직 보지 못해 정확한 위력은 파악하지 못했지만 큰 전함 못지않을 것이 분명했다.

　얼굴에 핏기가 가신 완주 사절단은 약간 겁에 질린 표정으로 한참을 토의한 후에야 시선을 돌려 송대립을 쳐다보았다.

　"지금 우리를 위협하는 것이오?"

　송대립은 어깨를 으쓱하며 대답했다.

　"우리에게 귀국을 위협할 생각이 있었다면, 사람이 살지 않는 무인도가 아니라 귀국이 동원한 대군 위에 발사했을 것이오."

　송대립은 사절단 뒤에 있는 완주의 대군을 힐끗 쳐다보았다.

　송대립의 말처럼 한국이 정말 완주를 위협할 생각이었다면 완주가 동원한 대군에 함포를 쏘았을 것이다. 완주가 가진 군함이라고 해 봐야 사람이 노를 젓는 목선이 다였기 때문에 바다에서 함포를 쏴 대는 한국 해군을 쫓아낼 방법이 없었다.

　그 말을 들은 완주 사절단은 자기들끼리 다시 한참을 옥신각신했다. 아마 사절단 안에서 의견이 분분한 모양이었다.

　그로부터 10여 분쯤 지났을 때였다. 반백의 수염을 길게 기른 60대 노인이 신중한 표정으로 사절단을 대표해 걸어 나왔다.

아마 이 노인이 이번 사절단에서 지위가 가장 높은 인물인 모양이었다. 실제로 응우옌 헌이라는 이름을 가진 이 노인은 현재 완주를 통치하는 국왕인 희종의 핵심 측근이었다.

　"한국은 우리와 어떤 식으로 교역하길 원하는 것이오?"

　"우린 귀국이 정주와의 전쟁에서 승리할 수 있도록 조금 전에 시범을 보인 화포와 화약, 포탄 등을 제공할 용의가 있소."

　응우옌 헌은 약간 미심쩍어하는 눈빛으로 물었다.

　"무기를 제공해 주는 대가는 무엇이오?"

　송대립은 거침없이 대답했다.

　"우리가 상륙한 이 다낭을 한국 정부에 할양해 주었으면 좋겠소."

　송대립의 대답을 듣기 무섭게 응우옌 헌의 표정이 심각해졌다.

　"지금 우리 땅 일부를 그쪽에 내어 달라 말한 거요?"

　"일부가 아니라, 이 다낭 항구와 그 주변 지역만 달라는 것이오."

　응우옌 헌은 이해가 가지 않는단 표정으로 물었다.

　"한국은 대체 왜 다낭을 가지려는 거요?"

　송대립은 마치 다 안다는 듯 손을 들어 보인 후에 대답했다.

　"한국 정부 역시 귀국이 우려하는 바가 뭔지 잘 알고 있소.

우리가 다낭 항구를 거점 삼아 언젠간 귀국의 영토를 침범할지 모른단 걱정을 하는 것 같은데, 그런 일은 없을 거라 장담할 수 있소. 물론 내 말을 믿기 어려울 거요. 그러나 우리가 다낭을 얻으려는 이유를 알면 생각이 달라질 거요.”

응우옌 헌이 미간에 잔뜩 힘을 주며 물었다.

“대체 그 이유란 게 무엇이오?”

송대립은 차분한 어조로 설명했다.

“우린 인도, 아프리카, 유럽 등 다른 지역에 있는 나라와 교역할 예정이오. 한데 인도까진 거리가 너무 멀기 때문에 중간에 기항해 휴식을 취하거나 물과 식량과 같은 기본적인 물자를 보급할 수 있는 항구가 필수적이오. 우린 이곳 대월국 다낭을 그런 항구 중 하나로 삼았으면 하는 것이오.”

그러나 나라의 영토가 걸린 중요한 문제라 그런지 응우옌 헌은 송대립의 설명을 듣고도 안심하는 기색이 전혀 아니었다.

이를 파악한 송대립이 얼른 덧붙였다.

“우린 이미 류큐국과 타이호 왕국에 그와 비슷한 보급 기지를 마련한 상태요. 한데 류큐국과 타이호 왕국이 한국의 침입을 받아 영토를 잃거나 망했단 소리를 들어 본 적 있소? 아마 아닐 것이오. 오히려 류큐국과 타이호 왕국이 항구를 내주는 대가로 얻은 이득이 훨씬 크단 소문을 들었을 것이오.”

응우옌 헌은 고개를 천천히 끄덕였다. 완주 역시 류큐국이나 타이호 왕국과 거래한 적 있어 한국과 관련한 소문을 적지 않게 들었다. 그중 완주가 들은 가장 충격적인 소식은 대만 북부의 작은 부족이던 타이호 왕국이 타이중이란 항구를 내주는 대가로 한국의 도움을 받아 대만을 통일했을 뿐 아니라, 쌀과 옷감을 수출해 부국의 반열에 올랐단 소식이었다.

응우옌 헌은 사절단 사람들과 상의한 후에 대답했다.

"이번 사안은 너무 중대해 우리가 결정하긴 무리요. 일단, 왕궁에 돌아가 전하께 말씀을 드려보겠소. 그동안 한국에서 오신 분들은 전함에서 내려오지 않는 게 좋겠소. 그렇게 해야 양국 사이에 불필요한 오해가 생기지 않을 것이오."

송대립은 알았다는 듯 고개를 크게 끄덕였다.

"좋을 대로 하시오."

송대립과 구두 약속을 체결한 응우옌 헌은 곧장 완주의 왕궁이 있는 후에로 돌아갔다. 후에는 다낭 북서쪽에 있었는데, 두 도시의 거리가 가까워 직선거리로 60킬로를 넘지 않았다.

한데 후에로 돌아간 응우옌 헌은 함흥차사가 따로 없었다. 사절단이 후에로 돌아간 지 한 달이 훌쩍 지났지만, 한국 정부가 완주에 한 제안과 관련한 소식이 전혀 없었다. 심지어 일이 어떻게 돌아가는 중인지 알려 주는 언질조차 없었다.

이준성은 그들이 망설이는 데 여러 가지 이유가 있을 수 있다는 생각이 들었다. 우선 완주의 수도인 후에와 한국이 할

양받길 원하는 다낭의 위치가 너무 가까웠다. 그리고 다낭을 이용해 완주의 영토를 침략할 생각이 없다는 송대림의 장담을 그대로 믿기에는 왠지 불안한 것 역시 사실이었다.

이준성은 장보고함대의 기함인 장보고함에 있는 자신의 집무실에서 완주의 통보를 기다리며 미뤄 둔 서류 작업을 하였다.

서류에 어보를 찍던 이준성이 옆에 있는 은게란에게 물었다.

"오늘이 며칠째지?"

은게란은 똑똑해서 그 오늘이 어떤 오늘인지를 바로 눈치챘다.

"완주 사절단이 후에로 돌아간 지 오늘로 31일째이옵니다. 좀 더 정확히 계산하면 31일하고 반나절이 더 지났사옵니다."

이준성은 어보를 찍은 서류를 은게란에게 건네주며 대꾸했다.

"이자들이 무슨 꿍꿍이속인지는 모르겠지만 결정이 이리 늦어지는 것을 보면 뭔가 다른 속셈이 있는 것이 분명하군."

"어떤 속셈 말이옵니까?"

의자에 등을 기댄 이준성이 깍지 낀 손을 뒤통수에 붙였다.

"다낭과 후에의 위치가 너무 가깝다며 다른 지역의 항구를 골라 보라거나, 아니면 우리에게 더 많은 걸 뜯어내려 하겠지."

일리가 있다는 생각이 들었는지 은게란이 고개를 끄덕였다.

"완주가 정말 그렇게 나온다면 그땐 어떻게 하실 생각이옵니까?"

"현재 대월국이 처한 상황을 적절히 이용해야겠지."

"현재 대월국이 처한 상황이라면…… 아, 대월국 북쪽을 지배하는 찐 씨 가문을 이번 협상에 끌어들이겠다는 말씀이시군요."

"맞다. 찐 씨 가문의 정주를 이용하는 게 가장 효과적일 것이다."

은게란이 감탄한 얼굴로 고개를 크게 끄덕였다.

"과연 묘책이옵니다. 우리가 정주에 이와 똑같은 제안을 할 거란 소문을 완주에 미리 은밀히 흘려 놓으면 완주가 화들짝 놀라 우리가 한 제안을 받아들일 수밖에 없을 것이옵니다."

이준성은 팔짱을 끼며 고개를 저었다.

"그런 건 묘책이 아니지."

"그럼 그보다 더한 묘책이 있단 말씀이시옵니까?"

"하나 있지. 그건 바로 정주에 똑같은 제안을 할 거라 소문 내는 게 아니라, 실제로 정주에 똑같은 제안을 하는 것이다."

은계란은 조금 놀란 표정으로 물었다.

"그럼 천혜의 항구인 이 다낭을 포기하자는 말씀이시옵니까?"

"처음엔 정주가 가진 항구를 임시로 써야겠지. 그러다가 우리의 도움을 받은 정주가 완주를 점령해 대월국을 통일하면 그때 다시 정주의 왕을 만나 다낭을 내어 달라 말하면 된다. 물론, 애초에 계약을 맺을 때 다낭을 넣어서 계약해야겠지."

피식 웃은 이준성은 바로 생각한 계책을 실행으로 옮겼다. 그는 우선 송대립을 다시 뭍으로 보내 한국군을 감시하는 임무를 맡은 완주의 군사령관을 만나게 했다. 그리곤 완주가 한국의 제안을 거절한 것으로 알겠단 통보를 하게 하였다.

약간 당황한 완주군 군사령관은 후에에 있는 완주 수뇌부와 상의할 시간을 달라 요청했지만, 냉랭히 고개를 저은 송대립은 바로 함대로 복귀했다. 송대립의 보고를 받은 이준성은 이순신 장군에게 함대를 다시 출발시키란 명령을 내렸다.

"이번 목적지는 정주의 수도인 하노이와 가장 가까운 항구요."

"바로 시행하겠사옵니다."

대담한 이순신 장군은 바로 전 함대에 닻을 올리고 돛을 펼치란 명령을 내렸다. 반나절 만에 출항 준비를 마친 함대는 해안 가까이 붙어 하노이가 있는 대월국 북쪽으로 올라갔다.

한데 정주 하노이로 가기 위해서는 그 전에 완주의 수도가 있는 후에 옆을 반드시 지나가야 했다. 얼마 후, 장보고함대가 후에 옆을 지난단 보고를 받은 이준성은 장보고함 전망대에 올라가 인드라망으로 항구 쪽의 모습을 관찰했다.

이준성의 예측대로 후에 쪽 항구는 소란스럽기 짝이 없었다. 수만 명이 넘는 대군이 항구를 뒤덮은 상태에서 삼엄한 경계를 펼치는 중이었다. 그리고 항구에 있는 커다란 부두엔 완주 수군의 목선 수십 척이 정박해 있다가 장보고함대를 보기 무섭게 일제히 부두를 빠져나와 속도를 끌어올렸다.

송대립의 통보를 받은 완주군 군사령관은 즉시 후에에 전령을 보내 한국이 자신들이 한 제안을 철회했단 소식을 전했다. 갑작스러운 소식에 화들짝 놀란 완주는 즉시 한국군의 장보고함대가 어디로 가는지 알아보란 명령을 다시 내렸다.

한데 웬걸, 한국군의 장보고함대는 동쪽이나 남쪽이 아니라 완주의 숙적인 정주가 지배하는 대월국 북쪽으로 올라갔다.

한국이 이번에 보여 준 행동에 담긴 의미를 완주 수뇌부가 눈치 채지 못할 리 없었다. 이는 한국이 완주에 한 제안을 그들의 숙적인 정주에게 똑같이 하겠다는 의미나 다름없었다.

완주 수뇌부는 다급해졌다. 한국군이 정말로 정주와 손을 잡으면 이번엔 반대로 완주가 정주에게 당할 수밖에 없었다.

완주 수군은 속도를 높여 장보고함대의 뒤를 맹렬히 뒤쫓았다. 그러나 장보고함대의 속도가 원체 빠른 탓에 오히려 시간이 지날수록 두 함대의 거리가 점점 벌어지기 시작했다.

이에 초조함이 극에 달한 완주 수뇌부는 최후의 수단을 동원하기로 마음먹었다. 수뇌부는 완주와 정주 국경 사이를 순시하는 소규모 함대에 길을 막든 들이받든, 한국군이 탄 함대를 어떻게든 그 자리에 붙들어 두란 명령을 내렸다.

배가 아무리 빨리 움직여도 말을 타고 이동하는 전령보다 빠르지는 못했다. 지금 역시 마찬가지였다. 한국군이 탄 함대가 국경을 빠져나가기 전에 육로를 통해 명령을 전달받은 완주의 소규모 함대가 먼저 국경 근처 바다에 진을 쳤다.

목선 대여섯 척으로 이루어진 완주의 소규모 함대를 지휘하던 탁나신은 완주 왕인 희종의 이름으로 직접 내려온 명령서를 보며 난색을 드러냈다. 한국군이 탄 함대의 규모가 항간에 떠도는 소문처럼 엄청나다면 막을 방법이 거의 없었다.

비장한 표정으로 희종이 보낸 명령서를 접어 품에 넣은 탁나신은 휘하 목선에 세로 일자진을 펼치라는 명령을 내렸다.

탁나신의 부하들은 상관의 명령을 이해할 수 없단 표정을 지었다. 상부에선 한국군의 장보고함대를 막으란 명령을 내렸는데, 상관은 가로 일자진이 아니라 세로 일자진을 펼치라 명령했다. 그들의 상식으론 이해가 가지 않는 명령이었다.

무언가를 막기 위해서는 사람이 양팔을 펼치듯 넓게 퍼져 있는 게 좋았다. 그래야 빠져나갈 틈을 주지 않기 때문이었다. 한데 탁나신은 오히려 목선을 일렬로 세워 상대에게 빠져나갈 공간을 알아서 만들어 주는 이상한 진형을 선택했다.

얼마 지나지 않아 소문으로만 듣던 한국군의 장보고함대가 나타났다. 한데 장보고함대를 실제로 보는 순간, 오히려 소문이 부족하단 생각이 들었다. 장보고함대의 규모는 산과 섬이 바다 위에 떠 있는 것 같은 인상을 주기에 충분했다.

이를 악문 탁나신은 부하들에게 엄명을 내렸다.

"지금부터 내 명령을 어기는 자는 바로 목을 베어 버릴 것이다!"

탁나신은 평소에 군령을 아주 엄격하게 적용했기 때문에 겁을 먹은 부하들이 앞다투어 명령을 따르겠노라 맹세했다.

현재 완주의 소규모 함대는 탁나신이 이끄는 기함이 함대 선두에 있었다. 그리고 그 바로 뒤에 탁나신의 부하가 지휘하는 목선 다섯 척이 꼬리에 꼬리를 물듯 늘어서 있었다.

심호흡을 깊게 한 탁나신은 손을 번쩍 들어 올리며 명령했다.

"지금부터 우린 한국군 함대의 기함을 향해 돌진할 것이다! 만약 우리가 상대의 기함을 그 자리에 멈추게 하지 못하면, 뒤에 있는 목선이 똑같은 방식으로 기함을 향해 돌진해라!"

탁나신의 명령을 들은 부하들은 얼굴이 새하얗게 질렸다. 탁나신이 함대의 진형을 세로 일자진으로 만든 이유가 마침내 밝혀진 것이다. 탁나신은 상대 기함에 자신의 목선을 들이받아 한국군의 장보고함대를 멈춰 세우려 하는 중이었다.

명령을 들은 부하들의 얼굴이 하얗게 질리든 말든, 탁나신은 바로 방향을 틀어 상대의 기함으로 죽음의 돌격을 감행했다.

한편, 기함 함교 안에서 그 모습을 지켜본 이순신 장군은 침중한 표정으로 고개를 끄덕인 다음, 벼락같은 일성을 내질렀다.

"감속하라!"

잠시 후, 기함의 거대한 닻이 철커덩하는 소음을 뿌리며 바닷속으로 빠르게 빨려 들어갔다. 그리고는 닻이 바닥에 닿기 무섭게 선체가 부서질 것 같은 굉음을 내며 속도가 줄었다.

그러나 장보고함처럼 거대한 전함은 감속하는 데 엄청난 거리가 필요했다. 지금 역시 마찬가지여서 속도를 줄이긴 했지만, 그 관성까지 줄이지는 못해 탁나신의 기함으로 돌진했다.

◆ ◈ ◆

　장보고함이 감속하는 모습을 본 탁나신은 차분하게 명령
했다.

　"닻을 던져 속도를 줄여라!"

　잠시 후, 탁나신의 기함이 바다에 닻을 던져 넣어 속도를
줄이기 시작했다. 장보고함과 같은 거대 전함은 한번 감속하
면 다시 속도를 내기 쉽지 않았다. 상대 기함과 충돌해 장보
고함대의 속도를 늦춘다는 작전이 제대로 성공한 셈이었다.

　이제 탁나신에게 남은 임무는 기함을 잘 조종해 부하들이
최대한 피해를 덜 입게 만드는 것이었다. 탁나신 본인은 이미
생사를 초월한 상태지만 부하들이 죽게 놔둘 순 없었다.

　두 눈을 부릅뜬 탁나신은 그들을 향해 돌진해 오는 장보고
함에서 시선을 떼지 않았다. 처음에는 작은 산처럼 보이던 장
보고함이 거리가 가까워진 지금은 태산처럼 보였다.

　탁나신 역시 사람인지라, 굉음을 쏟아 내며 덮쳐 오는 장
보고함을 보며 겁이 더럭 났지만, 시선만은 끝까지 떼지 않았
다. 마침내 두 배의 간격이 10여 미터 안으로 줄어들었다.

　탁나신은 왼쪽을 가리키며 벼락같은 일성을 내질렀다.

　"좌현 전타(轉舵)!"

　방향타 앞에 서서 몸을 사시나무처럼 떨던 조타수는 탁나신
의 명령이 떨어지기 무섭게 방향타를 왼쪽으로 힘껏 틀었다.

쿵!

낡은 목선이 장보고함 선수 측면과 충돌하는 순간, 공중으로 붕 떠올라 반바퀴가 홱 돌아갔다. 그러나 낡은 목선이 감당하기에는 장보고함이 너무 거대하다는 것이 문제였다.

공중에서 반바퀴를 돈 낡은 목선이 날렵한 스케이터처럼 바다 위로 미끄러지며 착륙하려는 순간, 장보고함의 선체 일부가 목선 가운데를 제대로 들이받았다. 낡은 목선은 그 자리에서 대나무처럼 쪼개져 그 파편이 사방으로 흩어졌다.

목선의 선체가 쪼개져 날아갈 때, 목선에 있던 승조원 수십 명 역시 그 충격을 이기지 못해 뱃전 밖으로 튀어 나갔다.

탁나신 역시 그런 사람 중 하나였다. 탁나신은 바닷속으로 가라앉았다가 다시 떠오르길 수차례 반복했다. 지금 같은 상황에선 전에 얼마나 수영을 잘했는지는 크게 상관없었다. 장보고함대와 같은 대규모 함대가 빠른 속도로 이동한 곳에서는 물살이 갑자기 빨라져 휩쓸려 들어갈 수밖에 없었다.

탁나신 역시 고향에서는 물개란 소리를 들으며 자란 사람이지만 장보고함대가 지나간 후에 생긴 세찬 물살 앞에서는 도저히 방법이 없어 팔을 허우적거리다가 정신을 잃었다.

한참 만에야 물을 게워 내며 정신을 차린 탁나신은 자기 앞에 희끗희끗한 수염을 길게 기른 노인이 서 있는 모습을 보았다.

노인은 주름진 얼굴이 새카맣게 그을린 데다 광대뼈가 유독 크게 튀어나와 있어 강퍅하다는 인상을 주었다. 냉정해 보이는 눈빛과 꽉 다문 입술 역시 그런 인상을 주는 데 한몫했다.

탁나신을 내려다보던 노인은 운이 좋았다는 듯이 고개를 끄덕인 다음, 의원을 불러 막 정신을 차린 그를 치료해 주었다.

탁나신은 그로부터 한참이 지난 후에야 정신을 잃은 그가 깨어나 처음 본 차가운 인상의 노인이 바로 한국군을 이끄는 총사령관인 이순신 장군이란 사실을 전해 들을 수 있었다.

어쨌든 탁나신의 도박이 통해 장보고함대는 기함인 장보고함을 시작으로 함대 전체가 속도를 줄여 그 자리에 정지했다.

장보고함대가 멈춰 선 곳이 완주와 정주의 국경이 있는 해역에서 불과 2킬로미터 떨어진 곳이었기 때문에 상당히 아슬아슬한 성공이었다. 만일 탁나신이 겁을 먹어 주저했다면, 장보고함대는 이미 정주의 영역에 들어가 있었을 공산이 높았다.

한편, 장보고함대를 그 자리에 멈춰 세운 이준성은 완주가 보낸 사절이 도착하길 기다리며 유진의 도움을 받아 내연기관으로 움직이는 자동차에 관한 전문 서적을 계속 집필했다.

내연 기관은커녕 증기 기관조차 제대로 구현하지 못하는 지금 실정에서 그가 죽기 전에 내연 기관으로 움직이는 자동차를 볼 수 있을 확률은 극히 낮았다. 하지만 자동차에 관한 전문 서적을 미리 남겨 놓으면 후손들은 그가 작성한 전문 서적을 연구해 언젠가는 자동차를 만들어 낼 수 있을 것이다.

그렇게 소일하며 다섯 시간쯤 기다렸을 때였다. 일전에 함대를 찾은 응우옌 헌이 온몸에 먼지를 뒤집어쓴 모습으로 도착했다. 함대를 급히 쫓느라 옷조차 갈아입지 못한 듯했다.

은게란은 장보고함에 탄 응우옌 헌에게 얼굴을 닦을 수건과 물이 담긴 유리잔을 건네며 사람 좋아 보이는 미소를 지었다.

"한숨 돌리고 나서 전하를 찾아뵙는 게 좋겠습니다."

응우옌 헌은 연신 고맙단 말을 하며 은게란이 건넨 수건으로 얼굴에 묻은 먼지를 닦고 유리잔에 든 물로 갈증을 풀었다.

응우옌 헌이 채비를 마칠 때까지 그 옆에서 조용히 기다리던 은게란은 그를 장보고함 함교에 있는 편전으로 데려갔다.

응우옌 헌은 하늘에 구멍을 뚫을 것처럼 높이 솟아 있는 돛대와 군기가 바짝 들어가 있는 장보고함 승조원을 보며 감탄하다가 은게란을 따라 문이 열려 있는 편전으로 들어갔다.

장보고함의 편전은 생각보다 넓어 이곳이 배 안에 있는 공간이란 사실이 믿기지 않을 지경이었다. 그리고 그 편전 좌우에는 관복과 군복을 차려입은 10여 명이 형형한 눈빛으로 편전에 들어온 응우옌 헌의 일거수일투족을 주시하는 중이었다.

"험험."

헛기침한 응우옌 헌은 약간 긴장한 표정으로 그 사이를 통과해 편전 끝에 놓인 거대한 옥좌 앞으로 천천히 걸음을 옮겼다.

성체 백호의 가죽을 이용해 만든 거대한 옥좌엔 옥좌만큼이나 체격이 거대한 중년 사내가 무표정한 얼굴로 앉아 있었다.

옥좌가 3층 계단 위에 놓여 있는 데다, 옥좌에 앉아 있는 중년 사내의 거구에서 뿜어져 나오는 위압감이 대단해 응우옌 헌은 중년 사내의 얼굴을 제대로 쳐다보기가 아주 힘들었다.

중년 사내의 자세는 오만하기 짝이 없었다. 한쪽 다리를 꼰 것까진 괜찮은데 팔걸이에 올려 둔 한쪽 팔로 턱까지 괸건 확실히 오만하기 짝이 없는 자세였다. 그러나 중년 사내의 거구에서 뿜어져 나오는 위압감 때문인지 오히려 불쾌하기보단 사내에겐 그런 자세가 어울린단 헛생각마저 들었다.

"전하, 지시하신 대로 대월국 완주의 사신을 모셔 왔사옵니다."

응우옌 헌을 안내한 은게란은 중년 사내를 향해 머리를 깊이 조아린 다음, 옥좌 옆에 있는 공간으로 조용히 비켜섰다.

중년 사내의 정체는 당연히 이준성이었다. 응우옌 헌을 슬쩍 본 이준성은 턱을 괸 팔을 풀며 고개를 한차례 끄덕였다. 입을 열진 않았지만 할 말이 있으면 하란 뜻이 분명했다.

응우옌 헌은 즉시 대월국의 예를 표한 다음, 살짝 떨리는 음성으로 자신이 찾아온 이유를 한국의 국왕에게 설명했다.

"우리 완주 국왕께선 한국의 국왕 전하를 만나 뵙고 양국이 협력하는 방안에 관해 심도 깊은 대화를 나누길 원하십니다."

통역을 들은 이준성은 짧게 자른 턱수염을 매만지며 물었다.

"그 애길 하러 예까지 헐레벌떡 달려온 거요?"

응우옌 헌은 당황한 표정을 지으며 급히 물었다.

"어떤 점이 마음에 들지 않으십니까?"

"그대의 국왕을 만나 양국이 협력하는 방안에 관해 심도 깊은 대화를 나누는 것은 그리 어려운 일이 아니오. 그러나 내가 당신에게 원하는 것은 그런 게 아니오. 정주로 가려는 우리를 무리한 방법까지 써 가며 급히 붙잡은 것을 보면 어느 정도 결정이 난 것 같은데, 그 결정이 뭔지부터 알려 줘야 완주 국왕의 초대를 수락하든, 거절하든 할 거 아니겠소?"

이준성의 대답을 들은 응우옌 헌은 입술을 살짝 깨물었다.

이준성의 말에 담긴 의미는 완주가 한국이 원하는 대답을 해 주지 않으면 다시 정주로 갈 수 있다는 협박과 같았다.

잠시 고민하던 응우옌 헌은 머리를 조아리며 대답했다.

"완주의 국왕께선 한국의 제안을 수락하실 용의가 있사옵니다."

"어떤 제안을 어떻게 수락하겠단 거요?"

응우옌 헌은 고개를 들어 이준성을 쳐다보다가 다시 고개를 숙였다. 아마 만만치 않은 상대란 생각이 든 모양이었다.

속으로 한숨을 내쉰 응우옌 헌은 이준성의 질문에 대답했다.

"국왕께선 한국의 제안대로 다낭 항구를 한국 정부에 할양할 용의가 있으십니다. 물론, 무기 등을 원조받는 조건으로요."

이준성은 눈썹을 살짝 찌푸리며 고개를 저었다.

"내가 원하는 건 다른 사람이 대신 전해 준 전언 따위가 아니오."

그 말을 들은 응우옌 헌은 피가 맺힐 정도로 입술을 힘껏 깨물었다. 그러나 아무리 생각해 봐도 다른 방법이 없었기 때문에 결국 품속에 손을 집어넣어 밀봉한 서찰 하나를 꺼냈다.

"이 서찰은 국왕께서 직접 작성하신 문서입니다. 읽어 보시지요."

계단 옆에 조용히 서 있던 은계란이 즉시 앞으로 걸어가 웅우옌 헌이 꺼낸 서찰을 건네받았다. 그리곤 바로 돌아서서 옥좌에 앉아 있는 이준성을 향해 두 손으로 공손히 바쳤다.

이준성은 서찰을 펼쳐 내용을 읽어 내려갔다. 한자로 적힌 서찰이었지만 유진이 있어 해석하는 데는 별문제가 없었다.

서찰은 한국 정부에 다낭 항구를 할양한다는 내용이 적혀 있었다. 또, 서찰 마지막에는 완주 국왕의 옥새가 찍혀 있었다.

"서찰과 옥새의 직인 모두 진짜인 것 같군."

고개를 끄덕인 이준성은 이순신 장군을 바라보며 지시를 내렸다.

"수고스럽겠지만 함대를 돌려 다낭으로 다시 돌아가 주시겠소?"

옥좌 바로 옆에 서 있던 이순신 장군은 즉시 머리를 조아렸다.

"바로 시행하겠나이다."

잠시 후, 웅우옌 헌을 태운 장보고함대는 선수를 돌려 다낭으로 돌아갔다. 그러나 바로 다낭으로 가진 않았다. 완주 국왕인 희종이 이준성 일행을 초청했기 때문에 후에 들러 희종부터 먼저 만났다. 희종은 자기 왕궁에 찾아온 손님을 환영한다는 듯 연회를 성대하게 열어 이준성 일행의 환심을 사려 들었다.

　연회 다음 날에는 양국 정상이 따로 만나 정상회담을 개최했다. 그리고는 회담을 마치기 전에 그동안 협의한 내용을 문서에 담은 협정문을 작성해 각자 한 부씩 나누어 가졌다.

　협정문의 내용은 간단했다. 완주가 다낭을 한국 정부에 할양하면, 한국 정부는 그 대가로 무기를 원조하겠단 내용이었다.

　한데 협정문에는 아주 특이한 조건이 하나 끼어 있었다. 그건 바로 장보고함에 돌진한 완주 수군 지휘관인 탁나신을 한국 정부가 데려가겠다는 조건이었다. 희종은 한국 정부가 탁나신을 원하는 이유를 알지 못했다. 그저 탁나신이 장보고 함대의 기함을 들이받은 일로 인해 한국군의 기분이 상했기 때문이라고 추측할 따름이었다. 그러나 워낙 중대한 협정이었기 때문에 희종은 한국 정부의 심사를 거스르지 않기 위해 아예 탁나신과 그 가족의 신병을 한국 정부에 인도해 버렸다. 즉, 탁나신을 죽이든 살리든 알아서 하라는 뜻이었다.

　결국, 죄인처럼 한국에 넘겨진 탁나신과 그 가족은 장보고 함의 선실에 갇혀 한국 정부의 처분을 기다릴 수밖에 없었다.

　탁나신은 처음 타 보는 전함이 신기한지 이곳저곳 구경하느라 정신없는 아들과 딸을 애처로운 눈빛으로 바라보았다. 아이들은 너무 어린 탓에 자신이 처한 상황을 제대로 인지하지 못한 것이 분명했다. 다만, 노모와 부인은 탁나신의 표정과 행동을 보고 불길한 예감을 받았는지 표정이 아주 어두웠다.

탁나신은 삶을 포기한 표정으로 선실에 멍하게 앉아 있었다. 한국 정부가 그의 신병을 원하는 이유는 하나밖에 없었다. 그가 한국 국왕이 탄 장보고함에 돌진했기 때문이었다. 한국 정부는 국왕의 건강과 안전을 위협한 그를 용서할 수 없어 그와 그의 가족의 신병을 요구한 것이 틀림없었다.

그때, 선실 문이 열리며 몇 사람이 그들이 갇혀 있는 선실 안으로 들어왔다. 다 처음 보는 사람이지만 그중 나이가 지긋한 노인 한 명은 왠지 낯이 익었다. 탁나신은 기억력이 좋았기 때문에 곧 그 노인을 어디서 보았는지 기억해 냈다.

바다에 빠져 익사할 뻔한 그가 장보고함 위에서 정신을 차렸을 때 그를 무심히 내려다보던 냉랭한 인상의 노인이 분명했다. 그들 중에 노인의 지위가 가장 높은지 그가 통역관으로 보이는 사내에게 몇 마디 하는 동안 다른 이들은 숨소리조차 크게 내지 못했다. 한참을 얘기한 노인은 그와 그의 가족을 힐끗 본 다음에 그대로 몸을 돌려 선실을 나갔다.

잠시 후, 통역관이 탁나신을 따로 불러 얘기했다.

"방금 나가신 분이 누군지 아시오?"

탁나신은 솔직하게 대답했다.

"잘 모르겠습니다."

"쉽게 말해 한국군 총사령관이라 할 수 있는 분이오."

탁나신은 이해가 가지 않는단 표정으로 물었다.

"그렇게 지위가 높은 분이 왜 저를?"

"당신이 장보고함을 막아선 방법이 그분의 흥미를 끈 모양이오. 아무튼, 지금부턴 우리말을 빨리 배우는 게 좋을 것이오."

탁나신은 믿을 수 없단 표정으로 물었다.

"말을 다 배운 다음엔 어떻게 해야 하는 겁니까?"

"간단하오. 한국 해군에 입대해 복무하면 되는 거요. 이런 전함에 타 본 적이 없을 테니 처음에는 배워야 할 게 산더미처럼 많을 테지만, 다 배운 후에는 정식으로 임관할 수 있을 거요."

탁나신은 정신이 없었지만, 통역관의 조언대로 말부터 배웠다. 며칠 후, 가족과 함께 다낭에 내린 탁나신은 그곳에서 말을 배우며 다낭에 항구와 부두를 짓는 공사에 참여했다.

그로부터 1년이 지나 한국말이 어느 정도 익숙해졌을 무렵엔 해신급 전함에 탑승해 이것저것 배우며 범선 항해술을 익혔다.

항해, 해전과 관련한 탁나신의 재능이 워낙 특출했던 덕에 여러 차례 치러진 훈련에서 심사관에게 좋은 인상을 심어 줄 수 있었다. 그리고 그 덕분인지 3년이 지났을 땐 소령으로 진급함과 동시에 해신 한 척을 직접 지휘할 수 있었다. 훗날 사신이라 칭해지는 탁나신 제독의 첫 부임인 셈이었다.

한편, 약속대로 완주에 진천 1호, 유성 3호, 뇌우 1호 등 창고에 있던 무기를 양도한 이준성은 그 대가로 다낭을 할양받았다. 그리곤 그 다낭에 대형 전함이 정박할 수 있는 부두를 건설해 다낭항을 한국 해군의 거점 중 하나로 변모시켰다.

다낭에서 1년을 머물며 군항을 건설하는 데 총력을 기울인 이준성은 이듬해 가을에 서쪽에 있는 싱가포르로 향했다.

싱가포르는 태평양과 인도양을 잇는 중요한 통로라 할 수 있는 말라카 해협의 관문에 해당해 반드시 손에 넣어야 하는 지역이었다.

장보고함대가 싱가포르 앞바다에 막 도착했을 무렵, 그곳에서 쉬던 해적선 30여 척이 튀어나와 함대 앞을 막아섰다. 피식 웃은 이준성은 즉시 공격을 명령했다. 곧 장보고함대의 해신급 전함 10여 척이 해적선을 향해 돌진해 들어갔다.

장보고함 전망대에 올라간 이준성은 해신 10여 척이 날개를 펼친 학처럼 늘어서서 해적선으로 돌진하는 모습을 유심히 지켜보았다. 그때, 퇴로가 막히기 전에 빠져나가야 한단 생각을 하였는지 해적선 30여 척이 마주 돌진해 들어왔다.

해신과 해적선의 거리가 300미터 안으로 들어왔을 때였다. 해신 10여 척의 선수에 장착한 함포인 청뢰가 먼저 불을 뿜었다.

펑펑펑펑펑!

해적선 대여섯 척이 청뢰로 발사한 소화룡탄에 직격당해 연기를 피워 올렸다. 한국 해군은 좌, 우현엔 주력 함포인 홍뢰를, 선수와 선미엔 구경이 작은 청뢰를 탑재했다. 구경이 작은 청뢰는 포탄 역시 구경이 좀 더 작은 소화룡탄을 사용해야 했지만, 해적선을 상대하기에는 충분했다.

해신이 발사한 포탄에 직격당한 해적선이 불타오르는 광경을 본 다른 해적선들은 급히 좌우 양쪽으로 갈라져 달아났다.

그러나 해신 함대를 지휘하는 이운룡은 해적선을 살려 보낼 생각이 전혀 없었다. 그는 학익진을 이루던 함대를 세 개로 갈라 양 끝에 있는 두 개 분함대로 도망치는 해적선의 뒤를 쫓았다. 멀리서 보면 마치 학의 양 날개가 본체에서 떨어져 나와 양쪽으로 도망치는 해적선을 요격하는 것 같았다.

해신의 속도가 해적선보다 월등했기 때문에 해신은 곧 해적선 옆으로 따라붙어 양쪽 현에 탑재한 홍뢰를 가동했다.

펑펑펑펑펑!

홍뢰의 강렬한 포성이 몇 차례 이어지는 동안, 도망치던 해적선 수십 척이 차례차례 불타오르며 움직임을 멈추었다.

그러나 해적선을 모는 해적 역시 실전 경험은 충분하다 못해 넘치는 상황이었다. 홍뢰의 포격을 아슬아슬한 차이로 간신히 피한 해적선 몇 척이 그 틈에 해신 옆에 선체를 바짝 붙인 다음, 머스킷과 활을 이용해 맹렬한 저항을 해 왔다.

그러나 해신에 탑승한 해병대원과 승조원 역시 해적의 공격을 당하고 있지만은 않았다. 그들이 뇌섬을 꺼내 반격하는 순간, 해적은 화력에 압도당해 머리를 제대로 들지 못했다.

그리고 그사이 재장전을 마친 홍뢰가 다시 한 번 불을 뿜었다. 홍뢰의 포격을 가까운 거리에서 정면으로 받은 해적선은 마치 안에서 폭탄이 터진 것처럼 산산조각이 나며 날아갔다.

해신 함대가 해적선 30여 척을 전부 침몰시키는 데 걸린 시간은 2시간이 채 넘지 않았다. 그야말로 압도적인 차이였다.

이준성은 전망대 위에 서서 해전이 벌어진 해역을 재빨리 훑어보았다. 해역 곳곳에 부서진 해적선이 널브러져 있었다.

어떤 해적선은 아예 두 동강이 났는지 선수와 선미가 빙산처럼 거꾸로 세워진 상태에서 서서히 가라앉는 중이었다. 또, 어떤 해적선은 완전히 조각나 버려 원래 형태를 알아보는 일조차 쉽지 않았다. 그나마 그런 해적선은 상황이 나은 편이었다. 어떤 해적선은 전투가 끝난 지 한참이 지났음에도 여전히 연기와 강한 불길에 휩싸여 맹렬히 타올랐다.

이운룡에게 전투가 끝났단 보고를 받은 이순신 장군은 전함에 실린 상륙정을 내보내 해전이 벌어진 해역을 정리했다.

해병대원과 해군 승조원이 탑승한 상륙정 수십 척이 해역을 돌며 살아 있는 해적을 끌어올렸다. 해적을 다 구조한 다음에는 해적선 잔해를 치워 함대가 들어갈 통로를 구축했다.

통로를 구축하는 데 시간이 꽤 걸려 다음 날 오후가 지나서야 간신히 함대가 지나갈 만한 공간이 생겼다. 이순신 장군은 지체하는 일 없이 바로 함대와 함께 싱가포르로 입성했다.

싱가포르에는 말라카 해협에서 활동하는 해적이 만들어 둔 은신처와 휴식처 등이 지저분하게 널려 있어 눈살을 찌푸리게 하였다. 이준성은 싱가포르 육지에 발을 딛기 무섭게 해적이 만들어 둔 시설부터 없애란 명령을 전군에 하달했다.

병사들이 싱가포르를 청소하는 동안, 이준성은 포로로 잡은 해적 500명을 고문해 이 주변에서 활동하는 해적의 정보를 모았다. 말라카 해협은 세계에서 해적이 가장 많이 활동하는 지역이기 때문에 유명한 해적단만 10여 개에 달했다.

해적은 출신 지역이 아주 다양해 지리적으로 가까운 동남아시아를 비롯해 중국, 류큐, 일본, 인도, 심지어는 아프리카에서 온 흑인과 에스파냐, 포르투갈 출신 백인까지 있었다.

해적에 관한 정보를 다 모은 다음에는 포로로 잡은 해적을 동원해 싱가포르에 필요한 시설을 건설하기 시작했다. 포로까지 합치면 4~5,000명에 달하는 인력을 동원할 수 있었기에 1년이 지났을 무렵엔 필수 시설을 갖추는 데 성공할 수 있었다.

싱가포르에 항구를 건설한 이준성은 함대를 내보내 말라카 해협 양쪽에 있는 말레이반도와 수마트라 섬에 기지를 둔 해적을 소탕했다. 그 과정에서 소탕한 해적 기지는 30여 군데에 달했고, 불태운 해적선은 다 합쳐 1,000여 척에 이르렀다.

또한 포로로 잡은 해적은 거의 3,000명에 달했는데, 1년 전에 잡은 포로와 합쳐 싱가포르를 개발하는 사업에 투입했다.

곧 현대식 부두와 행궁, 상관, 대사관, 해군 기지, 장병의 숙영지 등이 들어서며 싱가포르는 일종의 도시 국가로 변모했다.

이준성이 싱가포르에 도착한 지 1년하고도 8개월쯤 지났을 때였다. 싱가포르 앞바다를 정기적으로 순찰하는 순찰선으로부터 범선 10여 척이 접근하는 중이란 보고를 받았다.

은게란에게 그 소식을 들은 이준성은 크게 기뻐하며 항구로 달려갔다. 이준성은 다냥에 머무를 때, 해궁과 해신으로 이루어진 소규모 함대를 본국으로 돌려보냈다. 항해 중에 발생한 부상자와 병자를 돌려보내기 위해서였다. 그리고 마닐라에서 노획한 전리품 역시 전함에 실어 같이 돌려보냈다.

그리고 본국에 들른 소규모 함대가 다시 다냥으로 돌아올 땐 완주에 주기로 한 무기와 장보고함대에 필요한 군량과 장비, 부품을 실어 오게 했다. 본국을 떠나 있는 시간이 길어짐에 따라 고장 난 장비와 부품 수가 점점 증가하는 중이었다.

이준성은 그 함대가 다낭에 들렀다가 싱가포르로 돌아오는 거로 생각했기 때문에 기쁜 마음으로 항구에 나가 기다렸다.

한데 싱가포르 앞바다에 나타난 함대의 실루엣이 뭔가 이상했다. 지금은 거리가 워낙 멀어 함대가 작은 손톱 크기만 했는데 평소에 보던 실루엣과는 형태가 약간 다른 것 같았다.

이준성은 즉시 인드라망을 이용해 함대를 관찰했다. 역시 그의 예감이 맞았다. 지금 싱가포르 항구로 들어오는 함대는 본국에 갔다가 돌아오는 장보고함대의 분함대가 아니었다.

정체불명 함대의 정체는 바로 네덜란드 동인도 회사의 깃발을 건 네덜란드 함대였다. 이준성은 고개를 돌려 뒤를 보았다. 해군 측 연락관으로 파견 나온 이운룡의 얼굴이 보였다.

이준성은 평소에 해군, 해병대와 긴밀한 연락을 취하기 위해 해군, 해병대에서 나온 연락관을 행궁에 상주시켰다. 오늘은 이운룡이 해군 측 연락관의 임무를 수행 중인 모양이었다.

이준성은 즉시 이운룡을 불러 명령했다.

"지금 오는 함대는 우리 함대가 아니오. 이 제독은 지금 즉시 이순신 장군을 찾아가 정체불명의 함대가 싱가포르 항구로 들어오지 못하도록 먼바다에서 차단하란 명을 전하시오."

"알겠사옵니다."

대답한 이운룡은 즉시 말에 올라 해군 기지 방향으로 달려갔다.

잠시 후, 네덜란드 함대가 주먹만 한 크기로 커졌을 때, 뿌우하는 나팔 소리가 싱가포르 부두에 울려 퍼졌다. 그와 동시에 앞바다를 순시 중이던 장보고함대 소속 전함 10척이 즉시 선수를 돌려 정체불명의 함대를 차단하기 위해 나아갔다.

배수량이 큰 해성과 해궁은 단시간 내에 선수를 돌리지 못하기 때문에 정체불명의 함대를 맞으러 간 전함은 해신이 대부분이었다. 한데 그게 상대의 투지에 불을 댕긴 듯했다.

아니, 투지에 불을 댕겼다기보단 얕잡아 보게 만들었단 뜻이 더 정확할 듯했다. 주먹 크기에서 사람만 한 크기로 커진 네덜란드 함대가 앞을 막은 해신 함대를 향해 먼저 발포했다.

포성과 총성이 울리는 순간, 해신 함대 몇 척에 불길이 살짝 번졌다. 그러나 진화에 성공했는지 불이 번지는 모습은 보이지 않았다. 방화 효과가 뛰어난 약품에 적신 목재로 선체를 만든 데다 해신 자체의 방화 시스템이 뛰어난 덕이었다.

이번에 해신 함대를 지휘하는 제독은 이억기였다. 비록 정체를 알 수 없는 적에게 불의의 일격을 당해 손상을 약간 입긴 했지만, 자신감 넘치는 이억기는 바로 공세로 전환했다.

이억기는 해신 함대를 나누어 5척은 정면에서 청뢰를 쏘게 했다. 그리고 그 틈에 나머지 5척은 왼쪽으로 이동하며 우현에 탑재한 홍뢰로 화룡탄을 쉼 없이 발사하게 하였다.

정면에서 날아드는 청뢰의 소화룡탄에 타격을 받은 네덜란드 함대는 오른쪽으로 원을 그리듯 크게 회전해 빠져나가려 했다. 그러나 네덜란드 함대가 원을 반쯤 그렸을 땐 이미 왼쪽으로 이동한 해신 5척의 사정거리에 들어가 있었다.

펑펑펑펑펑!

귀에 익숙한 홍뢰의 포성이 은은하게 울려 퍼지는 순간, 네덜란드 전함 두 척의 선체에 불길이 크게 치솟았다. 이에 깜짝 놀란 다른 전함이 급히 포와 총을 쏘며 위험에 처한 아군을 구해 내려 했지만, 이억기가 직접 이끄는 해신 다섯 척이 빠르게 치고 올라가 동료를 구하려는 상대를 저지했다.

콰콰콰쾅!

결국, 30분이 채 지나기 전에 네덜란드가 동원한 전함 10여 척 중에서 세 척이 더 불길에 휩싸이며 기동을 멈추었다.

심지어 그중 두 척은 선체에 실어 둔 화약에 불이 붙었는지 불꽃놀이 같은 화염을 연달아 뿜어내며 산산조각이 났다.

전투를 시작한 지 불과 1시간여 만에 함대 절반을 상실한 네덜란드인들은 겁에 질린 표정으로 바로 선수를 돌려 도망쳤다.

그러나 해신의 속도가 원체 빠른 탓에 도망치는 일마저 여의치 않았다. 맨 처음에 왼쪽으로 이동한 해신 다섯 척이 재빨리 네덜란드 함대의 퇴로를 차단해 버린 것이다. 말 그대로 네덜란드 함대는 독 안에 갇힌 쥐 신세를 면치 못했다.

도망칠 수 없단 사실을 깨달은 네덜란드인은 적이 또 포격을 가하기 전에 재빨리 항복을 의미하는 백기를 돛에 달았다.

그러한 모습을 인드라망으로 유심히 지켜보던 이준성은 해군 기지에서 막 돌아온 이운룡 쪽으로 고개를 돌리며 물었다.

"지금 해신 함대를 지휘하는 제독이 이억기요?"

이운룡은 숨을 조금 가빠하며 대답했다.

"그렇사옵니다."

"이 제독의 실력이 꽤 좋군."

이준성이 이운룡의 앞에서 그의 잠재적 경쟁자라 할 수 있는 이억기를 칭찬했지만, 이운룡의 표정엔 변화가 거의 없었다.

이운룡은 거기서 한발 더 나아가 오히려 경쟁자를 추어올렸다.

"이억기 제독은 해군 내에서 신망이 아주 두터운 제독이옵니다."

현재 해군에서 가장 큰 화두는 바로 이순신 장군의 뒤를 누가 이을까였다. 이순신 장군이 아직 정정하긴 하지만 세월을 거스를 수는 없으므로 그의 후계자 자리를 놓고 경쟁이 펼쳐지는 중이었다.

게다가 정운, 권준, 이영남, 최호 등 이순신 장군과 비슷한 나이의 장군들 역시 그가 은퇴할 때쯤에 같이 은퇴할 가능성이 컸기에 난다 긴다 하는 장교들의 경쟁은 더욱 치열해졌다.

특히 면면이 꽤 화려한 제독들 중 이운룡과 이억기, 이영남, 안위 등의 이름이 해군 내부에서 자주 오르내렸는데, 현재는 이운룡과 이억기 등이 가장 앞서 있다는 평가를 받았다.

피식 웃은 이준성은 이운룡에게 두 번째 명령을 내렸다.

"이순신 장군에게 네덜란드인을 최대한 생포해 데려오라 하시오."

"알겠사옵니다."

대답한 이운룡은 숨 돌릴 틈도 없이 다시 말에 올라 해군 기지로 달려갔다. 잠시 후, 이순신 장군의 명령을 받은 전령선이 이억기 제독이 있는 해역 쪽으로 이동하는 모습이 보였다.

잠시 후, 이억기 제독은 네덜란드 전함에 해병대를 올려 보내 그곳에 있던 네덜란드인과 아시아인을 전부 제압한 다음, 전함을 장악했다. 그리곤 전함을 몰아 싱가포르로 돌아왔다.

이준성은 먼저 행궁으로 돌아가 포로들이 도착하길 기다렸다. 그로부터 1시간이 지났을 때, 팔과 다리에 구속 기구를 착용한 백인 세 명이 행궁에 있는 별실 안으로 들어왔다.

나이는 제각각이었지만 세 명 다 빨간 머리에 파란 눈동자를 가진 백인으로 네덜란드 동인도 회사의 직원으로 보였다.

이준성은 통역을 기다리며 그들을 주의 깊게 지켜보았다.

인간의 심리는 복잡하기 짝이 없어 해석하기 아주 힘들지만, 위험에 처했을 땐 평소보다 훨씬 쉽게 유추할 수 있었다. 위험에 처하면 이성보다 본능이 강해지기 때문이었다.

이준성은 포로 세 명 중 왼쪽에 서 있는 30대 중반의 젊은 사내를 주목했다. 나이는 젊은 사내가 가장 적었지만 다른 두 명이 은연중에 젊은 사내의 눈치를 살피는 모습을 자주 볼 수 있었다. 아마 젊은 사내의 지위가 가장 높은 듯했다.

잠시 후, 40대로 보이는 동남아인 한 명이 별실 안으로 들어왔다. 이름이 위도도인 그는 암본 섬 출신 해적으로 1년 전에 벌인 해적 소탕 작전에서 포로로 잡혀 끌려왔다. 위도도는 다른 재주는 별 볼 일 없었지만, 언어적인 재능은 아주 뛰어나 모국어 외에 네덜란드어, 중국어를 유창하게 하였다. 심지어 싱가포르에 잡혀 온 후에는 한국어마저 배워 지금은 4개 국어를 아주 유창하게 구사하는 수준에 이르러 있었다.

중국어를 할 줄 아는 해적은 발에 차일 정도로 많았다. 인도네시아에 화교가 거주하는 데다 해적 중 상당수가 중국인이거나 중국인의 후손이기 때문이었다. 그러나 네덜란드어를 유창하게 구사하는 해적은 많지 않았다. 위도도는 그런 점에서 아주 특별했는데, 그가 네덜란드어를 배울 수 있었던 이유는 그가 태어난 곳이 암본이란 섬이기 때문이었다.

네덜란드 동인도 회사가 고생해 가며 이 먼 동쪽 땅까지 진출한 이유는 유럽에서 비싸게 팔리는 육두구와 정향 같은 향신료를 독점해 팔아먹기 위해서였는데, 육두구나 정향이 가장 많이 나는 데가 바로 암본 섬 근처에 있는 반다 제도였다.

네덜란드 동인도 회사는 향신료를 독점할 목적으로 반다 제도 근처에 있는 암본 섬을 점령해 10년 넘게 지배 중이었기 때문에 암본 섬 출신인 위도도 역시 네덜란드어를 익힐 수 있었다. 네덜란드 동인도 회사가 현지 주민을 거의 노예처럼 부린 탓에 배우기 싫어도 배울 수밖에 없는 환경이었다.

이준성은 위도도에게 자기 말을 네덜란드어로 통역하게 한 다음, 그가 조금 전에 유심히 살펴본 젊은 사내에게 물었다.

"당신이 네덜란드 동인도 회사의 현지 책임자요?"

통역을 들은 젊은 사내가 헛바람을 삼켰다. 이준성이 자기 정체를 단번에 알아맞힐 거라곤 전혀 생각하지 못했단 표정이었다. 이준성의 예측대로 젊은 사내는 네덜란드 동인도 회사가 인도네시아에 파견한 책임자로 이름은 로렌스 레이엘이었다.

독재자

3장. 동아시아 무역망

이준성은 피식 웃으며 레이엘을 향해 물었다.

"고문을 받으며 아는 것을 실토하겠소, 아니면 내가 물어볼 때 미리 진실만을 말해 따로 고문을 받는 상황을 피하겠소?"

레이엘은 쓴웃음을 지었다.

"성격이 아주 직설적이시군요."

이준성은 어깨를 으쓱해 보였다.

"당신의 생사여탈이 내 손에 달렸는데 직설적으로 나가지 않을 이유가 있겠소? 아마 당신이 나라도 그렇게 했을 텐데."

레이엘은 한숨을 내쉬며 부정하지 않았다.

"그야 그렇겠지요."

"우선 싱가포르에 쳐들어온 이유가 뭔지나 말해 보시오."

"우린 조호르 술탄국의 지원 요청을 받았을 뿐입니다."

이준성은 미간을 찌푸리며 재촉했다.

"좀 더 자세히 말해 보시오."

"말레이반도를 통치하는 조호르 술탄국이 그들의 영토인 싱가포르를 한국군이 무단으로 점령했다며 우리에게 지원을 요청하였기에 어쩔 수 없이 함대를 동원한 것에 불과합니다."

이준성은 서늘한 눈빛으로 레이엘을 쏘아보았다.

"당신, 꽤 교활한 사내였군."

레이엘은 심장이 덜컥 내려앉은 표정으로 물었다.

"무, 무슨 뜻입니까?"

"당신이 거짓에 진실을 교묘히 섞을 줄 안단 의미였소. 우리가 이 주변 사정을 잘 모를 거로 생각해 거짓을 반쯤 섞어 변명하려는 모양인데, 앞으로는 그러지 않는 게 좋을 거요."

레이엘은 얼른 손사래를 쳤다.

"오해입니다. 난 오로지 진실만을 말했을 뿐입니다."

"그럼 내가 당신이 어떤 부분에서 거짓을 고했는지 친절하게 짚어 주도록 하지. 우선 말레이반도를 통치 중인 국가는 조호르 술탄국이 아니라 포르투갈일 거요. 현재 말레이반도에서 가장 중요한 지역인 말라카를 통치하는 곳은 포르투갈이니까. 그 점에 대해선 우리 둘 다 이견은 없을 거로 생각하오."

레이엘은 정곡을 찔린 사람처럼 얼굴이 새하얗게 질렸다.

이준성은 레이엘의 그런 반응을 즐기며 말을 계속 이어 갔다.

"더구나 포르투갈, 조호르 술탄국 양측은 상대를 견제하기에 바빠 싱가포르엔 그다지 관심을 두지 않았을 것이오. 우리가 싱가포르에 처음 왔을 때 싱가포르를 지키던 게 조호르 술탄국이나 포르투갈의 병력이 아니라 이 근처에서 활동하던 해적이었단 사실이 그 증거일 테지. 그리고 그런 이유로 인해 조호르 술탄국의 요청을 받아 싱가포르를 차지한 우릴 토벌하러 왔다는 당신의 주장은 거짓일 수밖에 없소."

레이엘은 이준성의 힐난에 별다른 반박을 하지 못했다. 그는 그저 이준성의 시선을 피하며 입술을 잘근 깨물 뿐이었다.

이준성은 쐐기를 박았다.

"마지막으로 나는 이미 네덜란드 동인도 회사가 싱가포르에 쳐들어온 이유를 어느 정도 파악한 상태요. 아마 당신네 동인도 회사는 동아시아 무역망을 장악하려는 계획을 세워 두었을 것이오. 에스파냐가 장악한 필리핀에 쳐들어간 것이 그 증거일 테지. 그리고 지금은 조호르 술탄국을 이용하여 말레이반도를 장악한 포르투갈인을 쫓아내려는 걸 테고."

구석에 몰린 레이엘이 발악하듯 물었다.

"그래서 어쨌다는 겁니까?"

이준성은 껄껄 웃으며 손을 내저었다.

"하하, 화낼 필요 없소. 난 네덜란드 동인도 회사가 세운 계획에 흥미가 있는 사람 중 하나니까. 동아시아 무역의 경쟁자인 에스파냐와 포르투갈을 밀어낸 다음, 일본 나가사키, 인도네시아, 그리고 말레이반도를 잇는 무역로를 개설해 동아시아 무역을 장악하겠단 계획은 확실히 매력 있는 계획이오."

뭔가를 직감한 레이엘은 한숨을 푹 내쉬며 물었다.

"대체 우리에게 원하는 게 뭡니까?"

이준성은 일어나서 레이엘 앞으로 뚜벅뚜벅 걸어갔다. 북유럽 혈통이 섞인 레이엘 역시 180에 가까운 신장을 지녔지만 190이 넘는 이준성 앞에서는 왠지 모르게 작아 보였다.

더구나 몸을 단련하는 일을 빼먹지 않은 덕에 근육 역시 이준성이 10여 살이나 어린 레이엘보다 훨씬 발달해 있었다.

"왜, 왜 이러는 겁니까?"

레이엘은 압박감을 느꼈는지 뒤로 물러나며 소리쳤다. 그러나 다리가 구속 기구에 묶여 있는 탓에 반보 물러난 게 다였다.

이준성은 레이엘을 내려다보며 서늘한 표정으로 입을 열었다.

"지금부터 동아시아 무역은 우리 한국이 전담할 것이오. 네덜란드 동인도 회사는 1년 안에 암본, 반다, 나가사키에 만들어 둔 상관을 철수시킨 다음, 다신 이곳에 발을 들여 놓지 마시오."

레이엘은 억지로 시선을 맞추려 노력하며 물었다.

"우리가 당신의 지시를 따르지 않을 때는 어떻게 할 겁니까?"

이준성은 씩 웃으며 대답했다.

"당연한 걸 왜 묻소? 동아시아에 있는 네덜란드인이란 네덜란드인은 싹 죽일 생각이오. 한 3년쯤 고생하겠지만, 그 후에 챙길 수 있는 이득을 계산하면 고생이라 할 것도 없겠지."

이준성은 자기가 조금 전에 한 말이 엄포가 아니란 사실을 레이엘에게 바로 보여 주었다. 포로를 앞세워 항구로 돌아간 이준성은 얼마 전에 끝난 해전에서 살아남은 네덜란드 동인도 회사 소속 전함을 둘러보다가 송대립에게 소리쳤다.

"전함에 실려 있는 물자를 전부 빼내시오!"

"예, 전하."

대답한 송대립은 부하들을 지휘해 전함에 실려 있던 모든 물자를 부두로 옮겼다. 금화와 은화, 군량, 식수, 향신료처럼 전함에 실려 있는 화물은 물론이거니와 함포, 머스킷, 화약, 칼과 같은 무기까지 전부 옮겨 부두 한쪽에 쌓아 놓았다.

몇 시간 후, 송대립이 돌아와 보고했다.

"전하, 지시하신 일을 모두 마쳤사옵니다."

"전함 한 척만 부두에 남겨 두고 나머지는 전부 불태워 버리시오."

"알겠사옵니다."

대답한 송대립은 다시 부두로 돌아가 부하들에게 명령했다.

"저 배를 제외한 나머지 배들은 전부 불태워 버려라!"

"예, 장군!"

해병대원은 네덜란드 동인도 회사 소속 전함 일곱 척 중에서 한 척을 제외한 나머지 여섯 척에 천뢰 5호를 터트려 불을 질렀다. 이준성이 지시한 대로 전함 한 척만 남겨 둔 것이다.

부두에 끌려 나와 자기들이 타고 온 전함이 불타는 모습을 지켜본 네덜란드인들은 욕을 하거나 고함을 질렀다. 그러나 구속 기구에 손발이 모두 묶인 그들이 할 수 있는 일은 없었다. 그저 욕을 하며 불타는 전함을 쳐다볼 따름이었다.

이준성은 불태우지 않은 전함 한 척에 네덜란드인 포로를 다 집어넣었다. 그리고는 이억기에게 해궁 3척, 해신 10척으로 이뤄진 분함대를 준 후, 네덜란드인이 탄 전함을 네덜란드 동인도 회사의 거점이 있는 암본으로 압송하게 하였다.

이준성은 함대가 출발하기 전에 이억기를 따로 불러 명령했다.

"가는 도중에 포로가 저항하면 그 자리에서 바로 죽여 버리시오. 그리고 암본에 도착하면 네덜란드 동인도 회사가 보유한 전함을 전부 침몰시켜 버리시오. 그러면 네덜란드인들은 겁이 나서 현지 상관을 버리고 본국으로 돌아가려 할 것이오."

이억기가 눈을 빛내며 물었다.

"그들이 본국으로 돌아가게 놔둬야 하옵니까?"

"나중 일을 생각하면 지금은 돌려보내 주는 게 맞을 것이오."

이억기는 이준성이 말한 그 나중 일이 어떤 일인지는 전혀

감을 잡지 못했지만 어쨌든 시키는 대로 하겠단 대답을 하였다.

이준성의 명이 이어졌다.

"네덜란드인이 암본을 떠나면 그곳에 한국 상관을 설치하시오. 그 후에는 암본에 사는 현지 주민과의 관계를 개선해 네덜란드보다는 한국이 낫다는 인상을 심는 데 주력하시오."

"알겠사옵니다."

대답한 이억기는 바로 네덜란드인 포로를 실은 전함을 앞세워 네덜란드 동인도 회사의 거점이 있는 암본으로 출발했다.

이억기가 이끄는 분함대가 암본으로 떠나는 모습을 지켜보던 이준성은 자신에게 기회가 왔음을 직감했다. 이 시기에 동아시아에는 포르투갈, 에스파냐, 네덜란드, 그리고 영국 이렇게 네 나라가 들어와 있었다. 물론, 영국은 무장상선을 몇 차례 파견해 향신료를 구매해 간 게 다였다. 영국 역시 동아시아에 거점을 마련할 생각이 전혀 없지는 않았지만, 네덜란드 등의 견제가 심한 탓에 발붙일 장소를 찾기가 어려웠다.

결국, 몇 년 전에 동아시아 지역을 포기한 영국은 인도에 들어가 무굴 제국과 거래하던 포르투갈 상인을 먼저 쫓아낸 다음, 인도를 통치하던 무굴 제국을 협박해 교역권을 독차지했다.

이것이 바로 훗날 영국을 세계 최강 대국의 반열에 당당히 올려놓는 기반임과 동시에 영국에 해가 지지 않는 나라란 별칭이 붙는 데 가장 크게 공헌한 인도 식민 지배의 첫 시작이었다.

영국이 빠졌다면 이제 남은 나라는 네덜란드, 포르투갈, 에스파냐 세 나라였다. 그러나 에스파냐 역시 상황이 좋지 않았다.

에스파냐는 영국과의 대립, 네덜란드 독립 전쟁, 30년 전쟁 등 유럽에서 벌어진 전쟁에 쏟아부은 막대한 전비 때문에 국운이 완전히 기울어 식민지를 늘릴 여유가 없었다. 지금은 필리핀과 괌 식민지를 근근이 유지하는 수준에 불과했다.

에스파냐에 비하면 포르투갈은 그나마 형편이 나은 편이었다. 대항해시대를 가장 먼저 연 포르투갈은 중국의 마카오, 인도의 고아, 말레이반도의 말라카 등지에 식민지가 있었다.

네덜란드 동인도 회사가 알아서 공격해 준 덕에 동아시아에서 네덜란드 세력을 지워 버릴 수 있는 절호의 기회를 잡은 이준성은 그다음으로 말레이반도에 있는 포르투갈을 쫓아내기로 마음먹고 바로 구체적인 행동에 나섰다.

며칠 후, 이준성은 슈메가 지휘하는 해병 3여단을 대동한 상태에서 조호르 해협을 지나 그 너머에 있는 조호르 술탄국을 방문했다. 한국군을 그들의 영토를 노리는 적군이라 단정지은 조호르 술탄국은 바로 부대를 파견해 공격해 왔다.

그러나 뇌섬, 연뢰, 천뢰 5호 등으로 무장한 해병 3여단 병력을 상대하기에는 조호르 술탄국의 전력이 너무 약했다.

결국, 첫 번째와 두 번째 전투에서 패한 조호르 술탄국은

수도가 해병 3여단의 손에 떨어지기 직전에 재빨리 항복을
해 왔다.

이준성은 애초에 말레이반도를 점령할 생각이 눈곱만큼도
없었기 때문에 술탄의 항복을 즉각 받아들였다. 그리고는 조
호르 술탄국의 왕인 술탄을 찾아가 한 가지 조건을 제시했다.

"술탄을 위해 말라카를 차지한 포르투갈인을 쫓아내 주겠
소. 대신, 술탄국에선 그 대가로 두 가지를 우리에게 주시오."

한국군과 직접 싸워 본 경험이 있는 술탄은 한국군이 얼마
나 강한지를 알고 있었기 때문에 바로 관심을 드러냈다. 더욱
이 상대가 내건 조건이 너무 매력적이어서 거절하기 쉽지 않
았다.

말라카는 오랫동안 말레이반도의 정치, 종교, 경제, 문화의
중심 역할을 해 왔다. 그런 말라카를 포르투갈인에게 빼앗긴
것은 술탄과 술탄국의 백성에게는 잊을 수 없는 치욕이었다.

한데 한국의 국왕이 말라카를 되찾아 조호르 술탄국에 돌
려주겠다는 제안을 해 왔다. 술탄은 한국 정부의 요구가 과
하지 않길 바라며 이준성에게 그 두 가지 조건이 뭔지를 물었
다.

이준성은 미소를 지으며 대답했다.

"첫 번째는 싱가포르와 인접해 있는 땅 일부를 달라는 것이
오. 그리고 두 번짼 우리 한국과 조호르 술탄국이 앞으로 경
제, 국방, 문화 등 여러 분야에서 협력해야 한다는 조건이오."

조건을 들은 술탄은 조금 주저하는 기색을 드러냈다. 말라카를 되찾은 한국이 또 다른 포르투갈이 되지 말란 법이 없기 때문이었다. 이준성은 술탄을 안심시키기 위해 한국이 원하는 영토의 크기와 어떤 분야에서 어떻게 협력할 건지를 자세히 명시해 놓은 협정문을 작성해 보여 줬다. 협정문의 내용을 놓고 신하들과 사흘 동안 검토한 후에야 다시 돌아온 술탄은 이준성이 작성한 협정문에 자기 이름을 적어 넣었다.

술탄과 협정을 맺은 이준성은 해병대와 함대를 말라카로 보내 그곳에 있던 포르투갈인을 인도로 쫓아 버렸다. 그리곤 바로 말라카를 조호르 술탄국에 넘겨 술탄의 환심을 샀다.

이에 안심한 술탄은 약조한 대로 싱가포르와 붙어 있는 말레이반도 끝을 한국 정부에 양도했다. 이준성이 말레이반도 일부를 원한 이유는 이 지역의 환경이 천연고무를 추출할 수 있는 고무나무를 키우는 데 아주 적합하기 때문이었다.

물론 본국의 연구소에서 에틸벤젠을 이용해 만드는 합성 고무 개발을 시도하는 중이지만, 연구의 성과가 늦어질 때를 대비해 미리 고무나무를 키울 지역을 확보해 둔 것이었다.

이준성은 또 술탄과 약속한 대로 경제, 국방 등 여러 분야에서 조호르 술탄국과 협력을 이어 나갔다. 한국 정부가 소총, 화약과 같은 무기를 공여하는 대가로 술탄은 조호르 술탄국에서 생산하는 여러 천연자원을 한국에 싼값에 수출했다.

말레이반도에서 포르투갈인을 쫓아내는 데 성공한 이준성은 그다음 목표를 향해 움직였다. 바로 포르투갈이 동아시아에 만든 식민지 중에서 유일하게 남은 중국의 마카오로 쳐들어간 것이다. 마카오에 거주하던 포르투갈인은 말라카에 있던 포르투갈인보다 수도 많고 저항의 강도 역시 거셌다.

그러나 해병 1여단과 해성, 해궁으로 이뤄진 한국군 연합함대 앞에서는 버틸 재간이 없어 열흘 만에 백기를 들었다. 이준성은 항복한 포르투갈인을 배에 실어 인도 쪽으로 쫓아냈다. 이렇게 하여 동아시아에선 포르투갈인이 자취를 감췄다.

말라카와 마카오에서 쫓겨난 포르투갈인 대부분이 인도의 고아로 향했지만, 이는 인도와 영국이 알아서 할 문제였다.

100여 년 전, 열강 중 가장 먼저 동아시아에 입성해 한때 동아시아 무역을 좌지우지하던 해양 제국의 비참한 말로였다.

아마 포르투갈이 그들의 종교를 다른 사람들에게 강요하는 선교보다 경제와 교역 쪽에 더 치중했다면 상황이 달라졌을지 모르지만 이미 엎질러진 물을 주워 담을 수는 없었다.

포르투갈 다음은 에스파냐 차례였다. 에스파냐는 이미 한국군에게 필리핀 마닐라를 점령당한 과거가 있어 전력이 예전만 못한 상태였다. 결국, 이준성이 파견한 함대가 도착하기 무섭게 항복한 에스파냐인은 필리핀과 괌에 있는 자기네 동포를 배에 실어 포르투갈처럼 인도양 방향으로 도망쳤다.

그러나 마지막 남은 네덜란드는 끈질겼다. 네덜란드 동인도 회사는 암본에서 6개월, 나가사키에서 1년을 더 버티며 발악했지만, 한국과 일본 양국의 압박을 받은 후에는 그들 역시 더는 버틸 방법이 없어 상관을 철수하기에 이르렀다.

서양 열강을 몰아낸 이준성은 인도양에서 동아시아로 들어오는 대표적 관문인 싱가포르에 들어앉아 동아시아 무역 전체를 통제하기 시작했다. 마침내 한국의 제주, 부산, 제물포, 일본의 나가사키, 후쿠오카, 북청 천진, 남명 남경, 마카오, 류큐, 대만 타이중, 베트남 다낭, 인도네시아 암본, 자카르타, 싱가포르를 잇는 동아시아 무역망을 완성한 것이다.

◆　◇　◆

이준성은 동아시아 무역망 완성에 만족하지 않았다. 이번 해양 원정을 떠나기 전에 세운 첫 번째 목표는 동아시아 무역망의 완성이 아니라 태평양 무역망을 완성하는 것이었다.

즉, 지금은 그가 세운 첫 번째 목표의 절반가량을 성공한 것에 지나지 않았다. 이준성은 태평양 무역망을 완성하기 위해 해군을 쥐어짜 함대를 두 개 더 만들어 냈다. 첫 번째 함대는 본국에 있는 충무함대장 정운이 이끄는 북태평양 함대였고 두 번째 함대는 싱가포르에 모항을 둔 남태평양 함대였다.

함대를 구성한 후에는 각 함대를 이끄는 제독에게 임무를 부여했다. 우선 북태평양 함대를 이끄는 정운에게는 알류산 열도, 알래스카, 아메리카 대륙을 탐험하라는 명령을 내렸다.

그리고 남태평양 함대를 이끄는 이운룡에게는 인도네시아와 티모르, 파푸아뉴기니, 솔로몬 제도, 오스트레일리아, 뉴질랜드 등을 탐험해 각 지역에 상관을 건설하란 명령을 내렸다.

이 두 태평양 함대가 성공을 거두면 한국은 말 그대로 태평양 전 지역에 상관을 보유한 명실상부한 해양 제국의 반열에 오를 수 있었다. 조금 과장하면 전 세계 바다의 반 이상을 차지하는 태평양을 안방처럼 돌아다닐 수 있는 셈이었다.

두 태평양 함대가 임무를 떠난 사이, 이준성은 싱가포르에 있는 행궁에 머무르며 동아시아 무역을 장악해 가기 시작했다.

장악하는 방법은 크게 두 가지였다. 첫 번째는 동아시아 안에서 자체적으로 이루어지는 무역을 중개하는 방법이었다. 이를테면 은이 많이 나는 일본에서 은을 대거 사들인 다음, 은이 필요한 중국에 가져가 비싼 값에 판매하는 식이었다.

두 번째는 향신료, 비단, 차, 도자기, 금처럼 아시아가 아닌 지역에 가져가면 훨씬 비싼 값에 팔 수 있는 특산품을 대거 사들인 다음, 인도에 진출해 있는 유럽과 중동 쪽의 상인에게 판매하는 방법이었다. 이준성은 이 두 가지 방법을 이용해 막대한 이익을 거두었다. 그리고 그 이익을 다시 동아시아 각지에 건설한 한국무역공사 상관에 재투자해 그 지역에서 한국 상관이 가지는 위치를 더욱 공고히 하였다.

물론, 한국의 이러한 독점에 저항하는 세력이 전혀 없지는 않았다. 저항은 주로 두 세력이 주도했는데, 하나는 해적이었고 다른 하나는 동아시아에서 쫓겨난 유럽 상인들이었다.

해적은 주로 한국무역공사가 운용하는 무장상선을 습격해 화물을 탈취하는 데 집중했다. 그러나 무장상선 역시 그 베이스는 해군이 쓰는 전함이었으므로 열 번 중에 여덟, 아홉 번은 오히려 무장상선의 반격을 받아 전멸을 면치 못했다.

그리고 무장상선이 침몰하거나 실려 있는 화물을 해적에게 빼앗긴 경우엔 어떤 식으로든 반드시 복수하였다. 복수는 철저하게 이뤄졌다. 해적을 찾아내 전부 죽이거나 해적이 사는 마을을 불태워 다신 해적질을 못 하게 하였다.

그와 달리 유럽 상인들은 각국 정부가 보내 준 함대나 돈으로 고용한 사략선을 이용해 싱가포르로 직접 쳐들어왔다. 지금까지 영국이 한 번, 네덜란드가 두 번, 에스파냐가 한 번 해서 총 네 번에 걸쳐 그러한 침입이 발생했다.

그러나 유럽 상인이 보낸 함대는 싱가포르 앞바다를 순시하는 장보고함대의 분함대 하나조차 제대로 감당하지 못했다.

올 때마다 적을 땐 대여섯 척, 많을 땐 10여 척에 가까운 전함이 한국 해군의 반격을 받아 침몰하거나 나포를 당했다.

싱가포르를 직접 치긴 어렵단 판단을 내린 유럽 상인들은 말라카 해협이 아닌 다른 루트로 동아시아 무역에 숟가락을 얹으려 하였다. 그들은 수마트라 섬 해안을 따라 내려가다가 자카르타에서 자와 해로 들어가거나, 아니면 아예 더 밑으로 내려가서 소순다 열도를 통해 안쪽으로 들어오려 하였다.

그러나 이미 인도네시아 주요 지역에 한국 상관이 들어가 있어 그들의 그런 행동은 곧바로 이준성의 귀에 들어왔다. 이준성은 그럴 때마다 인도네시아에서 활동하는 함대를 보내 유럽 상인이 보낸 함대나 상선을 인도양으로 쫓아냈다.

그렇게 1년이란 시간일 흘러갔을 때였다. 유럽 상인들 역시 지쳤는지 더는 함대나 상선을 동아시아에 들여보내지 않았다. 그러나 유럽 상인이 아예 아시아 전체를 포기한 것은 아니었다. 그들은 인도의 고아, 캘커타, 뭄바이와 같은 도시에 들어가 무굴 제국, 데칸 술탄국 등과 거래하는 쪽으로 방향을 선회했다.

한국 역시 인도에 들어가 있는 유럽 상인의 덕을 톡톡히 보았다. 이준성은 싱가포르 물류 창고에 쌓아 둔 비단, 금, 향신료, 차, 도자기 등을 인도에 있는 유럽 상인에게 팔았다.

그런 식의 교역이 거의 1년 가까이 이루어졌을 때였다. 영국의 상인들이 본국이 가진 강대한 해양 전력을 앞세워 인도에 들어와 있는 다른 경쟁자들, 즉 네덜란드와 포르투갈, 에스파냐 상인들을 인도 밖으로 쫓아내는 사건이 발생했다.

여기까진 별문제가 없었다. 한국으로서는 거래처가 유럽 상인에서 영국 상인 한 곳으로 단일화되었단 차이가 전부였다.

한데 영국은 그게 아닌 모양이었다. 영국은 자신들이 한국의 유일한 거래처임을 깨달은 순간, 다른 속셈을 품기 시작했다. 그건 바로 한국과의 거래를 중단해 버리는 것이었다.

그럼 한국은 물건을 팔 거래처가 없어 영국에 머리를 숙이고 들어올 수밖에 없었다. 창고에 물건을 아무리 산처럼 쌓아 놓더라도 사 줄 사람이 없으면 소용이 없기 때문이었다.

영국은 결국 한국무역공사 소속 무장상선이 캘커타에 들어오지 못하도록 해군을 이용해 항구를 봉쇄했다. 그리고는 한국 정부에 일방적으로 거래를 중단하겠다는 통보를 하였다.

캘커타에서 소득 없이 돌아온 무장상선 책임자에게 그 사실을 보고 받은 이준성은 바로 이순신 장군에게 함대를 준비하라 명령했다. 사실, 이준성은 영국이 통보해 오기 한참 전부터 이미 남아시아에 진출하는 계획을 세워 둔 상태였다.

이준성은 은계란을 불러 불쑥 물었다.

"네 생각엔 영국이 무엇을 노리고 이러는 것 같으냐?"

"두 가지 중 하나일 것이옵니다."

"말해 보아라."

"하나는 한국이 독점하는 동아시아 무역에 직접 끼어들어 숟가락을 얹으려는 걸 것이옵니다. 그리고 다른 하나는 우리가 파는 상품의 가격을 낮추려는 의도가 깔려 있을 것이옵니다."

이준성은 흡족한 표정으로 고개를 끄덕이며 은게란을 데려오길 잘했다는 생각을 하였다. 원래는 비서실장인 강주봉이 따라와야 했지만, 출발 직전에 강주봉의 건강이 갑자기 나빠져 은게란을 데려왔다. 불행히 그가 떠난 지 2년쯤 지났을 때 지병이 악화된 강주봉은 결국 세상을 떠나고 말았다.

이준성은 국무총리 이원익에게 강주봉의 가족을 잘 챙기란 지시를 내렸다. 강주봉은 그에게 아주 각별한 사람이었다.

그가 이 세계에 도착해서 처음으로 만난 사람이 바로 강준구, 강주봉, 강태봉이 있던 강 씨 일가였다. 그중 가장 나이가 많던 강준구는 10여 년 전에 유명을 달리했고, 이번엔 비서실장을 맡아 온갖 궂은일을 도맡아 하던 강주봉이 떠났다. 그나마 은호원을 이끄는 강태봉이 건강해 다행이었다.

그로부터 한 달 후, 이준성은 전함 50여 척으로 이루어진 대함대를 이끌고 말라카 해협을 통과하기 시작했다. 말레이반도와 수마트라 섬 사이에 있는 말라카 해협은 총연장이 500킬로미터에 이를 만큼 길었다. 그리고 해협의 너비가 가장 좁은 데는 7, 80킬로미터에 불과했고, 가장 넓은 곳 역시 200킬로미터를 넘지 않아 해적이 숨어 있다가 기습하기에 좋은 해역이었다. 그러나 말라카 해협을 통과하지 않으면 수천 킬로를 돌아가야 했기 때문에 다른 방법이 없었다.

말라카 해협은 이러한 특징 때문에 아주 오래전부터 해적이 들끓기로 유명한 곳이었다. 그러나 지금은 해적을 걱정할 필요가 없었다. 이준성이 무려 다섯 차례에 걸쳐 주변 해적을 깡그리 토벌한 덕에 해적의 씨가 말랐기 때문이었다.

말라카 해협을 통과한 함대는 인도 북동부에 있는 캘커타로 향했다. 캘커타는 해안 근처에 있는 내륙 도시여서 바다에선 디가나와 바칼리 같은 항구를 통해야 들어갈 수 있었다.

이준성은 바칼리 항구가 얼마 남지 않았을 때, 인도에 들어가 있는 은호원 요원이 보내온 정보를 천천히 되짚어 보았다.

현재 영국은 캘커타와 그 주변 일대를 장악한 상태에서 무굴 제국을 강하게 압박하는 중이었다. 17세기 초에 전성기를 맞이한 무굴 제국은 제국이란 이름을 사용할 만큼 군사력이 만만치 않은 국가지만, 치명적인 결점이 하나 존재했다.

그건 바로 해양 전력이 육군 전력보다 현저히 떨어진다는 것이었다. 이는 대월국과 비슷한 경우라 할 수 있었는데, 대월국 역시 수십만이 넘는 육군을 보유한 육군 강국이지만, 해양 전력이 형편없어 한국의 요구를 들어줄 수밖에 없었다.

한국 해군이 육지에 내리지 않은 상태에서 대월국 해안을 왕복하며 함포를 쏴 대면 대월국은 이를 막을 방법이 없었다. 대월국이 보유한 구식 목선 몇 척으론 한국 해군이 보유한 소형 전함 한 척조차 제대로 막아 내지 못하는 탓이었다.

무굴 제국 역시 마찬가지였다. 육군은 아시아에서 가장 강한 축에 들지만, 해군은 그에 비해 아주 약하기 짝이 없었다.

한데 그보다 더 큰 문제는 무굴 제국이 자국의 재정 상당 부분을 외국과의 교역에서 얻은 이득으로 충당한단 점에 있었다.

재정의 상당 부분을 외국과의 교역에서 충당하는 나라가 해군의 전력이 아주 약하다면 이미 답이 나온 것이나 다름없었다.

눈치 빠른 영국인이 무굴 제국의 이러한 약점을 그냥 두고 볼 리 없었다. 영국은 자국의 강대한 해양 전력을 이용해 무굴 제국의 상선이 보이는 족족 공격해 침몰시키는 악랄한 방법을 사용했다. 그 바람에 무굴 제국은 재정에 상당한 타격을 입어 국가의 존속 자체가 어려워지는 지경에 처했다.

무굴 제국은 어쩔 수 없이 영국이 원하는 대로 항구를 개방하고 영국 동인도 회사에 유리한 조건으로 교역 협정을 맺었다.

영국은 거기서 그치지 않았다. 요즘은 아예 인도를 식민지화할 속셈으로 무굴 제국의 황위 계승에 직접 간섭까지 하였다. 영국에 호의적인 후계자를 찾아내 은밀히 후원한 것이다.

캘커타로 들어가는 입구 중 하나인 바칼리 앞바다에 도착한 이준성은 영국 함대가 나타나기를 기다렸다. 다행히 오래 기다릴 필요는 없었다. 기다린 지 반나절이 채 지나기 전에 영국 국기를 높이 매단 함대가 마침내 모습을 드러냈다.

그러나 영국은 역시 다른 나라들과는 달랐다. 한국을 한껏 도발한 영국은 한국이 언젠간 대규모 함대를 보내 그들의 거점이 있는 캘커타를 침공할 거라 예상했는지 준비를 미리 완벽히 마쳐 둔 상태였다. 즉, 한국 해군은 영국 해군이 미리 설계해 둔 전장으로 들어가 해전을 치러야 하는 처지였다.

영국은 함대를 주력 함대와 별동 함대 두 개로 나눈 다음, 앞과 뒤 양쪽에서 장보고함대를 에워싸듯 포위해 들어왔다.

어느 때처럼 장보고함 기함 전망대에 올라가 해전을 지켜보던 이준성은 영국 해군의 기민한 기동을 보며 살짝 당황했다.

그러나 그 당황이 긴장이나 초조함으로 이어지지는 않았다. 영국 해군에 칼레 해전에서 스페인의 무적함대를 상대로 승리를 거둔 노련한 해군 지휘관이 있다면, 한국 해군에는 이순신 장군과 최첨단 무기로 무장한 쾌속 전함이 있었다.

그때였다. 이순신 장군의 명을 받은 분함대 하나가 재빨리 선수를 돌려 후방을 포위해 들어오는 영국 별동 함대를 저지했다.

그야말로 신속하기 짝이 없는 기동이어서 영국 별동 함대가 대처하기 위해 기동했을 때는 이미 한국 해군의 분함대 하나가 그들의 앞을 완벽히 막아선 상태였다. 즉, 이제부턴 영국 해군이 한국 해군을 에워싸 포위하는 게 아니라, 오히려 따로 떨어진 상태에서 각개 격파당할 위기에 처한 것이다.

이준성은 다시 한 번 감탄을 금치 못했다. 선회하는 데 공간과 시간이 많이 필요한 범선으로 이렇게 신속한 기동을 보여 줄 거라곤 미처 예상치 못했다. 한국 해군이 지닌 실력과 능력은 이미 그가 생각한 기대치를 한창 웃도는 중이었다.

이순신 장군은 그 틈에 나머지 전함을 지휘해 앞바다에 있는 영국 주력 함대 쪽으로 맹렬히 진격해 들어갔다. 곧 바칼리 앞바다와 먼바다에서 두 개의 해전이 동시에 치러졌다.

이준성은 먼저 바칼리 앞바다에서 벌어지는 주력 함대 간의 해전을 주목했다. 해성, 해궁 등으로 이루어진 전함 10척이 물살을 가르며 진격하다가 선수에 장착한 청뢰를 쏘았다.

펑펑펑펑펑!

청뢰가 불을 뿜을 때마다 4, 500미터 떨어진 곳에서 이동 중이던 영국의 주력 함대 전함에 불꽃과 연기가 피어올랐다.

영국의 주력 함대 역시 곧장 좌측으로 선회하며 우현에 있는 함포로 반격해 왔다. 그러나 영국 전함이 주력으로 쓰는 캐논이나 컬버린은 정확도가 떨어져 명중률이 높지 않았다.

함포의 성능 차이 덕에 승기를 잡은 이순신 장군은 영국 해군의 주력 함대를 완전히 제거할 목적으로 돌파를 지시했다.

곧 10여 척으로 이루어진 돌격 함대 하나가 영국의 주력 함대를 뚫고 들어가 양쪽 현에 있는 홍뢰 수백 문을 가동했다.

펑펑펑펑펑!

한국 해군의 주력 함포인 홍뢰가 영국 주력 함대에 화룡탄을 쏟아붓는 순간, 굉음 속에서 불길과 연기가 난무했다.

화룡탄 수백 발이 흰 꼬리를 매달며 거칠게 울부짖는 바다 위를 질주해 영국 주력 함대를 박살 내는 모습은 장관이 따로 없었다. 영국 주력 함대에 걸려 있던 영국 국기와 영국 동인도 회사의 회사기가 불꽃에 휩싸여 바다로 추락했다.

영국 주력 함대의 전함들은 이미 패배가 확정이 난 상황에서도 함포를 미친 듯이 쏘아 한국 해군을 끝까지 괴롭혔다.

비록 영국 함대의 주력인 컬버린과 캐논으로 발사하는 포탄이 철환이긴 해도 대여섯 발 이상 맞으면 선체에 구멍이 뚫려 침수로 침몰하거나 돛대가 부러져 기동 불능에 빠질 수 있었다. 돛이 부러진 범선은 배라 할 수 없었다.

이준성은 영국 해군의 결사적인 저항을 보며 의아함을 감추지 못했다. 영국 해군의 충성심이 다른 나라보다 뛰어나다곤 하지만 전멸을 각오하고 싸울 만큼 뛰어나진 않았다. 그렇다면 이렇게 나오는 데에는 뭔가 다른 이유가 있단 뜻이었다.

"설마……."

뭔가를 직감한 이준성은 급히 돌아서서 먼바다를 보았다. 한데 2, 3킬로미터 떨어져 있던 전장이 지금은 4, 5킬로미터로 더 벌어져 있었다. 영국 해군의 별동 함대는 먼바다 쪽으로 도망치는 중이었다. 그리고 장보고함대의 분함대 역시 그런 별동 함대를 쫓기 위해 같이 멀어지는 중이었다.

그때, 옆에 있던 은게란이 소리쳤다.

"전하, 왼쪽이옵니다!"

이준성은 급히 은게란이 말한 방향으로 시선을 돌렸다.

그 순간, 섬 뒤에 숨어 있던 영국 해군의 전함 20여 척이 튀어나와 두 개로 갈라진 장보고함대 사이로 치고 들어왔다. 매복해 있던 영국 전함이 노리는 목표는 분명했다. 바로 장보고함대의 기함이며 이준성과 이순신 장군이 탄 장보고함이었다. 이준성은 식은땀 한 방울이 흘러내리는 것을 느꼈다.

◆ ◈ ◆

영국은 이번 해전을 위해 50척이 넘는 전함을 동원했다. 물론 그중 대다수는 동인도 회사 소속 무장상선과 영국 왕이 고용한 사략선이지만, 지금은 전함의 역할을 하는 중이었다.

영국이 국운을 걸고 에스파냐 무적함대에 맞섰던 칼레 해전에 동원된 전함이 200여 척이란 점을 고려하면, 영국이 인도에 어느 정도로 사활을 걸었는지를 쉽게 짐작할 수 있었다.

영국은 그들이 선택한 전장에서, 그들이 세운 작전을 이용해 한국 해군을 상대했다. 전함 50척을 세 개로 나눈 영국은 그중 20척으로 이루어진 주력 함대와 10척으로 이루어진 별동 함대를 이용해 장보고함대를 앞뒤로 떨어트려 놓았다.

그리고는 섬 뒤에 숨겨 둔 돌격 함대 20척을 동원해 이준성과 이순신 장군이 탄 장보고함대의 기함 장보고함을 급습했다.

영국이 장보고함을 잡기 위해 동원한 함대가 돌격 함대란 사실은 전함 옆에 붙어 있는 소형 선박 10여 척을 통해 쉽게 유추해 낼 수 있었다. 전함 옆에 있는 소형 선박 10여 척의 정체는 바로 선체 안에서 불꽃을 뿜어대는 화공선이었다.

돌격 함대는 불을 붙인 화공선부터 내보내 장보고함과 장보고함을 호위하는 전함 세 척의 진형을 무너트리려 들었다.

장보고함을 호위하는 임무를 맡은 청주함, 전주함, 거제함은 영국 해군이 보낸 화공선을 저지하기 위해 황급히 이동했다.

장보고함이 당하면 그때부턴 해전의 승패가 별로 중요하지 않았다. 장보고함이 당해 이준성과 이순신 장군 등이 전사하는 순간, 이미 패배한 거나 다름없었다. 아니, 패배한 수준을 넘어 한국이란 나라가 멸망한 상황과 마찬가지였다.

호위 전함 세 척은 즉시 장보고함 앞을 막아섰다. 그리고는 좌현에 탑재한 홍뢰로 영국 해군의 화공선을 요격했다.

펑펑펑펑펑!

화룡탄 수십 발이 하얀 궤적을 뿌리며 날아가 화공선 몇 척을 터트렸다. 그러나 이번 포격으로 요격에 성공한 화공선은 3척에 불과했다. 아직 8척 이상의 화공선이 남아 있었다.

화공선의 크기가 작은 데다 조류와 바람까지 장보고함이 있는 쪽으로 부는 탓에 포격 한 번으론 전부 요격할 수 없었다.

호위 전함 세 척은 홍뢰에 화룡탄을 다시 장전하며 진형을 교체했다. 전에는 홍뢰를 최대한 많이 발사하기 위해 세로로 늘어서 있었다면, 지금은 전함 세 척이 가로로 늘어서 영국 해군의 화공선이 장보고함으로 돌진하지 못하도록 막아섰다. 장보고함을 지키기 위한 눈물겨운 노력이었다.

콰아앙!

그때, 첫 번째 화공선이 맨 앞에 서 있던 청주함 선수와 정면으로 부딪쳤다. 두 배가 충돌하는 순간, 엄청난 굉음이 울리며 청주함 선수 쪽에서 새빨간 불길이 치솟았다. 그러나 청주함 역시 선체가 꽤 단단한 덕에 구멍이 뚫리진 않았다.

하지만 운이 매번 좋을 순 없었다. 두 번째, 세 번째 화공선이 청주함과 연달아 충돌하는 순간, 연기와 화염이 치솟았다. 화공선 세 척을 몸으로 막아 낸 청주함은 마치 자기 할 일을 다 했다는 듯 끼익하는 소리를 내며 뒤로 넘어갔다.

화공선과 충동할 때 피해가 컸는지 기울어지는 청주함 안에서 바다로 몸을 던지는 해병과 승조원의 수가 많지 않았다.

청주함 다음에는 전주함이 나서 적의 화공선을 막았다.

쾅쾅쾅!

폭음이 연달아 울리는 순간, 전주함 역시 청주함과 같은 운명을 겪었다. 뱃전에 불길이 치솟음과 동시에 균형을 잃은 선체가 굉음을 내며 기울었다. 그나마 이번에는 미리 대비를 했는지 바다에 뛰어드는 병사의 수가 꽤 많은 편이었다.

청주함에 이어 전주함까지 당함에 따라 장보고함을 호위하는 전함은 이제 거제함 하나에 불과했다. 거제함은 청주함과 전주함이 당하는 모습을 보았음에도 전혀 두려워하는 기색 없이 앞으로 나아가 영국 해군의 화공선 공격을 막았다.

쿠웅!

화공선 한 척에 선미를 들이받힌 거제함이 넘어갈 것처럼 기우뚱거리다가 다시 균형을 잡았다. 그러나 영국 해군의 또 다른 화공선이 선체 가운데를 들이받는 순간, 거제함 역시 더는 버틸 수 없는지 굉음을 쏟아 내며 천천히 넘어갔다.

하지만 거제함 역시 이대로 침몰할 순 없다는 듯 재장전을 마친 홍뢰를 가동해 남은 화공선을 전부 터트려 버렸다.

청주함, 전주함, 거제함이 연달아 침몰하는 바람에 이제 장보고함을 지켜 줄 호위 전함은 없었다. 말 그대로 장보고함 혼자서 영국 해군의 돌격 함대를 막아 내야 한다는 뜻이었다.

영국 해군의 돌격 함대는 중간에 다시 두 개로 쪼개져 하난 장보고함 선수 쪽으로, 다른 하나는 선미 쪽으로 이동했다.

두 개로 쪼개진 영국 해군의 돌격 함대는 장보고함의 선수와 선미에 포탄을 무지막지하게 쏟아부었다. 물론, 포탄 대부분은 바다 위에 떨어져 장보고함에 큰 피해를 주지 못했다.

그러나 워낙 쏟아붓는 포탄의 양이 많아 그중 몇 발은 장보고함의 선미와 선수를 강타하며 적지 않은 손해를 입혔다.

수십 파운드짜리 철환이 장보고함 선체에 떨어지는 순간, 뱃전에 밭고랑 같은 긴 홈이 파이며 부서진 파편이 사방으로 튀었다. 그리고 운이 나빠 철환에 직격당한 병사들은 비명을 지를 틈조차 없이 머리와 사지가 찢겨 나가 즉사했다.

그러나 장보고함은 한국 해군 전체를 대표하는 기함이었다. 더구나 국왕인 이준성이 탑승하는 기함이었기 때문에 설계할 때부터 특별히 공을 들여 건조한 초대형 전함이었다.

일단, 장보고함은 선체의 두께가 다른 전함의 거의 두 배에 달하는 데다 내부에 두꺼운 강철판을 덧대어 강화했기 때문에 구식 철환으로 선체에 구멍을 뚫기가 아주 어려웠다.

영국 해군 돌격 함대의 포탄 세례를 견뎌 낸 장보고함은 바로 반격에 나섰다. 장보고함은 선수와 선미에 청뢰 6문을 탑재했기 때문에 장전한 소화룡탄을 즉각 발사해 반격했다.

펑펑펑펑!

100여 미터 전방을 이동하던 영국 전함 한 척이 소화룡탄 두 발을 얻어맞는 순간, 연기와 불꽃이 피어오르며 움직임이 느려졌다. 심지어 그중 한 발은 화약을 보관하던 창고를 덮쳤는지 연달아 폭음이 일더니 뱃전 중앙부터 터져 나갔다.

쿠르릉!

터져 나간 전함이 선수를 수면에 박은 상태에서 서서히 가라앉기 시작할 무렵, 그 뒤를 바짝 쫓던 전함 두 척이 가라앉는 전함을 미처 피하지 못하고 선수를 차례로 들이받았다.

콰콰쾅!

가라앉던 전함은 그 충격으로 인해 더 빠르게 가라앉았다. 그리고 들이받은 전함 두 척은 균형을 잃은 상태에서 크게 비틀거리다가 옆에 있는 또 다른 전함을 건드려 다시 충돌했다.

마치 고속도로에서 사고가 났을 때, 안전거리를 확보하지 않은 상태에서 바짝 뒤따르던 다른 차량이 사고 차량의 뒤를 들이받아 피해가 걷잡을 수 없이 커지는 상황과 흡사했다.

그 덕에 시간을 번 장보고함은 주력 함대가 있는 바칼리 앞바다로 도망쳤다. 지금으로서는 주력 함대와 합류해 영국 해군의 돌격 함대를 상대하는 방법이 최선이기 때문이었다.

한편, 장보고함 전망대에 올라가 전장을 관찰하던 이준성은 청주함이 침몰하는 모습을 지켜보다가 전망대를 내려왔다. 영국 전함이 쏜 철환이 전망대에 명중하면 그에게 아무리 뛰어난 운동능력이 있어도 큰 부상을 면하기가 어려웠다.

뱃전으로 내려온 이준성은 장보고함이 선수 쪽에 있는 영국 전함 대여섯 척 사이를 비집고 들어가 바칼리 앞바다로 도망치는 모습을 지켜보았다. 물론, 영국 전함은 그런 장보고함을 저지하기 위해 함포와 머스킷을 총동원해 공격해 왔다.

탕탕탕!

영국 해군이 발사한 머스킷 탄환 몇 발이 이준성의 머리 위를 지나쳐 돛대와 선체에 틀어박혔다. 이에 화가 난 이준성은 은게란에게 당장 천관을 가져오라는 명령을 내렸다.

우물쭈물하던 은게란은 이준성의 재촉을 거듭 받은 후에야 어쩔 수 없다는 듯 이준성이 쓰는 천관을 몇 정 가져왔다.

이준성을 보필해야 하는 은게란으로선 이준성이 전투가 끝날 때까지 안전한 장소에 피신해 있길 바랐지만, 불행히 그가 모시는 상관은 이런 상황에서 피신하는 사람이 아니었다.

은게란에게 천관을 건네받은 이준성은 즉시 뇌전 한 발을 장전해 표적을 겨누었다. 표적은 장교복을 입은 영국 해군 장교였다. 장교는 칼을 휘두르며 부하들을 독려 중이었다.

탕!

천관의 긴 총신이 살짝 떠오르는 순간, 얼굴에 뇌전을 맞은 장교가 붕 떠올라 뒤로 날아갔다. 이준성은 은게란에게 조금 전에 발사한 천관을 건넨 다음, 미리 장전해 둔 두 번째 천관을 받아 장교로 보이는 영국군을 계속 저격했다.

이준성 옆에선 이준성의 개인 경호원인 낭환이 천관으로 적을 저격했다. 낭환은 그사이 소총을 다루는 실력이 일취월장해 인드라망을 쓰는 이준성과 실력 차이가 크지 않았다.

이준성과 낭환이 활약하는 모습을 지켜본 경호원, 해병대원, 승조원 역시 각자 개인화기를 꺼내 적 전함을 공격했다.

장보고함에 승선한 해병대원과 승조원, 경호원은 거의 300여 명에 달했다. 그중 포병과 전투 지휘 때문에 빠질 수 없는 몇 명을 제외한 200여 명이 장보고함을 공격 중이던 영국 전함에 천관과 뇌섬으로 뇌전 수백 발을 쏟아부었다.

영국 해군이 쓰는 머스킷으로는 장보고함 승조원이 발사하는 뇌섬의 화력을 따라잡을 수 없어 바로 수세에 처했다.

더구나 장전을 마친 장보고함의 홍뢰 40여 문이 차례대로 불을 뿜는 순간, 영국 전함 수 척이 속절없이 터져 나갔다.

그때, 장보고함에 한 가지 호재가 더 날아들었다. 장보고함이 위기에 처한 모습을 본 탁나신이 근처에 있는 대여섯 척의 전함을 이끌고 장보고함을 구원하기 위해 급히 달려왔다.

장보고함이 포위를 벗어나기 위해 고군분투할 때, 때맞춰 도착한 탁나신이 장보고함을 포위한 적함을 맹렬히 공격했다.

펑펑펑펑펑!

함포가 불을 뿜을 때마다 적함에 불길이 치솟았다. 장보고함은 그 틈에 재빨리 포위망을 벗어나 안전한 장소에 이르렀다.

영국 해군이 숨겨 둔 비장의 한 수가 무위로 돌아가는 순간이었다. 화공선으로 들이받는 기책(奇策)을 이용해 장보고 함을 몰아붙이던 영국 해군의 돌격 함대는 청주함, 전주함, 거제함을 침몰시키는 성과를 거두긴 했지만 그게 다였다.

그들은 장보고함을 포위하려다가 오히려 사방에서 모여 든 한국 해군 전함에 역으로 포위당해 순식간에 침몰해 버렸 다.

장보고함이 안전한 장소로 도피한 지 1시간쯤 지났을 때였 다. 살아남은 적 전함 네 척이 간신히 몸을 빼서 도망쳤다.

영국 해군이 이번에 동원한 전함의 수가 50여 척이란 사실 을 고려하면 참패 중의 참패가 아닐 수 없었다. 실제로 교환 비가 3척대 47척이기 때문에 이를 부정하긴 힘들었다.

바칼리 해전을 승리로 이끈 이순신 장군은 상륙정에 해병 대원을 실어 내보냈다. 잠시 후, 상륙정에 탄 해병대원이 전 투가 벌어졌던 바다를 돌아다니며 아직 살아 있는 영국군 1,000여 명을 배 위로 끌어올렸다. 해전에서 잡아들인 포로 라는 점을 고려하면 그야말로 엄청난 성과가 아닐 수 없었다.

물론 청주함과 전주함, 거제함 승조원들 또한 구할 수 있는 데까지 구해 아군의 손실을 줄이는 노력 역시 잊지 않았다.

이준성은 장보고함대를 바칼리 항구에 정박시킨 다음, 맹 호특수전여단을 내보내 항구에 남아 저항하는 소수의 영국 군을 제거했다. 그리곤 바로 바칼리 항구에 해병대를 상륙시 켰다.

홍염해병군단 2여단에게 바칼리 항구를 수비하란 명령을 내린 이준성은 1여단, 3여단과 캘커타로 진격했다.

인도에 들어와 있는 영국인을 서쪽으로 쫓아내기 위해선 영국 동인도 회사의 거점이 위치한 캘커타의 점령이 필수였다.

이준성이 직접 지휘하는 해병 1여단, 3여단이 캘커타 동쪽에 도착했을 때, 한명련이 이끄는 맹호특수전여단 대원 300여 명은 캘커타 서쪽과 북쪽에 매복해 적의 퇴로를 차단한 상태였다. 캘커타에 있는 영국인과 영국군이 인도 내륙으로 도망쳐 전황이 지지부진해지는 것을 사전에 차단하기 위해서였다.

캘커타를 둘러본 이준성은 홍염해병군단 송대립을 불러 명했다.

"백뢰를 이용해 이 건물과 이 건물을 빨리 점령하시오. 그리고 점령에 성공한 후에는 바로 저격 중대를 배치하시오."

"알겠사옵니다."

송대립은 해병 3여단장 슈메를 불러 이준성이 지목한 건물 몇 개를 빠르게 점령하란 명령을 내렸다. 슈메는 명령대로 백뢰를 운용하는 박격포반을 활용해 이준성이 점찍은 건물을 공격했다. 백뢰탄 수십 발이 소나기처럼 쏟아진 다음에 해병 3여단 병사들이 건물 안으로 뛰어 들어갔다

머스킷과 뇌섬의 총성이 한동안 이어지다가 갑자기 뚝 끊

겄다. 잠시 후, 3층 건물 옥상에 대형 군기가 올라왔다. 아라비아 숫자 3을 해골바가지와 뱀 한 마리가 휘감고 있는 군기였는데, 바로 홍염해병군단 3여단을 대표하는 군기였다. 이는 3층 건물이 3여단의 수중에 떨어졌다는 신호였다.

3여단은 그 기세를 살려 근처에 있던 3층 건물 두 개와 2층 건물 몇 개를 단숨에 점령해 캘커타 외곽에 거점을 마련했다.

현장을 지휘하던 슈메는 즉시 3여단 저격 중대 병사들을 그들이 점령한 건물 옥상에 올려 보내 저격할 준비를 완료했다.

이준성이 싱가포르에 거의 4년 가까이 머물며 동아시아 무역망을 장악할 무렵, 송대립이 이끄는 홍염해병군단 역시 놀고만 있지는 않았다. 송대립은 바다와 인도네시아의 정글에서 싸운 경험을 바탕으로 저격을 맡을 저격 중대를 창설했다.

각 저격수에겐 뇌섬의 파생형인 2세대 천관과 현재 기술로 만들어 낼 수 있는 가장 최신의 스코프를 배급했다. 스코프라 해서 거창한 건 아니었다. 망원경을 개조한 형태에 가까워 천관에 연결하면 저격할 때 약간의 도움을 받을 수 있었다.

저격수 자체를 여단 내에 있는 샤프 슈터 중에서 선발한 데다 배급받은 천관과 스코프의 성능이 그리 나쁘지 않은 덕에 4년이 흐른 지금은 꽤 훌륭한 저격수를 보유할 수 있었다.

그렇게 마련된 저격 중대 저격수가 옥상에 배치돼 아군을 엄호하는 동안, 해병 1여단과 3여단이 캘커타 안으로 진입해

적을 분쇄했다.

전투는 이틀 동안 벌어졌지만, 전투라 부를 만한 상황은 초반 반나절 정도가 다였다. 나머지는 청소 행위에 더 가까웠다. 결국 캘커타에서 쫓겨난 영국인은 내륙으로 도망치려 했다. 그러나 길목에 매복한 맹호특수전여단의 추격까지 피하진 못했다.

마침내 인도 동쪽에서 가장 중요한 도시인 캘커타를 손에 넣어 남아시아 진출을 위한 교두보를 확보하는 순간이었다.

4장. 실론

 이번에 영국 동인도 회사가 동원한 전함 50여 척은 본국
은 물론이거니와 남아시아, 아프리카 등지에서 활동하던 무
장상선과 사략선을 전부 동원해 마련한 전력이었기 때문에
영국 해군 전력에 상당한 공백이 생길 수밖에 없는 상황이었
다. 이준성으로선 세력을 굳히는 데 필요한 시간을 번 셈이
었다.

 캘커타를 점령한 이준성은 그곳에서 보름가량 머무르며
무굴 제국이 파견한 사신이 도착하기를 기다렸다. 무굴 제국
또한 캘커타 상황을 예의주시하는 중이었기 때문에 반응이
빨랐다.

캘커타에서 보름쯤 기다렸을 때였다. 무굴 제국의 황제 자한기르가 파견한 사절단이 이준성을 예방하기 위해 찾아왔다.

이준성은 자한기르가 보낸 사절단을 만나 대월국 완주에 한 제안과 거의 흡사한 제안을 하였다. 캘커타와 뭄바이 두 항구를 한국 정부에 내어 주면, 인도에 들어와 있는 영국 동인도 회사를 쫓아내 줄 뿐만 아니라 인도 중부에 있는 데칸 술탄국 네 나라와 인도 남부를 제패한 강력한 왕국인 비자야나가르 왕국을 정복할 수 있게 도와주겠다는 제안이었다.

인도는 땅덩이가 워낙 큰 탓에 수십, 수백 개의 왕국이 만들어졌다가 사라지기를 반복했다. 더구나 종교까지 복잡하기 짝이 없어 이슬람교, 힌두교, 시크교가 한데 섞여 있었다.

무굴 제국의 악바르 대제와 그 아들인 자한기르는 독실한 이슬람 수니파 신도지만 종교에서만큼은 포용력을 발휘해 제국의 영토에 거주하는 힌두교도와 시크교도를 박해하지 않았다. 그리고 그러한 포용 정책이 무굴 제국의 번성을 이끌었다.

현재 인도 대륙은 두 개의 큰 세력과 네 개의 작은 세력이 뒤엉켜 번영과 생존을 놓고 치열한 사투를 벌이는 중이었다.

큰 세력 두 개는 바로 인도 북부를 제패하는 데 성공한 무굴 제국과 인도 남부를 장악하는 데 성공한 비자야나가르 왕국이었다. 그리고 네 개의 작은 세력은 인도 중부에 있는 데칸고원의 술탄국 네 개를 의미했다. 각각 아마드나가르, 비다르, 비자푸르, 골콘다 술탄국이었는데, 이들 네 술탄국을 데칸 술탄국이라 통칭해 부르는 이유는 이들이 데칸고원을 지배하던 바흐마니 술탄국에서 갈라져 나온 탓이었다.

원래는 베라르 술탄국까지 해서 다섯 개지만, 30년쯤 전에 아마드나가르 술탄국에게 정복당해 지금은 멸망한 상태였다.

자한기르는 인도를 통일하는 일에 평생을 바쳤기에, 이준성은 그가 무굴 제국에 한 제안이 통할 거라 믿어 의심치 않았다.

그러나 무굴 제국 사절단 대표는 냉랭한 얼굴로 고개를 저었다.

"황제께선 한국에 항구를 내어 줄 의사가 없으실 뿐만 아니라, 한국이 우리 무굴 제국의 친구인 영국인을 캘커타에서 쫓아낸 일에 크게 분노하신 상태입니다. 만약 한국이 다른 항구에서 영국인을 또 공격한다면, 그땐 무굴 제국 역시 가만있지 않을 거란 점을 이 자리서 분명히 밝히는 바입니다."

이준성은 미간을 슬쩍 찌푸렸다.

"우리는 보름 전에 영국 동인도 회사가 동원한 전함 50척을 상대로 압승을 거두었소. 영국은 이제 우리 한국의 상대가 아니라는 뜻이오. 한데 귀국의 황제께서는 정말 우리 한국이 아니라 영국과 계속 손을 잡길 원하신다는 말이오?"

사절단 대표는 틀림없다는 듯 고개를 끄덕였다.

"이는 황제께서 저를 친히 불러 직접 하신 말씀입니다."

이준성 역시 쉽게 포기하지 않았다.

"우리에겐 영국군이 쓰는 머스킷보다 성능이 훨씬 좋은 소총이 있소. 또한 그 소총을 발사하는 데 필요한 화약 역시 필요한 만큼 공급해 줄 저력이 있소. 소총이 필요 없다면 야전에서 큰 위력을 발휘하는 야포를 공급해 줄 의향까지 있소. 아마 그 소총과 야포가 있으면 귀국은 비자야나가르 왕국을 정복해 귀국의 소원인 인도 통일을 달성할 수 있을 것이오."

사절단 대표는 약간 귀찮은 표정으로 대답했다.

"비자야나가르 왕국은 무굴 제국이 가진 힘만으로도 충분히 정복할 수 있습니다. 한국의 도움 따윈 필요 없다는 뜻이지요."

"물론 정복할 수 있을 거요. 하지만 우리의 지원을 받으면 그 시기를 수십 년 앞당길 수 있소. 말 그대로 지금 황제의 재위 기간 안에 인도를 완벽히 통일할 수 있다는 의미요."

사절단 대표는 들을 이야긴 다 들었다는 듯 벌떡 일어났다.

"한국이 점령한 캘커타를 우리에게 다시 넘기는 데 닷새를 드리겠습니다. 만약 그 안에 철수하지 않으면, 캘커타 근처에 집결한 20만 대군을 동원하여 강제로 탈환할 것입니다."

협박을 들은 이준성은 서늘한 표정으로 경고했다.

"좋소. 시키는 대로 캘커타에서 철수하겠소. 다만, 돌아가는 대로 오늘 나와 나눈 대화를 귀국의 황제께 반드시 들려드리란 당부를 하고 싶소. 오늘 이 자리에서 나와 나눈 대화가 무굴 제국의 역사를 바꿔 놓을 수도 있으니까 말이오."

사절단 대표는 피식 웃었다.

"우리 무굴 제국의 위대하신 황제께서는 공사다망하신 탓에 이런 하찮은 이야기에 귀를 기울이실 틈이 없으실 겁니다."

무굴 제국 사절단이 돌아간 후, 이준성은 한숨을 길게 내쉬었다.

"무굴 제국을 설득한다는 1차 계획은 보기 좋게 실패한 셈이군."

은게란이 약간 화가 난 표정으로 물었다.

"무굴 제국 사자의 태도가 너무 방자하지 않습니까?"

"탓할 필요 없다. 다만, 그의 좁은 식견은 조금 안타깝긴 하군."

"그럼 지금부터는 2차 계획으로 넘어가는 것이옵니까?"

"그래야겠지."

이준성은 약속한 대로 무굴 제국 정부에 캘커타를 넘겼다. 그리고는 바칼리 항구로 돌아가 장보고함대를 정비한 다음, 바로 남쪽으로 내려갔다. 장보고함대는 인도 동부 해안에 있는 푸리, 비샤카파트남, 첸나이를 거친 후에 마침내 2차 계획의 핵심 거점에 해당하는 실론, 즉 스리랑카에 도착했다.

당시 실론은 포르투갈의 지배를 받는 중이었기 때문에 장보고함대가 수도인 콜롬보 앞바다에 도착하기 무섭게 포르투갈 국기를 단 무장상선 몇 척이 튀어나와 함대를 저지했다.

그러나 전투는 벌어지지 않았다. 장보고함대의 엄청난 규모에 기겁한 포르투갈인이 알아서 먼저 투항해 왔기 때문이었다.

별다른 전투 없이 항구에 입항한 장보고함대는 그곳에 거주하던 포르투갈인을 전부 쫓아낸 다음, 바로 콜롬보 장악에 나섰다. 별로 어려운 일은 아니어서 함대가 입항한 지 불과 사흘 만에 콜롬보 전역을 완벽히 장악하는 데 성공했다.

그러나 콜롬보 외에 다른 지역은 건드리지 않았다. 실론에는 베다인과 아리아인의 혼혈인 싱할라족이 살았는데, 외부의 침입에 익숙한지 콜롬보의 주인이 포르투갈에서 한국으로 바뀌기 무섭게 각 부족의 족장이 먼저 찾아와 선물을 바쳤다. 그 모습을 씁쓸하게 바라보던 이준성은 몇 가지 선물을 주어 답례한 다음, 불안해하는 족장들을 달래 돌려보냈다.

그날 밤, 이준성은 유진을 불러 실론의 역사를 쭉 살펴보았다. 실론, 그러니까 스리랑카는 인도 남부에 있는 여러 왕국과 포르투갈, 네덜란드, 영국의 지배를 천년 가까이 받았다.

그리고 20세기 중반에 영국으로부터 독립한 후에는 종교가 발목을 잡기 시작했다. 앞서 말했던 것처럼 스리랑카는 베다인과 아리아인의 혼혈인 싱할라족이 대다수를 차지했다. 그리고 이들은 불교의 분파 중 하나인 남방 불교를 믿었다.

한데 여기에 인도 남부에 살던 타밀족이 스리랑카로 넘어오며 상황이 복잡해지기 시작했다. 타밀족은 싱할라족과 접점이 거의 없는 드라비다 인종인 데다 힌두교를 숭상했다. 종교와 인종이 다른 두 민족이 한 섬에 같이 살게 된 것이다.

아마 싱할라족과 타밀족의 인구와 세력이 비슷했다면 섞여서 잘 지낼 수 있었을 것이다. 그러나 현실은 그렇지가 않았다. 현실은 주류 민족인 싱할라족이 스리랑카 인구의 70퍼센트를 차지했고 타밀족은 10퍼센트 안팎에 불과했다.

그 후, 싱할라족은 당연하다는 듯이 인구가 적은 타밀족을 박해했고 타밀족은 이에 대항하기 위해 반군을 조직했다. 스리랑카에 내전이 발생한 것이다. 이 내전은 스리랑카의 발목을 잡아 21세기인 지금까지도 해결될 기미가 보이지 않았다.

이준성은 다음 날, 은호원 요원들을 실론 각지에 파견해 현지 사정을 상세히 알아 오게 하였다. 싱가포르에 있던 해적 중에 실론 출신이 꽤 많아서 언어는 큰 문제가 아니었다.

이준성은 남아시아 진출을 위해 힌두어, 타밀어, 싱할라어를 할 줄 아는 해적을 포섭해 한국말을 가르쳤다. 한국말을 다 가르친 후에는 시험 성적이 좋거나 한국을 대하는 시선이

호의적인 해적을 선발해 은호원으로 스카우트했다.

한 달 후, 요원들이 콜롬보로 돌아와 알아낸 정보를 보고했다.

"현재 실론은 주민의 8할가량이 싱할라족이었사옵니다. 그리고 싱할라족이 아닌 나머지는 타밀족과 아리아인이었습니다."

"싱할라족 족장 중에선 누가 가장 신망이 높더냐?"

"로샨이란 족장의 신망이 가장 높았사옵니다."

"로샨이란 족장을 은밀히 만나야겠다. 자리를 마련해라."

"알겠사옵니다."

이준성은 며칠 후 콜롬보를 찾아온 로샨을 만나 전폭적인 지원을 약속했다. 한국을 등에 업은 로샨은 실론에 흩어져 사는 다른 부족을 점령해 실론 전체를 통일한 다음, 실론에 거주하는 타밀족과 아리아인을 인도 남부로 쫓아 갈등의 소지가 생길 수 있는 근원을 아예 뿌리째 뽑아내 버렸다

이후 로샨은 이준성의 조언을 받아들여 포르투갈 사람들이 붙인 실론이란 명칭 대신, 그들의 고유 언어인 싱할라어로 빛의 나라란 뜻을 가진 스리랑카를 새 국가의 국호로 정했다.

스리랑카의 초대 국왕으로 즉위한 로샨은 몇 차례나 콜롬보에 머무르는 이준성을 찾아와 자기 대신 스리랑카를 다스려 달라 청했다. 로샨은 이준성이 자기 뒤를 봐준 이유가

한국이 스리랑카를 쉽게 차지하기 위해서라고 의심한 듯했다.

그러나 이준성은 단호히 거절했다. 그리고는 스리랑카의 내정에 절대 간섭하지 않았다. 로샨은 그제야 이준성을 믿기 시작했는지 콜롬보에 주둔한 한국군의 편의를 많이 봐주었다.

스리랑카가 안정을 막 찾아갈 무렵, 다낭에 있는 해군 기지에서 낭보가 하나 날아들었다. 대월국 완주가 마침내 경쟁자인 정주를 멸망시키고 대월국 전체를 통일했다는 낭보였다.

완주의 국왕 희종은 정식으로 대월국 왕에 즉위하기 무섭게 곧장 인도차이나 동남부에 흩어져 사는 또 다른 경쟁자인 참파족을 정복한 다음, 라오스와 캄보디아로 영토를 확장했다.

지금은 인도차이나에서 가장 강력한 국가로 손꼽히는 태국의 아유타야 왕조와 인도차이나 패권을 놓고 전쟁 중이었다.

한국의 지원을 받은 완주가 대월국을 통일함에 따라 다낭에 있는 한국 해군은 앞으로도 계속 안전을 보장받을 수 있었다.

이준성은 다낭에 있는 해군 지휘관에게 그동안 완주에 공급하던 무기를 스리랑카의 콜롬보로 옮기라는 명령을 내렸다.

완주는 내심 그들이 인도차이나를 제패할 때까지 한국이 계속 무기를 지원해 주길 바랐지만, 협정문에 완주가 대월국을 통일할 때까지만 무기를 원조하겠단 조항이 들어 있었다.

완주가 속으로 어떤 생각을 할는지는 모르지만, 한국 정부로선 협정문에 나와 있는 조항을 다 이행했기 때문에 완주에 공급하던 무기를 콜롬보로 옮기는 데 별다른 거리낌이 없었다.

콜롬보에 만든 창고에 뇌우 1호, 진천 1호, 유성 3호, 화약, 뇌관 등이 속속 쌓이는 모습을 본 이준성은 인도 남쪽을 지배하는 비자야나가르 왕국에 은게란을 사신으로 보냈다.

비자야나가르 왕국은 콜롬보를 차지한 한국에 궁금한 점이 많은지 그가 보낸 은게란을 왕이 있는 왕궁으로 바로 불렀다.

비자야나가르 왕국의 왕 라마 데야 라바를 알현한 은게란은 바로 이준성이 준 친서부터 전달했다. 친서의 내용은 간단했다. 비자야나가르 왕국이 무굴 제국과 데칸 술탄국을 누르고 인도 전체를 통일할 수 있게 한국이 돕겠다는 내용이었다.

친서를 읽은 데야 라바가 은게란에게 물었다.

"한국이 구체적으로 어떻게 우릴 도와주겠단 거요?"

은게란은 여유가 넘치는 표정으로 데야 라바의 질문에 답했다.

"우리 한국은 귀국에 무기와 화약을 제공할 용의가 있습니다."

데야 라바가 관심을 드러내며 다시 물었다.

"어떤 무기를 말하는 것이오?"

"동양 속담에 백 번 듣는 것보다 한 번 보는 게 낫단 말이 있습니다. 몇 가지 준비를 해 주시면 한국이 귀국에 제공할 의사가 있는 무기가 어떤 것들인지를 바로 보여 드리겠습니다."

데야 라바는 즉시 신하들에게 은계란이 가져온 무기의 화력을 시범 보일 수 있는 장소를 만들란 명령을 내렸다. 다음 날, 은계란은 데야 라바가 보는 앞에서 뇌우 1호와 진천 1호의 화력을 시범 보였다. 데야 라바는 시범이 마음에 들었는지 바로 그 자리에서 가장 궁금하던 사안을 물어보았다.

"한국이 우리에게 공짜로 무기를 내어 줄 리는 없을 테니 원하는 게 있겠지. 대체 그게 무엇이오? 금이나 보석을 원하오?"

은계란은 입가에 엷은 미소를 지으며 담담히 대답했다.

"우리에게 인도에서 나는 특산품의 독점 교역권을 주십시오."

데야 라바는 한참 고민한 후에 대답했다.

"한국이 독점 교역권을 이용해 특산품 가격을 깎으면 우린 막대한 손해를 봐야 하오. 그 조건은 받아들이기 어렵겠소."

은계란은 전혀 당황하지 않았다.

"그래서 조건을 하나 걸까 합니다."

"조건? 어떤 조건을 말하는 것이오?"

"현재 인도에서 거래되는 가격보다 낮은 가격에는 특산품을 사들이지 않겠다는 조건입니다. 어떻습니까? 만족하십니까?"

데야 라바가 얼굴 반을 가린 턱수염을 쓰다듬으며 대답했다.

"방금 말한 조건을 공식 문서에 포함시켜 준다면 한번 고려해 보겠소."

"문제없습니다."

"좋소. 한국과 거래를 하겠소."

데야 라바가 제안을 수락함에 따라 한국과 비자야나가르 왕국은 바로 정상회담 일정을 논의했다. 정상회담 장소는 스리랑카에서 가장 가까운 인도인 레임스와람으로 정해졌다.

그로부터 한 달 후, 콜롬보에서 출발한 이준성은 무사히 레임스와람에 도착해 그곳에서 미리 기다리던 데야 라바와 만나 정상회담을 하였다. 그리곤 바로 협정문을 작성했다. 한국과 비자야나가르 왕국이 공식적으로 동맹을 맺은 순간이었다.

정상회담을 마친 이준성은 약속대로 콜롬보 창고에 있는 무기를 비자야나가르 왕국에 넘겼다. 그리고 비자야나가르 왕국은 그 대가로 밀, 면직물과 같은 특산품을 한국에 팔았다.

이준성은 비자야나가르 왕국에서 수입한 밀, 면직물 등을 그동안 장악해 둔 무역망을 통해 각지에 수출해 이득을 챙겼다.

한편, 한국 정부의 지원을 받은 비자야나가르 왕국은 가장 가까운 곳에 있는 골콘다 술탄국을 시작으로 중부의 데칸고원을 차지한 데칸 술탄국을 차례차례 정복해 나가기 시작했다.

이에 위협을 느낀 무굴 제국은 영국과의 협력을 강화했는데, 그 바람에 인도 남쪽은 비자야나가르-한국 동맹이, 북쪽은 무굴 제국-영국 동맹이 경쟁하는 구도로 흘러가기 시작했다.

인도란 엄청난 전리품을 얻기 위해 자웅을 겨루는 당사자는 무굴 제국과 비자야나가르 왕국이지만, 한국과 영국 역시 발을 깊이 집어넣은 탓에 어느 정돈 개입할 수밖에 없었다.

한국과 영국은 이를테면 주식을 가진 대주주인 셈인데 한국은 비자야나가르 왕국의 주식을, 영국은 무굴 제국 주식을 매입한 상황이었다. 한데 그중 어느 한쪽이 패하는 순간,

패배한 쪽의 주식은 휴지 조각이나 다름없게 되므로 구경꾼처럼 둘 중 아무나 이겨라 하며 넋 놓고 있을 수는 없었다.

한국의 지원을 받은 비자야나가르 왕국은 불과 2년 만에 인도 중부를 제패하는 기염을 토했다. 그리곤 인도 전체를 제패하기 위해 그들의 숙적인 무굴 제국의 아성에 반기를 들었다.

비자야나가르 왕국의 자극적인 도발에 넘어간 무굴 제국의 황제 자한기르는 곧 엄청난 대군을 동원하여 선공에 나섰다.

엄청난 대군이란 말은 결코 수사적인 표현이 아니었다. 직접 친정에 나선 자한기르는 병력만 40만을 동원했다. 거기다 자한기르를 수행하는 인력을 더하면 거의 50만에 육박했다.

자한기르가 동원한 짐승의 숫자 역시 타의 추종을 불허했는데 낙타는 10만 마리, 코끼리는 무려 5만 마리를 동원했다.

무굴 제국의 황제 자한기르가 직접 대군을 동원해 친정에 나섰다는 소식을 접한 비자야나가르 왕국의 국왕 데야 라바 역시 30만 명의 병력과 낙타 4만 마리, 코끼리 2만 마리를 동원해 중부로 쳐내려오는 무굴 제국의 대병력에 맞섰다.

말 그대로 진정한 의미의 회전이라 할 수 있었다. 아마 17세기 초에 이 정도의 대군을 동원할 수 있는 지역은 세계에 중국과 인도밖에 없을 것이 분명했다. 물론, 200년쯤 후에는 나폴레옹이 70만에 가까운 프랑스 대육군을 이끌긴 하였다.

그리고 그로부터 100년쯤 지난 후인 20세기 초중반 무렵엔 총력전이란 이름 아래 각국이 수백만 명을 동원하는 진정한 의미의 세계대전이 몇십 년 사이에 두 차례나 일어났다.

합이 거의 100만에 육박하는 양측의 대군이 나라의 생사존망을 놓고 회전을 벌일 수 있는 장소는 그리 많지 않았다.

양측이 동원한 대군은 곧 인도르라는 지명을 가진 거대한 평원에 자연스레 집결해 곧 벌어질 회전을 대비하기 시작했다.

그러나 양측의 대군이 워낙 많은 탓에 인도르에 전 병력이 집결하기 위해선 최소 열흘은 필요해 보이는 상황이었다.

이번 전쟁에 홍염해병군단을 전부 동원한 이준성은 비자야나가르 왕국의 국왕 데야 라바가 직접 이끄는 5만 명 규모의 친위 부대와 함께 가장 마지막으로 인도르 평원에 도착했다.

이준성은 데야 라바를 호위하는 친위 부대의 숫자가 5만 명이란 점에서 놀라움을 감추지 못했다. 다른 나라였다면 주력 부대에 해당할 병력이 인도에선 호위 부대 임무를 수행했다.

그러나 놀라기에는 아직 일렀다. 이준성이 홍염해병군단과 인도르에 도착해 본 광경은 입이 다물어지지 않을 정도였다.

주변 수백 킬로미터에 산이라곤 전혀 보이지 않는 거대한 평원 위에 수십만에 달하는 양측의 병력이 몇십 킬로미터 길이의 전선을 펼친 상태에서 상대를 죽일 듯이 노려보았다.

어느 쪽이든 병력을 조금만 움직여도 모래로 만든 먼지가 하늘을 뿌옇게 가렸다. 또, 워낙 엄청난 수의 병력이 한곳에 모여 있는 탓에 병사들의 발소리와 말소리가 벌떼가 우는 것처럼 윙윙거리며 들려왔다. 웬만한 일엔 놀라지 않는 이준성조차 지금은 아드레날린을 주체하기 어려울 정도였다.

이준성은 더 놀라게 만든 건 따로 있었다. 그건 바로 전선 곳곳에 작은 언덕처럼 불룩 솟아 있는 거대한 전투 코끼리였다.

거대한 체구를 지닌 코끼리에게 두꺼운 갑옷까지 입혀 놓는 바람에 평소보다 훨씬 더 거대하게 느껴졌다. 갑옷을 입은 코끼리 등엔 사람이 탈 수 있는 바구니가 달려 있었는데, 그 안에 총과 활로 무장한 병사 대여섯 명이 올라타 있었다.

그런 코끼리의 수가 무굴 제국은 무려 5만 마리에 달했다. 그리고 비자야나가르 왕국 역시 무굴 제국보다 적긴 하지만 어쨌든 2만 마리가 넘는 코끼리를 전선에 배치한 상태였다.

거기다 면화와 염색 공업이 일찍부터 발달한 대륙답게 양측 병사들이 걸친 의복과 갑옷의 색이 화려하기 짝이 없어 황토색 사막복을 단체로 맞춰 입은 홍염해병군단 장병들이 마치 시골구석에서 갓 상경한 촌놈처럼 느껴질 지경이었다.

이준성은 인드라망으로 전방 4, 5킬로미터 앞에 진을 친 무굴 제국의 병사들을 재빨리 훑어보았다. 무굴 제국의 병사들은 아리아인이 많은지 피부색과 눈동자 색이 밝은 편이었다.

우리가 미디어에서 흔히 접하는 피부가 검은 인도인은 드라비다인으로 인도 남부에 살며 드라비다어를 쓰는 사람이었다. 같은 인도에 있는 국가지만 무굴 제국의 병사와 비자야나가르 왕국의 병사는 한 민족이라 부르기엔 어폐가 많았다.

눈이 적응한 다음에는 코가 적응하기 시작했다. 수십만 명의 병사와 10만 마리가 넘는 짐승을 동원한 전투답게 온갖 악취가 코를 찔러 비위가 약한 사람은 머리가 띵할 정도였다.

흙 비린내와 병사 수십만 명이 뿜어대는 지독한 체취까진 참을 수 있었다. 그러나 짐승과 인간이 아무 곳에나 싸지른 배설물 냄새는 참을 방법이 없어 이준성은 급히 데야 라바에게 요청해 홍염해병군단을 전선 왼쪽 끝으로 이동시켰다.

한데 홍염해병군단이 전선 끝으로 이동한 지 얼마 지나지 않았을 때, 맞은편에서 북을 치는 소리가 둥둥거리며 들려왔다. 이준성은 즉시 인드라망을 가동해 전방을 주시했다.

곧 4,000여 명으로 이루어진 부대 하나가 나타났는데, 그들이 나타나는 순간 바로 인도인이 아니란 사실을 알 수 있었다.

홍염해병군단 앞에 나타난 부대는 붉은색과 남색 군복을 걸친 백인으로 이뤄진 부대였다. 마침내 이번 전투에서 홍염해병군단이 맡기로 한 상대인 영국 육군이 등장한 것이다.

이준성은 데야 라바에게 영국군을 맡아 달란 부탁을 받고 이번 회전에 참여했다. 한데 영국군 역시 자한기르에게 그런 부탁을 받았는지 홍염해병군단이 이동한 곳으로 따라왔다.

이준성으로선 나쁠 게 전혀 없었다. 오히려 본대와 떨어진 상태에서 영국군만 상대할 수 있어 속으로 매우 흡족해했다.

영국군 역시 그런 생각을 했는지 표정이 나빠 보이지 않았다. 비록 해군은 바칼리에서 한국 해군에 대패했지만, 육군과 육군끼리의 전투에선 이길 수 있단 자신감을 드러냈다.

이준성은 인드라망의 배율을 높여 영국군이 가진 머스킷을 조사했다. 영국군 머스킷은 부싯돌을 이용하는 플린트 락 머스킷과 화승을 이용하는 매치 락 머스킷이 섞여 있었다.

이준성이 비자야나가르 왕국에 제공한 뇌우 1호보다 한 세대 전의 머스킷이어서 한국군은 패하기가 더 어려운 상황이었다. 그러나 이준성은 승리는 별로 중요하게 여기지 않았다.

승리야 당연히 따라오는 거였다. 이준성이 생각하는 진짜 문제는 이번 전투에서 아군의 피해를 얼마나 줄일 수 있느냐였다. 귀중한 자산인 홍염해병군단을 다른 나라끼리 치르는 전쟁에 갈아 넣을 생각은 털끝만치도 없었다.

그때, 유진이 갑자기 말을 걸었다.

-영국군은 만만히 볼 상대가 절대 아닙니다.

"무슨 뜻이야?"

-제가 영국군이 16세기 말부터 17세기 초반에 치른 모든 전투를 검색해 봤는데, 그들은 보병과 기병을 같이 쓰는 합동 전술을 즐겨 사용했습니다. 지금은 기병이 보이지 않지만 어디서 갑자기 튀어나올지 모르니 조심해야 한단 뜻입니다.

이준성은 미간에 힘을 주었다.

"난 너에게 그런 걸 검색해 보라고 시킨 적이 없는 것 같은데."

-저와 입씨름할 시간에 영국군이 숨겨 두었을지 모르는 기병을 찾는 게 훨씬 이득일 겁니다. 여기서 홍염해병군단의 피해가 커지면 남아시아 진출은 당분간 포기해야 할 테니까요.

"안 그래도 찾고 있어."

이준성은 인드라망의 배율을 수십 배로 높여 영국군이 숨겨 두었을지 모르는 기병 부대를 찾았다. 다행히 오래 걸리지 않아 기병 부대가 숨어 있을 만한 장소를 찾아낼 수 있었다.

10시 방향에 2, 3미터 높이의 작은 언덕이 하나 있었는데 주변 10킬로미터 안에 그곳 외에는 병력을 숨길 만한 공간이 없었다. 영국군이 기병 부대를 땅속에 숨겨 두거나 하늘 위에 숨겨 둔 게 아니라면 언덕이 가장 유력한 후보지였다.

이준성은 인드라망의 모드를 바꿔 가며 언덕 주변을 유심히 살폈다. 잠시 후, 인드라망을 열감지 모드로 바꾸었을 때 언덕 위에서 올라오는 희미한 열선을 다수 감지할 수 있었다.

절기상 혹서로 유명한 인도의 무더위가 찾아오기 전이어서 인드라망의 열감지 모드가 열선을 즉각 감지해 낸 것이다.

"흐음."

이준성이 고민할 때, 유진이 톡 쏘아붙였다.

-제가 뭐랬어요. 기병 부대가 있을 거라고 했었죠?

"그 말이 하고 싶어서 여태까지 어떻게 참았는지 모르겠군. 요즘 들어서 부쩍 느끼는 건데, 내가 마치 수십억 달러를 투입해 만든 AI가 아니라 사춘기 소녀를 상대하는 것 같아."

-흥.

콧방귀를 뀐 유진은 삐졌는지 더는 그를 귀찮게 하지 않았다.

덕분에 이준성은 언덕 뒤에 숨어 있는 영국군 기병 부대를 어떻게 상대하는 게 좋을지 고민할 수 있는 시간을 벌었다.

일단 홍염해병군단에는 기병이 없었다. 해군의 주력인 해성, 해궁 등의 적재 공간이 넓다곤 하지만 워낙 엄청난 양의 물자가 필요한 해양 원정인 탓에 무게가 많이 나가는 군마와 그 군마가 먹을 식수와 말먹이를 실을 엄두가 나지 않았다.

처음 계획할 땐 연대급은 아니더라도 대대급 정도의 기병 부대를 운용하는 건 괜찮지 않을까 하는 생각을 잠시 했었지만, 필요한 물자가 기하급수적으로 늘어남에 따라 바로 접었다.

기병이 없다면 보병으로 상대하는 방법밖에 없었는데 해병대원의 사격 실력이 아무리 뛰어나도 불안할 수밖에 없었다.

결국 이준성은 비자야나가르 왕국이 연락관으로 파견한 장교 한 명을 불러 군마 500마리를 융통해 줄 수 있는지를 물었다.

장교는 데야 라바에게 한국군의 편의를 최대한 봐주란 명령을 받았는지 알아보겠다며 군사령부가 있는 방향으로 향했다.

그로부터 얼마 후, 장교가 군마 600여 마리를 데리고 돌아왔다. 이준성이 요청한 숫자보다 100마리를 더 데려온 것이다.

이준성은 신경 써 준 답례로 장교에게 골드바를 하나 주었다. 인도에서도 금은 아주 비싼 보석이기 때문에 장교는 아이처럼 기뻐하며 부탁할 일이 있으면 또 말해 달라 하였다. 호의를 베풀기 위해서라기보단 그냥 골드바가 탐이 나는 듯했다.

이준성은 해병대 안에서 기병 경험이 있는 장병을 따로 추렸다. 해병대는 한국군에서 비교적 늦게 만들어진 부대이기 때문에 베테랑의 경우엔 육군에서 넘어온 경우가 많았다.

어렵지 않게 기병 500명을 선발한 이준성은 그들을 군마에 태워 기병 부대로 삼았다. 그리고 나머지는 이준성을 호위하기 위해 따라온 경호원과 맹호특수전여단 대원으로 충당했다.

경호원과 맹호특수전여단 대원 모두 군마를 능숙하게 다룰 줄 알기 때문에 이들을 기병 부대 주력으로 삼을 생각이었다.

이준성이 기병 부대 편성을 막 마쳤을 때였다.

무굴 제국 쪽에서 북소리와 호각 소리가 요란하게 들려왔다. 그리고 호각 소리가 채 가시기 전에 수십만 명이 동시에 외치는 것 같은 엄청난 함성이 터져 나와 천지를 진동시켰다.

이에 비자야나가르 왕국의 병사들 또한 북을 치고 호각을 시끄럽게 불어 대며 마주 함성을 질렀다. 수십만 명이 동시에 지르는 함성에 전투에 동원된 짐승들이 놀라 날뛰었다.

이준성은 함성에 깜짝 놀라 앞다리를 번쩍 들어 올린 군마를 차분한 목소리로 달래며 전선 중앙 쪽으로 고개를 돌렸다.

곧 무굴 제국 병사 몇만 명이 일렬로 늘어서서 남쪽에 진을 친 비자야나가르 왕국 장병을 향해 전진해 왔다. 곳곳에 코끼리 수천 마리가 끼어 있어 전진하는 위세가 위풍당당했다.

비자야나가르 왕국의 병사들 또한 기세에서 밀릴 수 없다는 듯 북을 두드리며 전진했다. 최소 20만 명이 넘는 병력이 동시에 움직이는 상황이기 때문에 노란 흙먼지가 하늘을 뒤덮었다. 그리고 발걸음 소리는 지진처럼 땅을 쿵쿵 울렸다.

이준성은 수십만 명이 모인 회전답게 서전이 아주 길 줄 알았다. 보통 이런 회전에선 소규모 병력을 내보내 상대의 전력을 탐색하기 마련이었다. 또한 작은 전투를 승리로 이끌어 병력의 사기를 높인 다음, 본격적으로 맞붙기 마련이었다.

한데 무굴 제국과 비자야나가르 왕국은 그럴 생각이 없는 듯했다. 아예 첫날 끝장을 보겠다는 마음으로 병력의 근 절반을 동원했다. 양쪽에서 거의 동시에 전진했기 때문에 간격이 빠르게 줄어들어 30여 분 후엔 적의 사정거리에 들어갔다.

가장 먼저 들려온 소리는 양측의 화포가 불을 뿜는 소리였다. 무굴 제국은 영국군에게 사들인 야포를, 비자야나가르 왕국은 한국군에게서 사들인 진천 1호로 유성 3호를 쏘았다.

무굴 제국이 발사한 철환이 먼저 비자야나가르 왕국의 진영에 도착했다. 철환은 물수제비처럼 땅을 몇 차례 스친 후에 비자야나가르 왕국 병사들의 몸을 말 그대로 짓이겨 버렸다.

직사포로 발사한 철환이 날아들 때마다 5열 횡대로 전진하던 비자야나가르 왕국의 대열 곳곳에 구멍이 숭숭 뚫렸다. 일부는 코끼리와 낙타, 군마 등을 맞혔는지 짐승이 울부짖는 애달픈 소리가 쉼 없이 들려와 마음을 심란하게 하였다.

그때, 비자야나가르 왕국이 진천 1호로 발사한 유성 3호가 무굴 제국 진영에 떨어졌다. 유성 3호는 신관이 들어 있기 때문에 땅에 떨어지는 순간, 고막을 찢는 폭음을 내며 폭발했다. 유성 3호 안에는 손톱보다 작은 쇠 구슬이 들어 있어서 포탄이 폭발할 때마다 달궈진 쇠 구슬이 360도 전 방향으로 날아가 그 근처에 있던 병사의 신체에 푹푹 틀어박혔다.

무굴 제국이 발사한 철환이 비자야나가르 왕국의 대열에 구멍을 뚫었다면 비자야나가르 왕국이 발사한 유성 3호는 무굴 제국의 대열 가운데에 유성이 떨어진 것 같은 흔적을 남겼다.

초반 포격전에서는 비자야나가르 왕국이 무굴 제국보다 우위를 점했다. 그러나 동원한 병력은 무굴 제국 쪽이 훨씬 많았기 때문에 그 우위가 바로 승리까지 이어지지는 않았다.

포탄이 쉼 없이 떨어지는 동안, 간격이 수백 미터로 줄어든 양측 보병은 활과 총을 쏘며 상대를 공격했다. 또, 한쪽에선 양측 기병 수천 기가 동시에 튀어나와 상대를 견제했다.

마지막에는 냉병기를 쓰는 주력 보병 간의 전투가 대미를 장식했다. 어차피 양쪽 다 병력이 너무 많은 탓에 그 많은 병사에게 총과 활을 다 보급하긴 어려웠다. 그래서 칼과 창, 도끼, 방패를 든 주력 보병끼리의 전투가 제일 중요했다.

양측의 전투를 지켜보던 이준성은 고개를 돌려 전방을 보았다. 영국군 역시 더 늦기 전에 전투를 시작하려는지 2열 횡대로 늘어선 중대 규모의 부대 10여 개를 차례로 내보냈다.

◆ ◈ ◆

인드라망으로 영국군 진형을 확인한 이준성은 고개를 저었다.

"전열 보병인가?"

플린트 락 머스킷과 매치 락 머스킷을 혼용해 사용하는 영국군은 머스킷의 단점을 보완하기 위해 전열, 즉 보병이 일렬로 늘어서서 적에게 사격을 가하는 전열 보병 전술을 펼쳤다.

21세기를 살아가는 사람에겐 머스킷으로 무장한 양측의 보병 수십 명이 2열, 혹은 3열로 늘어서서 상대를 향해 뚜벅뚜벅 걸어가다가 6, 70미터의 간격을 두고 멈춰 서로를 향해 총을 쏘는 전열 보병 전술이 이상하게 보일 수밖에 없었다.

빽빽하게 붙어선 양측 전열 보병이 6, 70미터에 불과한 아주 가까운 거리에서 머스킷을 상대에게 쏘면 피할 방법이 거의 없으므로 일제 사격 한 번에 수십 명이 죽거나 다쳤다.

이는 마치 병력을 빨리빨리 소모해 어느 쪽의 병력이 더 많은지, 어느 쪽의 병력이 더 용감한지, 아니면 어느 쪽의 병력이 더 빨리 장전할 수 있는지를 겨루는 치킨 게임과 같았다.

그러나 중세 전술가들이 병사를 길에 굴러다니는 돌멩이보다 못한 존재로 취급해 이런 비상식적인 전술을 개발한 것은 결코 아니었다. 이는 전장의 주력 병기가 냉병기에서 열병기로 바뀌는 과도기에서 자연스레 일어난 현상이었다.

초기 머스킷, 즉 매치락 머스킷과 플린트락 머스킷은 강선이 없는 활강총이어서 명중률이 극히 떨어졌다. 유효사거리 역시 길지 않아 성능이 좋아 봐야 6, 70미터가 한계였다.

그리고 총구를 통해 장전하는 전장식이기 때문에 바닥에 엎드리거나 무릎을 꿇은 상태에선 장전이 거의 불가능했다.

이러한 단점 때문에 머스킷으로 적에게 타격을 주려면 우선 머스킷의 유효사거리인 6, 70미터 안쪽으로 접근해야 했다. 그리고 총신의 길이가 긴 탓에 똑바로 선 상태에서 발사와 조준, 재장전을 해야 했다. 마지막으로 강선이 없는 탓에 명중률이 떨어져 적에게 타격을 주려면 머스킷 사수가 밀집 대형을 이룬 상태에서 화망을 구성하여 사격해야 했다.

시대 상황이 이렇다 보니 머스킷을 주력 무기로 사용하는 근대 보병 간에 전투가 벌어지면 일렬로 늘어서서 6, 70미터 앞에 서 있는 상대를 향해 머스킷을 발사하고, 또 상대가 쏜 머스킷에 죽어 나가는 이상한 광경이 벌어지는 것이다.

이준성은 고개를 돌려 옆에 있는 송대립에게 물었다.

"우리 쪽 준비는?"

송대립이 자신만만한 표정으로 대답했다.

"모두 마쳤사옵니다."

이준성은 뭐든지 직접 자기 눈으로 확인해야 직성이 풀리는 사람이기 때문에 말을 타고 전선을 한 바퀴 빙 돌아보았다.

송대립의 말처럼 홍염해병군단 병사들은 이미 준비를 완벽히 마친 상태였다. 현재 전선을 지키는 부대는 정충신이 지휘하는 1여단 소속 해병대원 1,000명이었다. 원래 1여단은 3,000명으로 이뤄져 있었지만, 나머지 2,000명은 스리랑카와 장보고함대가 정박한 고아 항구를 지키느라 제외된 상태였다.

이는 2여단, 3여단 역시 마찬가지여서 홍염해병군단의 총병력은 1만 명인 데 비해 이번 회전에 동원한 병력은 그중 3할에 해당하는 3,000명으로, 영국군보다 1,000명가량이 적었다.

한편, 전선에 있지 않은 2여단과 3여단은 예비 부대로 빠져 있었다. 1여단이 지치거나 예상외의 큰 손해를 입어 교체가 필요할 때 2여단과 3여단으로 교체할 계획이었다.

1여단 해병대원들은 50센티미터 깊이의 참호를 판 다음, 그 앞에 모래를 넣은 주머니를 쌓아 참호의 방호력을 높임과 동시에 뇌섬을 지지할 지지대로 사용했다. 또한 참호 앞 100여 미터 지점에는 강철로 만든 철조망을 여러 겹 깔았다.

그리고 참호와 철조망 사이엔 지뢰 5호와 한국식 크레모아인 은철뢰를 설치해 물샐틈없는 완벽한 방어 체계를 갖추었다.

마지막으로 후방엔 박격포 중대를 배치해 백뢰 10여 문이 언제든 참호를 공격하는 영국군을 포격할 수 있게 하였다.

송대립의 말처럼 준비를 완벽히 마친 셈이었다. 만족한 이준성은 홍염해병군단의 지휘를 송대립에게 위임한 다음, 본인은 후방에 대기 중인 기병 부대에 합류해 전투를 준비했다.

소뇌전을 다섯 발 가득 채운 연뢰 두 자루를 권총집 두 개에 나눠 보관한 준성은 뇌섬 한 자루에 뇌전을 장전해 안장 앞에 놔두었다. 그리고는 천뢰 5호 다섯 개를 탄띠 가슴에 있는 고리에 매단 다음, 기병용 칼을 탄띠 허리에 착용한 상태에서 고개를 들어 영국군의 위치를 확인했다.

그사이 참호 앞 150미터 지점에 도착한 영국군은 50미터 앞에 있는 철조망 때문에 당황했는지 행군을 중단한 상태였다. 앞에 있는 철조망이 어떤 용도인지 눈치 챈 모양이었다.

잠시 후, 전열 보병을 지휘하는 영국군 장교들이 한곳에 모여 뭔가를 상의했다. 장교들 사이에 의견이 갈리는지 몇 명이 격한 표정으로 상대방을 설득하는 모습이 보였다. 그로부터 2, 3분이 지났을 때였다. 결론이 나왔는지 영국군은 다시 대열을 갖춰 철조망을 향해 천천히 행군하기 시작했다.

마침내 철조망 앞에 도달한 영국군은 즉시 걸치고 있던 두꺼운 겉옷을 벗어 철조망 위에 걸쳤다. 날카로운 가시가 달린 철조망을 두꺼운 겉옷으로 덮어 넘어올 생각인 것 같았다.

물론, 한국군은 영국군이 철조망을 넘어오게 놔두지 않았다. 즉시, 장전한 뇌섬으로 영국군을 조준해 방아쇠를 당겼다.

탕탕탕탕탕

뇌섬의 총성이 울리는 순간, 철조망을 무력화시키던 영국군 30여 명이 피를 뿌리며 나가떨어졌다. 그러나 영국군의 규율은 엄격하기 짝이 없었다. 곧바로 두 번째 열에 있던 영국군이 앞으로 나와 죽은 동료가 하던 작업을 반복했다.

또다시 뇌섬의 총성이 울려 퍼지는 순간, 두 번째 열을 구성하던 영국군 30여 명이 비명과 피를 쏟아 내며 쓰러졌다.

철조망에 도달한 다른 영국군 중대가 아군을 엄호하기 위해 분분히 미리 장전해 둔 머스킷을 발사했다. 그러나 영국군이 발사한 머스킷의 탄환은 한국군이 엄폐하기 위해 사용한 참호와 참호 앞에 쌓아 놓은 모래주머니를 뚫지 못했다.

영국군은 그제야 한국군이 철조망과 참호를 만든 진짜 이유를 깨달았다. 참호에 있는 한국군은 철조망 뒤에 있는 영국군을 죽일 수 있지만, 영국군은 한국군을 죽일 수 없었다.

한국군이 사용하는 뇌섬의 유효사거리가 영국군이 사용하는 머스킷보다 훨씬 긴 탓이었다. 거기다 참호의 도움까지 받는 덕에 철조망 뒤에선 한국군을 죽이기가 쉽지 않았다.

그러나 자존심으로 똘똘 뭉친 영국군은 쉽게 포기하지 않았다. 영국군은 죽은 동료의 시신을 철조망에 던져 통로를 만드는 방법을 사용해 기어코 철조망 지대를 돌파해 들어왔다.

철조망에서 예상치 못한 손실을 크게 입은 영국군은 그들이 쓰는 머스킷의 유효사거리까지 전진하기 위해 속도를 높였다.

그러나 철조망 안은 또 다른 지옥이나 다름없었다. 해병대원이 발사한 뇌섬의 탄환이 쉴 새 없이 쏟아지는 가운데 땅에 매설한 은철뢰가 연달아 폭발해 화염 폭풍을 일으켰다.

2열 횡대를 이루어 전진하던 영국군 중대 10여 개 중 무려 3개가 철조망 안으로 들어온 지 불과 30분 만에 전멸했다.

군마를 타고 중대 사이를 돌아다니며 부하를 독려하던 영국군 장교들은 오히려 그런 병사들보다 상황이 더 좋지 않았다.

영국군 장교들은 대기병용 지뢰인 지뢰 5호를 건드려 그 자리에서 말과 함께 폭사하거나 장교만을 저격하는 1여단 저격 중대원의 저격을 받아 말 위에서 떨어졌다.

영국군 장교를 먼저 저격한 효과는 바로 드러났다. 지휘관을 잃은 영국군 병사들은 서 있는 상태에서 우왕좌왕하다가 해병대원이 쏘는 뇌섬에 당해 하나둘 바닥으로 쓰러졌다.

그 모습을 본 이준성은 쓴웃음을 지었다.

"이번 전투에서 다른 건 몰라도 장교가 너무 눈에 띄면 적에게 저격을 당해 먼저 죽는다는 교훈 하나는 얻어 갈 수 있겠군."

다른 나라의 부대였다면 도망쳤어도 벌써 도망쳤을 테지만, 영국군은 명예를 지키는 게 목숨보다 중요한지 전멸할 때까지 한국군에게 통하지 않는 머스킷을 재장전해 발사했다.

중대 하나가 전멸하면 다른 중대가 그 자리로 들어와 머스킷을 쏘았다. 그렇게 1시간을 더 싸웠을 무렵, 영국군이 동원한 중대 10여 개 중에 반 이상이 전멸하거나 궤멸에 가까운 타격을 입어 중대라 부르기 힘든 처지에 놓였다.

영국군은 결국 전열 보병을 뒤로 후퇴시키기로 마음먹은 모양이었다. 사실, 이대로 전투를 지속하면 전멸밖에는 답이 없었기 때문에 다른 것을 선택할 수 있는 상황이 아니었다.

그러나 송대립은 영국군이 이대로 후퇴하게 둘 생각이 없었다.

"박격포반에 포격을 시작하라고 전해라!"

잠시 후, 박격포반 세 개가 백뢰 10여 문에 백뢰탄을 장전해 쏘아 올렸다. 방정맞은 포성을 뿌리며 날아오른 백뢰탄이 높은 포물선을 그리다가 퇴각하는 영국군 위에 떨어졌다. 백뢰탄도 백뢰탄이지만 아직 폭발하지 않은 지뢰 5호까지 같이 터지는 바람에 전장은 금세 아비규환으로 변했다.

깜짝 놀란 영국군 지휘부는 전열 보병이 화망에 갇혀 전멸하기 전에 숨겨 두었던 기병 부대를 내보내기로 마음먹었다.

기병 부대가 백뢰탄을 쏘아 대는 한국군 포병을 없애지 못하면 철조망 안으로 들어간 전열 보병은 전멸을 면키 어려웠기 때문이다.

매복해 있던 언덕에서 빠져나온 영국군 기병 부대는 곧장 전선 좌측을 크게 돌아 박격포 중대가 있는 후방으로 돌진했다.

기병의 숫자는 1,000여 기로 이준성이 예상한 숫자보다 두 배가량 많았다. 아마 한국군처럼 그들 역시 무굴 제국이 제공한 군마를 이용해 현지에서 기병 부대를 조직한 것 같았다.

그렇지 않다면 1,000여 기가 넘는 군마를 상선에 실어 수천 킬로미터를 이동했단 건데 이는 불가능에 가까운 일이었다.

이준성은 은계란이 건넨 방탄 헬멧을 덮어쓰며 고함을 질렀다.

"장막을 치워라!"

"예!"

대담한 병사들이 기병의 존재를 감추기 위해 쳐 놓은 기다란 장막을 옆으로 벗겨 냈다. 급조한 기병 부대 선두에 서 있던 이준성은 인드라망으로 영국군 기병 부대의 위치를 확인했다.

영국군 기병 부대는 전선 좌측을 돌아 한국군 진형으로 돌파해 들어오는 중이었다. 이준성은 마사카츠를 손짓해 불렀다.

마사카츠가 즉시 말을 몰아 그 옆으로 다가왔다.

"분부하실 일이 있사옵니까?"

"네가 기병 300기와 함께 박격포 중대 쪽으로 가서 아군을 지켜라. 난 나머지 기병과 함께 놈들의 퇴로를 끊어 놓겠다."

"알겠사옵니다!"

마사카츠는 이준성에게 세 배가 넘는 적을 막으란 명령을 받았지만, 전혀 두려워하는 기색 없이 곧장 말을 달려 나갔다.

마사카츠가 급조한 기병 부대의 반에 해당하는 300기와 함께 한국군 후방으로 달려가는 모습을 본 이준성은 나머지 300기를 이끌고 좌측으로 크게 돌아 적의 퇴로를 끊어 갔다.

콰콰콰콰쾅!

그때, 영국군 기병 부대와 마사카츠가 지휘하는 기병 부대가 격돌했는지 군마와 군마가 부딪치는 소리가 연달아 들려왔다.

그 틈에 적의 퇴로를 끊은 이준성은 권총집에서 연뢰를 뽑아 코킹한 다음, 지휘관으로 보이는 기병의 등을 조준했다.

탕!

방아쇠를 당겨 코킹을 푸는 순간, 공이가 연뢰에 장전해 둔 소뇌전의 바닥 부분을 강타했다. 공이가 때린 소뇌전은 그 충격으로 뇌관이 폭발해 안에 들어 있는 발화 화약을 태웠다. 그리고 그 발화 화약이 추진체 역할을 하는 가스를 만들어 내 끝부분에 있는 탄두를 총구 밖으로 힘차게 밀어냈다.

등에 탄두를 맞은 기병이 몸을 움찔한 후에 고삐를 당겨 돌아섰다. 연뢰에 사용하는 소뇌전은 저지력이 떨어지는 탓에 치명상을 입히지 못하면 적의 반격을 받을 수 있었다.

그러나 이준성은 번개 같은 솜씨로 재빨리 코킹한 다음, 두 번째 소뇌전을 발사했다. 그리고 그 소뇌전은 기병의 얼굴에 틀어박혀 숨통을 완전히 끊었다. 그때, 한국군 기병 부대 일부가 뒤로 돌아와 퇴로를 끊었단 사실을 알아챈 영국군 기병 수백 기가 급히 기수를 돌려 그들을 향해 돌격해 왔다.

왼손으로 남은 연뢰를 마저 뽑아 양손에 거머쥔 이준성은 덮쳐 오는 영국 기병을 향해 발사했다. 연뢰의 총성이 연이어 울릴 때마다 영국 기병이 말 등에서 굴러떨어졌다.

이준성의 지휘를 받는 기병들 역시 배급받은 연뢰를 발사해 그들을 덮쳐 오는 영국 기병의 숫자를 빠르게 줄여 나갔다. 기병 일부는 천뢰 5호를 투척해 부족한 화력을 충당했다.

기병 부대를 이끄는 영국군 장교들은 한국군 기병의 화력에 놀라 움찔했지만, 지금은 다른 방법이 없었다. 퇴로가 막힌 상태에서 포위까지 당해 버리면 그야말로 끝장이었다.

영국군 장교들은 부하에게 계속 퇴로를 뚫으란 명령을 내렸다.

탄환을 다 소모한 연뢰 두 자루를 권총집에 집어넣은 이준성은 탄띠에 매달아 둔 천뢰 5호를 점화해 앞으로 투척했다.

쾅쾅쾅!

천뢰 5호가 터질 때마다 적 기병과 적 기병이 탄 말이 동시에 비명을 지르며 나자빠졌다. 천뢰 5호까지 다 소비한 이준성은 오른손으로 허리춤에 찬 칼을 뽑으며 달려 나갔다.

"돌격하라!"

기병들은 이준성의 외침을 듣기 무섭게 칼을 들고 앞으로 돌격했다. 곧 전선 곳곳에서 기병 간의 백병전이 벌어졌다.

이준성은 옆을 스치듯이 지나가는 영국 기병의 목에 칼을 휘둘렀다. 장교로 보이는 영국 기병은 실전 경험이 많은지 전혀 당황하지 않은 상태에서 칼을 휘둘러 재빨리 막아 왔다.

카앙!

칼끼리 부딪치는 소리가 들리는 순간, 영국 기병의 칼날이 반토막 나 날아갔다. 반면, 이준성의 칼은 멀쩡할 뿐만 아니라 속도 역시 잃지 않아 그대로 기병의 목을 갈라 버렸다.

영국 기병은 믿을 수 없다는 표정으로 목이 잘려 그 자리에서 즉사했다. 한국의 강철 제조 기술은 그사이 더 발전해 거의 완벽한 수준이었다. 반면, 영국 기병이 쓰던 칼은 그렇지 못해 강철로 만든 이준성의 칼을 막아 내는 데 실패했다.

이준성은 계속 달려가며 좌우 양쪽으로 번갈아 칼을 휘둘렀다. 칼날이 번쩍일 때마다 피와 비명, 살점이 쏟아져 나왔다.

그때, 영국 기병 하나가 이준성의 사각 쪽으로 칼을 휘둘렀다.

독재자

5장. 이합집산

영국 기병의 칼이 사각에서 날아드는 데다 타이밍 역시 절묘하기 짝이 없어 이준성이 막아 내기엔 불가능한 상황이었다.

더욱이 이준성은 사막복 위에 몸통만 가려 주는 방탄조끼를 걸친 상태라, 허리 아래를 베어 오는 칼에 중상을 입을 수밖에 없는 상황이었다. 그러나 그는 별로 걱정하지 않았다.

타앙!

바로 뒤에서 귀에 익숙한 총성이 울리는 순간, 영국 기병이 얼음처럼 굳었다. 그리고는 힘없이 말 위에서 떨어져 내렸다.

뒤에서 총을 발사해 이준성을 위기에서 구해 낸 사람은 바로 이준성의 개인 경호원인 낭환이었다. 낭환은 이준성의 뒤를 바짝 쫓으며 방금 발사한 뇌섬의 약실에 들어 있는 빈 탄피를 제거하곤 바로 새 뇌전을 장전했다. 움직임이 얼마나 자연스러운지 마치 물이 흐르는 듯했다. 게다가 흔들림이 심한 군마 위에서 새 뇌전을 장전하는 그의 손길은 무척이나 차분했다.

낭환은 그 후에도 이준성의 등이나 사각을 공격해 오는 영국 기병을 저격해 쓰러트렸다. 여유가 있을 땐 뇌섬을 사용했고 여유가 없을 땐 권총집에서 연뢰를 뽑아 발사했다.

낭환의 사격 실력은 타의 추종을 불허해 100발을 발사하면 그중 두세 발만 빗나갈 정도였다. 낭환의 사격 실력은 이준성 본인 역시 어느 정도 인정하는 바였다. 장거리 저격 실력은 인드라망의 도움을 받는 이준성이 근소하게 앞섰다. 그러나 지금처럼 가까운 거리에서 총을 쏘는 단거리 사격의 경우엔 낭환이 그보다 한 수 위의 실력을 보여 주었다.

이준성은 덕분에 영국군 기병 부대 가운데를 횡으로 돌파하는 동안, 위기를 거의 맞지 않았다. 그때, 후방에서 영국군 기병 부대를 지휘하는 40대 중년 사내 하나가 시야에 잡혔다.

이준성은 곧장 중년 사내를 향해 돌진하며 앞을 막아서는 영국 기병을 쉼 없이 베어 넘겼다. 영국군 기병 부대 지휘관은 이준성이 자길 노린다는 사실을 눈치 챘는지 기수를 돌려 북쪽으로 도망쳤다. 기병 부대 지휘관이 이대로 도망치게 놔둘 생각이 없던 이준성은 군마의 속도를 높여 바짝 쫓았다.

이준성은 앞을 막아선 마지막 영국 기병을 향해 재빨리 칼을 찔러 넣었다. 빠른 데다 강력하기까지 하여 상대가 이번 일격을 피할 수 없을 거라 지레짐작한 그는 말 배를 걷어차 속도를 더 높이려 하였다. 한데 영국 기병은 상체를 틀어 그의 공격을 피해 냈다. 그리고는 곧장 상체를 똑바로 세우며 수중의 칼을 이준성의 오른팔 위에 번개같이 내리쳤다.

화들짝 놀란 이준성은 급히 말고삐를 잡아채 속도를 줄인 다음, 칼을 위로 쳐올려 영국 기병이 내리친 칼을 막아 갔다.

캉!

칼끼리 부딪칠 때 나는 쇳소리를 똑똑히 들은 이준성은 이번에야말로 상대의 칼이 부러져 나갈 거라 지레짐작하였다. 그의 칼은 강도가 높은 강철로 제작한 칼인 데다 칼에 실려 있는 그의 힘이 워낙 강력해 버틸 재간이 없기 때문이었다.

그러나 이번 짐작 역시 틀렸다. 영국 기병은 그의 칼을 막아 냈을 뿐만 아니라 칼을 뒤집어 반격을 해 오기까지 하였다.

이준성은 다시 한 번 화들짝 놀라 급히 머리를 뒤로 젖혔다. 그러나 피하는 게 조금 늦었는지 곧 눈 밑이 화끈거리는 느낌을 받았다. 심지어 피부가 화끈거린 다음에는 왼쪽 눈에 누가 붉은 안대를 씌운 것처럼 세상이 빨갛게 보였다.

이준성은 급히 왼쪽 손으로 눈가를 보호하며 유진을 불렀다.

"유진, 왼쪽 눈이 안 보여!"

-괜찮아요. 안구는 다치지 않았어요.

이준성은 유진의 대답을 들은 후에야 안심하며 군복 소매로 눈가의 피를 닦아 냈다. 유진의 말처럼 상처는 눈이 아니라 눈 밑에 난 것이었다. 말 그대로 천만다행이 아닐 수 없었다. 만약 칼날이 1센티미터만 더 위로 올라왔어도 그는 왼쪽 눈의 시력을 상실해 애꾸눈으로 살아야 했을지 몰랐다.

그때, 낭환이 달려와 이준성에게 상처를 입힌 영국 기병에게 연뢰를 조준했다. 그러나 낭환은 연뢰를 쏘지 못했다. 이준성이 손짓으로 물러나란 명령을 내렸기 때문이었다.

이준성은 그제야 영국 기병의 모습을 제대로 확인할 수 있었다. 영국 기병은 체구가 날렵한 금발 사내였는데, 나이는 그렇게 많지 않아서 20대 초중반으로 보였다. 이준성의 시선이 금발 사내가 쥔 칼 쪽으로 향했다. 이준성의 강철 칼을 막아 낸 칼이라면 보통 칼은 아닐 거란 생각이 들어서였다.

과연 보통 칼이 아니었다. 다른 영국 기병들은 얇은 칼날이 눈썹처럼 휘어진 기병 칼을 사용했는데 금발 사내는 달랐다. 그는 칼날에 물결무늬가 새겨진 두꺼운 칼을 사용했다.

이준성은 미간을 찌푸렸다.

"우츠 강인가? 아니면 다마스쿠스 강?"

우츠 강과 다마스쿠스 강 모두 단단하기로 이름난 철이었다. 우츠 강은 인도 남부와 스리랑카에서 나는 철광석으로 만들었고 다마스쿠스 강은 다마스쿠스에서 나는 철광석으로 만들었는데, 강도가 뛰어나 유럽인 사이엔 우츠 강과 다마스쿠스 강으로 만든 무기를 귀하게 여기는 풍조가 있었다.

이준성의 말을 이해할 리 없는 금발 사내가 수중의 칼을 휘둘러 다시 공격해 왔다. 영국 기병이 가진 무기가 심상치 않다는 사실을 알아낸 이준성 역시 전력을 다해 상대해 갔다.

캉캉캉캉캉!

이준성은 순식간에 다섯 번을 공격했다. 공격이 어찌나 빠른지 칼 빛이 번뜩이는 느낌을 받았을 땐 이미 칼날이 영국 기병의 목과 양어깨, 가슴, 허벅지 등을 베어 가는 중이었다.

그러나 금발 사내 역시 만만치 않았다. 이준성보다 약간 느리긴 했지만 어쨌든 칼이 몸에 닿기 전에 막아 내는 데 성공했다. 그러나 금발 사내는 표정이 썩 좋아 보이지 않았다.

이준성이 칼을 휘두르는 속도가 점점 빨라져 마지막 다섯 번째 공격에선 그야말로 가까스로 막아 내는 데 성공했기 때문이었다. 금발 사내는 식은땀이 흥건한 얼굴로 이준성을 쳐다보았다. 마치 상대의 예상치 못한 엄청난 실력에 당황한 듯한 모습이었다. 그리고 이준성이 지금까진 실력을 다 드러내지 않았음을 직감한 자의 경악한 모습 같기도 했다.

그때, 이준성이 휘두른 여섯 번째 칼이 머리 위에서 벼락처럼 떨어져 내렸다. 한데 금발 사내의 칼은 이준성이 해 온 다섯 번째 공격을 막기 위해 허리 밑으로 내려가 있는 상태였다. 이준성의 이번 공격을 막을 방법이 없단 뜻이었다.

이것이 자신의 최후임을 직감한 금발 사내의 얼굴이 와락 일그러질 때였다. 이준성이 내려친 칼이 금발 사내의 정수리와 3, 4센티미터의 간격만을 놔둔 채 그대로 멈춰 섰다. 마치 눈에 보이지 않는 방패가 나타나 칼을 막아 준 듯했다.

금발 사내가 무슨 일인지 몰라 움찔할 때, 히죽 웃은 이준성이 칼을 뒤집어 칼 등으로 금발 사내의 정수를 내려찍었다.

쿵!

이번에는 칼등이 금발 사내의 정수리로 곧장 떨어져 내렸다. 그리고 금발 사내는 그 충격으로 눈을 뒤집으며 기절했다.

이준성은 정신을 잃은 금발 사내가 말 등에서 떨어지기 직전에 손을 뻗어 팔을 잡았다. 그리고는 한 손으로 금발 사내를 번쩍 들어 올려 낭환이 있는 방향으로 냅다 던져 버렸다. 낭환은 자신에게 날아오는 금발 사내를 엉겁결에 받아들었다.

이준성은 그와 금발 사내가 싸우는 틈을 이용해 벌써 몇백 미터 밖으로 도망친 지휘관을 노려보며 낭환에게 소리쳤다.

"난 지금부터 도망친 적장을 잡으러 가야겠다! 넌 그동안 여기 남아서 그 금발 청년이 도망치지 못하게 잘 감시해라!"

"예!"

낭환의 대답을 들은 이준성은 바로 속도를 높여 적장을 쫓았다.

그러나 이준성이 탄 군마가 벌써 지쳤는지 속도가 제대로 나오지 않았다. 미간을 찌푸리며 군마의 속도를 줄인 이준성은 안장에 놓아둔 뇌섬으로 영국군 지휘관을 조준했다.

타앙!

총성이 울리는 순간, 영국군 지휘관은 약간 움찔하는 모습을 보이다가 속도를 더 높여 달아났다. 뇌전이 빗나간 것이다.

이준성은 포기하지 않고 뇌섬에 뇌전을 한 발 더 장전해 발사했다. 이번 뇌전 역시 빗나갔는지 영국군 지휘관은 멀쩡할 뿐만 아니라, 잠시 뒤를 힐끗 돌아보기까지 하였다.

쓴웃음을 지은 이준성은 뇌섬에 세 번째 뇌전을 장전해 영국군 지휘관을 조준했다. 표적이 이미 유효사거리를 한참 벗어나 있는 터라, 이번마저 실패하면 다신 기회가 없었다.

이준성은 유진의 도움을 받아 영국군 지휘관을 조준한 다음, 숨을 3분의 2쯤 뱉은 상태에서 부드럽게 방아쇠를 당겼다.

타앙!

신중하게 발사한 뇌전마저 끝내 지휘관을 맞히는 데 실패했다. 그러나 상관없었다. 뇌전이 영국군 지휘관이 탄 군마의 엉덩이를 맞혔기 때문이었다. 군마가 고통스럽게 울부짖으며 바닥으로 쓰러질 때, 지휘관 역시 같이 바닥을 굴렀다.

이준성은 조금 더 달려가서 뇌섬으로 네 번째 뇌전을 발사했다. 네 번째 뇌전은 한쪽 다리가 등자에 끼는 바람에 당황한 영국군 지휘관의 관자놀이 옆을 순식간에 관통했다.

이준성이 영국군 지휘관을 제거했을 때, 마사카츠가 이끌던 기병 부대와 이준성이 이끌던 기병 부대가 전장에서 다시 합류해 영국군 기병 부대를 거세게 몰아붙였다. 그 결과, 영국군 기병 부대는 1,000여 기가 넘는 기병 중에서 고작 50기만 가까스로 살아남아 사령부가 위치한 북쪽으로 도망쳤다.

양측 보병 간의 전투 역시 비슷한 양상을 보였다. 영국군 전열 보병은 해병대의 사격과 백뢰의 포격에 이중으로 당해 숱한 시체를 남겨 둔 채 간신히 철조망 밖으로 도망쳤다.

이준성은 600여 기에서 550여 기로 줄어든 기병 부대를 앞세워 북쪽에 있는 영국군 사령부를 급습했다. 전투는 싱겁게 끝나 1시간이 채 지나기 전에 영국군 고위 장교 수십 명과 동인도 회사 핵심 관계자 수십 명이 죽거나 포로로 잡혔다.

영국군과의 전투에서 일방적인 대승을 거둔 한국군은 비자야나가르 왕국을 돕기 위해 근처에 있는 무굴 제국 부대에 공격을 가했다. 무굴 제국의 황제 자한기르는 영국군이 한국군에게 거의 전멸했단 소식을 접했는지 상당한 희생을 감수한 상태에서 사령부를 몇십 킬로미터 뒤의 후방으로 옮겼다.

비자야나가르 왕국의 국왕 데야 라바는 신이 나서 도망치는 무굴 제국 군대를 추격해 상당한 성과를 거둘 수가 있었다.

동원한 병력과 물자는 무굴 제국이 비자야나가르 왕국보다 거의 1.5배 많았다. 하지만 이준성이 보급한 신무기로 무장한 비자야나가르 왕국의 전투력이 더 강해 무굴 제국은 하루 만에 3만 명이 넘는 병력과 2,000마리가 넘는 전투 코끼리를 잃었다. 거기다 지금은 강력한 원군이라 믿었던 영국군마저 완전히 궤멸당한 상태라 전망이 그리 밝지 못했다.

전투는 그로부터 보름가량 더 이어졌지만, 상황은 첫날과 크게 다르지 않았다. 한국군의 지원을 받은 비자야나가르 왕국이 무굴 제국의 군대를 몰아붙여 상당한 전과를 거두었다.

처음에는 무굴 제국의 병력이 비자야나가르 왕국보다 1.5배가량 많았지만, 지금은 병력의 차이가 거의 없을 지경이었다.

완전히 기세가 오른 비자야나가르 왕국의 국왕 데야 라바는 10만 명으로 이루어진 대규모 별동 부대를 조직해 야간에 무굴 제국의 본진 후방을 급습하는 대담한 작전까지 펼쳤다.

무굴 제국의 황제 자한기르는 아버지 악바르 대제보다는 조금 못하지만 그래도 꽤 괜찮은 황제임과 동시에 군인이었다.

그러나 거듭된 패배와 믿었던 영국군의 대패가 자한기르의 심리에 나쁜 영향을 끼쳤는지 우물쭈물하던 자한기르는 결국 데야 라바에게 뒤통수를 제대로 얻어맞기까지 하였다.

무굴 제국 본진 후방을 기습하는 데 성공한 데야 라바는 아예 거기서 한발 더 나아가 무굴 제국 본진 전체를 포위해 버렸다. 무굴 제국이 생겨난 이래 최대의 위기가 닥친 셈이었다.

이준성이 이끄는 한국군은 무굴 제국 본진을 포위한 포위망에서 고아에 가까운 서쪽 방면의 포위를 책임지고 있었다.

병력 숫자는 비록 비자야나가르 왕국이 동원한 다른 부대에 비해 훨씬 적지만, 참호와 철조망, 백뢰 등으로 철통같은 방어를 펼쳤기 때문에 무굴 제국은 몇 차례 공격하다가 한국군이 지키는 서쪽으론 아예 병력을 내보내지 않았다.

한국군을 상대하는 것보다 차라리 숫자가 많은 비자야나가르 왕국 부대를 상대하는 게 승산이 더 높았기 때문이었다.

무굴 제국이 가져온 군량과 무기가 얼마나 있는지는 모르지만 이런 식으로 포위를 당하면 오히려 병력이 많을수록 불리해졌다. 데려온 코끼리와 낙타를 잡아도 수십만에 달하는 병력을 먹여 살리는 데는 턱없이 부족하기 때문이었다.

전투가 보름을 넘겨 거의 한 달째에 접어들었을 때였다. 이준성은 늦은 밤까지 잠을 자지 않고 이번 전투를 통해 얻을 수 있는 이득을 계산했다. 인도는 면화, 쌀, 밀 등 노동집약적인 산업을 일으키기에 좋은 지역이어서 이를 통해 얻을 수 있는 이득 역시 상당한 편이었다. 게다가 세계에서 내수시장인 가장 큰 중국과 비견할 만한 시장을 갖고 있기에 지금 하는 고생이 그렇게 고되다는 느낌은 들지 않았다.

한데 새벽녘에 잠시 눈을 붙이려는 순간, 은계란이 나타났다.

"전하, 수상한 자가 아군 진채에 나타났사옵니다."

이준성은 잠이 막 들려던 참이었기에 짜증이 나서 소리쳤다.

"송대립에게 알아서 처리하라고 해라!"

"그게 저…… 송대립 장군께서 그 일 때문에 직접 오셨습니다."

이준성은 벌떡 일어나 물었다.

"송대립이 그 일 때문에 이 시각에 직접 찾아왔다고?"

"그렇사옵니다."

"들어오라고 해라."

"예, 전하."

잠시 후, 송대립이 들어와 심각한 표정으로 보고했다.

"전하, 조금 전에 보초를 서던 보초병이 수상한 놈을 하나 잡았는데, 자기가 무굴 제국의 황제 자한기르가 보낸 사자라면서 황제의 밀명을 받아 전하를 꼭 뵈어야겠다고 합니다."

이준성은 손으로 뻐근한 관자놀이를 주무르며 물었다.

"자한기르가 이 야심한 시각에 나에게 직접 사자를 보냈다고?"

"그렇사옵니다."

"장군이 보기에 그놈이 진짜 자한기르의 사자 같았소?"

"신이 보기엔 진짜 같았사옵니다."

"그래, 무슨 일인지는 물어보았소?"

"그자가 말하길……."

송대립이 약간 주저하며 대답하기를 망설였다.

이준성은 화를 내며 물었다.

"무슨 일인데 그리 뜸을 들이는 거요?"

"그자가 소장에게 와서 말하길 데야 라바가 우리 한국군을 배신하기 위해 몰래 준비 중이란 사실을 아느냐 물었사옵니다."

이준성은 누가 찬물을 끼얹어 잠이 확 달아나는 느낌이었다.

◆ ◈ ◆

이준성은 은게란이 건넨 군복 바지에 다리를 넣으며 명령했다.

"가서 그자를 불러오시오. 내가 직접 만나 봐야겠소."

"알겠사옵니다."

대답한 송대립은 즉시 막사 밖으로 뛰어나갔다.

은계란의 도움을 받아 군복과 방탄조끼를 걸친 이준성은 야전 침대에 털썩 걸터앉아 소가죽으로 만든 군화를 신었다.

"데야 라바가 우릴 배신할 거라는 정보가 진짜인 것 같으냐?"

은계란은 탄띠를 건네며 대답했다.

"아주 터무니없는 소린 같진 않사옵니다."

이준성은 일어나서 10킬로쯤 나가는 탄띠를 착용하며 물었다.

"어째서?"

"뒷간에 들어갈 때와 나올 때의 마음가짐이 다르단 속담처럼 데야 라바 역시 자기 힘으로 이번 전쟁의 승기를 잡았다고 생각할 공산이 있사옵니다. 만약 그가 정말 그렇게 생각한다면, 우리에게 주기로 한 독점 교역권이 아까울 테지요."

천재인 은계란은 한국말을 본토 사람 못지않게 구사할 뿐만 아니라, 속담과 비유까지 적절히 섞는 여유마저 드러냈다.

이준성은 탄띠를 착용하며 말없이 고개를 끄덕였다. 탄띠에는 연뢰가 든 권총집 두 개와 칼, 야전삽, 수통, 우비, 탄약 주머니 등이 달려 있어 무게가 거의 10킬로그램에 달했다.

마지막으로 방탄 헬멧까지 착용해 준비를 마쳤을 때, 송대립이 노인 한 명과 통역관을 데리고 들어왔다.

노인의 갈색 눈동자와 갈색 머리카락만으로도 그가 이란 쪽에 더 가까운 아리아인이란 사실을 바로 알아볼 수 있었다.

이준성을 본 노인은 즉시 예를 표하며 공손한 태도를 보였다. 노인은 맨몸으로 온 게 아닌지, 등에 커다란 상자를 두 개나 지고 있었다. 경호를 맡은 마사카츠와 심문을 맡은 송대립이 노인이 상자를 지고 막사 안으로 들어오게 허락한 것을 보면 상자에 이상한 게 들어 있는 것은 아닌 모양이었다.

이준성은 은게란이 가져온 의자에 앉으며 물었다.

"통성명부터 합시다. 이름이 무엇이오?"

해적 출신 통역관이 즉시 이준성의 말을 노인에게 통역했다.

통역을 들은 노인은 머리를 조아리며 공손히 대답했다.

"쿠람입니다."

"무굴 제국 황제가 보낸 사신이라던데 정말이오?"

노인은 대답 대신 등에 짊어진 상자를 풀어 바닥에 내려놓았다. 송대립은 이미 철저히 검사했는지 노인이 상자를 밀봉하는 데 쓴 비단을 푸는 모습을 가만히 지켜보기만 하였다.

잠시 후, 노인이 무릎걸음으로 다가와 상자를 두 손으로 바쳤다.

"안에 들어 있는 물건이 제 신분을 증명할 것입니다."

호기심이 생긴 이준성은 은게란에게 턱짓으로 신호를

보냈다. 은계란은 즉시 노인이 바친 상자를 받아 뚜껑을 열었다.

한데 상자 안에 뭐가 들어 있는지는 몰라도 상자 안의 내용물을 확인하는 은계란의 표정이 여간 심상치가 않았다. 입을 다문 채 미간에 힘을 준 것이 약간 당황한 것처럼도 보였다.

은계란은 뚜껑이 열려 있는 상자를 이준성 앞으로 가져갔다.

"직접 확인해 보시옵소서."

이준성은 고개를 돌려 상자 안을 힐끗 보았다.

상자 안에는 놀랍게도 소금에 절인 중년 사내의 머리가 들어 있었다. 두 눈을 부릅뜬 모습이 마치 목이 잘리기 직전까지도 자신이 죽는다는 사실을 전혀 인지하지 못한 것 같았다.

"흐음."

수급이 이미 부패하기 시작한 탓에 누군지 알아보기가 그다지 쉽지는 않았다. 하지만 이준성의 기억력은 비범한 데가 있어 수급의 주인과 닮은 한 사람을 곧 떠올릴 수 있었다.

바로 이준성이 캘커타에 머무를 때 그를 찾아온 자한기르의 사신이었다. 그 사신은 이준성과 만나 협상할 적에 시종일관 오만한 태도를 보여 은계란 등의 분노를 유발했었다.

한데 그 사신이 지금은 머리가 소금에 절인 끔찍한 모습으로 상자 안에 담겨 있었다. 사람의 앞날을 예측하기 어렵다지만 불과 몇 년 사이에 이런 식으로 만날 줄은 전혀 몰랐다.

아마 송대립과 마사카츠가 상자를 가져온 노인이 자한기르의 사신이라 확신했던 이유 또한 상자 안에 든 사신의 수급을 미리 보았기 때문일 것이다. 그리고 은계란이 상자의 내용물을 확인한 후에 멈칫한 이유 역시 이젠 알 것 같았다.

그러나 이준성은 아마추어가 아니었다. 자한기르가 사신과 닮은 누군가의 수급을 잘라 대신 보냈거나 누군가의 수급에 사신이 지닌 특징을 심어 그를 속이려 할 수 있었다. 사신이 회담 내내 보여 준 오만한 태도를 봤을 때, 자한기르와 가까운 심복일 가능성이 아주 컸기 때문이었다.

이준성은 유진에게 데이터베이스에 저장한 사신의 얼굴과 지금 그가 보고 있는 수급의 얼굴을 서로 비교하게 하였다.

유진이 곧 결과를 도출해 알려 주었다.

-두 사람이 일치할 확률은 99퍼센트입니다.

고개를 끄덕인 이준성은 고개를 돌려 쿠람에게 물었다.

"황제가 사신의 수급을 잘라서 나에게 보낸 이유가 무엇이오?"

쿠람은 즉시 머리를 조아리며 대답했다.

"사신이 오만방자한 태도를 보여 한국의 국왕께서 몹시 진노하였단 소식을 들은 황제께서는 사신을 불러 직접 그자의 머리를 손수 자르셨습니다. 그리고는 그 수급을 제게 건네시며 한국의 국왕께 이런 말씀을 전해 올리라 하셨습니다."

쿠람은 목소리를 가다듬은 후에 황제의 전언을 천천히 읊었다.

-무굴 제국이 그동안 귀국에 저지른 무례를 용서받긴 어렵겠지만, 여기 그 오만방자한 태도를 보인 사신의 머리를 잘라 보내니 앞으론 양국의 화의가 상하는 일이 없었으면 하오.

대답한 쿠람은 등에 짊어진 다른 상자를 꺼내 뚜껑을 열었다. 다른 상자 안에는 금과 은, 다이아몬드, 에메랄드, 사파이어, 옥, 호박 등으로 만든 각종 장신구가 가득 들어 있었다.

"이것은 황제께서 우정의 증표로 드리는 약소한 선물입니다. 모두 진품으로 그중 일부는 황제께서 사용하시던 겁니다."

이준성은 상자에 든 보물을 훑어보며 쿠람에게 물었다.

"귀국의 황제께선 무슨 의도로 나에게 이런 보물을 보낸 것이오?"

쿠람 역시 다급한지 바로 본론을 꺼냈다.

"황제께선 귀국과 다시 긴밀하게 협력하길 원하십니다."

이준성은 눈을 가늘게 뜨며 물었다.

"귀국과 협력하면 우린 무엇을 얻을 수 있소?"

긴장한 쿠람은 침을 한 번 꿀꺽 삼킨 후에 대답했다.

"만약 전하께서 우리 황제 폐하의 제안을 받아들이신다면,

저번 협상에서 언급하신 캘커타와 고아 두 항구를 한국 정부에 양도할 것입니다. 또한 인도에서 나는 모든 특산품을 독점으로 교역할 수 있는 권리 역시 귀국에 내어 드리겠습니다."

이준성은 속으로 이해득실을 따지며 물었다.

"그럼 우린 그 대가로 귀국에 뭘 해 줘야 하오?"

쿠람은 고개를 들어 이준성의 얼굴을 바라보았다.

"무굴 제국이 귀국에 원하는 것은 두 가지뿐입니다."

"말해 보시오."

"첫 번째는 귀국이 비자야나가르 왕국에 제공하는 무기를 이제부턴 무굴 제국에 팔아 달라는 것입니다. 그리고 두 번째는 무굴 제국의 본대가 비자야나가르 왕국의 포위망을 벗어날 수 있도록 한국군이 맡은 포위망 쪽을 열어 달란 것입니다."

이준성은 잠시 생각해 본 후에 고개를 저었다.

"그 문제는 일단 잠시 미뤄 두는 게 좋겠소. 그보단 우선 비자야나가르 왕국이 우릴 배신할 수 있단 소리를 내 부하에게 했다던데 그게 정말 사실이오? 그리고 그게 정말 사실이라면 무굴 제국은 어떤 방법을 써서 그 정보를 입수한 것이오?"

쿠람은 바로 고개를 끄덕였다.

"그 문제는 제 머리를 걸고 장담할 수 있습니다. 비자야나가르 왕국의 국왕 데야 바라는 한국 정부에 넘겨준 독점 교역권이 아까워 이번 기회에 한국군을 무굴 제국과 같이 처리해버릴 계획을 측근과 논의하는 중입니다. 그리고 우리 무굴 제국이 그러한 정보를 입수할 수 있었던 이유는 데야 라바의 측근 중에 우리가 심어 둔 첩자가 꽤 있기 때문입니다."

이준성은 잠시 생각해 본 후에 대답했다.

"데야 라바가 우릴 정말 배신하기 전까지는 당신이 준 정보의 진위를 확인할 수 없는 탓에 일단 제안을 검토만 해 보겠소. 그리고 당신이 준 정보가 사실로 드러나 데야 라바가 정말 우리를 배신한다면 무굴 제국의 제안을 수락하겠소. 물론, 당신은 그때까지 우리와 같이 움직여야 할 것이오."

쿠람은 그가 가져온 정보에 대한 믿음이 확실한지 그 자리에서 바로 그렇게 하겠노라 대답했다. 그때부터 쿠람은 해병대원 복장을 착용한 상태에서 한국군과 같이 움직였다.

한편, 이준성은 송대립을 불러 명령했다.

"지금부터 데야 라바 쪽의 동태를 유심히 지켜보시오. 그리고 데야 라바가 우릴 배신하는 즉시 진채를 뽑아 고아 항구로 퇴각할 수 있도록 군장을 꾸려 둔 상태에서 대기하시오."

"알겠사옵니다."

송대립은 바로 밖으로 나가 병사들에게 군장을 꾸리란 명령을 내렸다. 주특기별로 차이가 있긴 하지만 병사 대부분이 30킬로그램에서 40킬로그램에 달하는 군장을 급히 꾸렸다.

이준성 역시 24시간 내내 군복과 무기를 착용한 상태로 대기했다. 그리고 비자야나가르 왕국이 내준 군마를 관리하는 병사에겐 식수와 말먹이를 충분히 주어 최상의 상태로 만들란 명령을 내렸다. 또, 맹호특수전여단의 한명련에게는 고아 항구로 이어진 길에 부비트랩을 설치해 두란 명령을 내렸다.

물론 쿠람이 가져온 정보가 사실이 아니라면 다 부질없는 짓이었다. 한데 쿠람이 가져온 정보는 정확했다. 쿠람이 온 지 이틀쯤 지났을 때였다. 후방 지역을 정찰하던 1여단 특수수색대가 병력 2만 명이 은밀히 이동 중이란 보고를 해 왔다.

이준성은 바로 송대립을 불러 2, 3여단 특수수색대를 더 내보내 병력의 이동 방향을 정확히 알아 오라는 지시를 내렸다.

그날 새벽, 송대립이 돌아와 심각한 표정으로 보고했다.

"특수수색대가 어젯밤에 비자야나가르 왕국 보병 2만 명과 기병 3,000기가 우리 후방에 매복하는 모습을 확인했사옵니다."

이준성은 새치가 듬성듬성 난 짧은 턱수염을 문지르며 물었다.

"그들이 무굴 제국을 노리는 부대일 가능성은 없소?"

송대립은 고개를 저었다.

"없사옵니다. 이는 우리 한국군을 노린 매복이 틀림없사옵니다."

벌떡 일어난 이준성은 은호원이 입수한 지도를 바닥에 펼쳤다.

"놈들이 매복한 곳이 이 지점이오?"

송대립은 이준성이 가리킨 위치가 맞다는 듯 고개를 끄덕였다.

한숨을 내쉰 이준성은 지도를 접어 품속에 다시 넣었다. 송대립의 말처럼 이는 한국군을 노린 배치였다. 만약 비자야나가르 왕국의 병사 2만 3천 명이 무굴 제국을 노리는 별동대였다면, 한국군 후방이 아니라 좀 더 왼쪽에 매복했을 것이다.

송대립이 약간 화가 난 음성으로 물었다.

"사냥이 끝나기도 전에 사냥개를 잡아먹겠단 수작이 아닙니까?"

이준성은 피식 웃으며 대꾸했다.

"열 낼 필요 없소. 누가 누구를 잡아먹을진 아직 모르는 거니까."

잠시 후, 이준성은 쿠람을 불러 그가 세운 계획을 알려 주었다. 쿠람은 크게 기뻐하며 그길로 무굴 제국으로 돌아갔다.

그날 저녁, 이준성은 날이 완전히 저물 때까지 기다리다가 해병 3여단부터 좌측으로 빠져나가란 명령을 내렸다. 그리고 3여단이 다 빠져나간 다음에는 2여단과 1여단이 차례로 빠져

나갔고, 마지막엔 이준성이 직접 이끄는 기병 부대가 빠져나
갔다.

한편, 한국군이 이미 진채를 빠져나갔단 소식을 알 리 없
는 비자야나가르 왕국은 자정 무렵에 3만 명이 넘는 대병력
을 동원해 한국군 진채를 급습했다. 그러나 그들을 반긴 것
은 비자야나가르 왕국이 쓰는 문자로 온갖 욕이 쓰여 있는
군막 수백 개와 굴욕적인 자세를 취한 허수아비 수천 개였
다.

비자야나가르 왕국 병사들은 욕이 쓰여 있는 군막보다 굴
욕적인 자세를 취한 허수아비에 더 열이 받았다. 허수아비의
자세가 그들의 종교와 문화를 멸시하는 형태였기 때문이었
다.

화가 난 비자야나가르 왕국의 병사들은 후방에 매복해 있
는 아군과 합류하기 위해 서쪽으로 달려갔다. 그러나 그들이
도착했을 때는 이미 한국군과 후방에 매복해 있던 별동 부대
사이에 전투가 벌어진 후였다. 한국군이 먼저 기습을 했는지
비자야나가르 왕국 별동 부대는 백뢰와 천뢰 5호, 뇌섬에 당
해 벌써 수천 명이 넘는 사상자가 발생한 상태였다.

그러나 한국군 역시 적의 지원군이 도착하는 모습을 보고
선 싸울 생각이 사라진 듯 바로 고아 항구가 있는 서쪽으로
도망쳤다. 한국군이 장보고함대와 합류하면 비자야나가르
왕국으로선 어떻게 할 도리가 없었기 때문에 바로 추격했다.

그러나 추격조차 쉽지 않았다. 한국군 맹호특수전여단이 설치해 놓은 부비트랩이 곳곳에 깔려 있어 추격에 애를 먹었을 뿐 아니라 추격하며 입은 병력 손실마저 만만치 않았다.

맹호특수전여단 대원들은 천왕뢰, 다이너마이트, 지뢰 5호, 은철뢰로 만든 부비트랩 수백 개를 이용하여 그들을 괴롭혔다. 특히, 천왕뢰와 은철뢰에 입은 피해가 가장 심각했다.

더구나 그다음 날 오전에는 홍염해병군단 저격수와 맹호특수전여단 저격수가 비자야나가르 왕국 장교를 골라 저격하기 시작했다. 이에 겁을 먹은 장교들이 추격을 망설이는 바람에 작전 전체가 일그러져 결국 한국군을 놓치고 말았다.

그러나 그들의 불운은 거기서 끝나지 않았다. 어떻게 알았는지 무굴 제국 본대가 한국군이 비워 둔 포위망으로 갑자기 들이닥치는 바람에 중간에 또다시 적과 혈전을 치러야 했다.

한데 이번에는 양측의 입장이 뒤바뀌어 있었다. 비자야나가르 왕국 병사들은 밤새 한국군을 추격하느라 심신이 많이 지친 상태였다. 또한 소모용 무기 역시 많이 소모해 포위망을 뚫기 위해 악착같이 덤벼드는 무굴 제국 본대의 상대가 되지 못했다. 그들은 결국 거의 전멸에 가까운 타격을 입었다.

한편, 한국군이 비워 둔 포위망을 이용해 밖으로 빠져나온 무굴 제국 본대는 비자야나가르 왕국을 역으로 공격하여 전세를 완벽히 뒤집었을 뿐 아니라 북쪽으로 이어진 안전한 퇴로까지 구축했다. 말 그대로 기사회생에 성공한 셈이었다.

전투는 열흘가량 더 이어졌지만, 이미 승기를 놓쳤단 사실을 직감한 비자야나가르 왕국의 국왕 데야 라바가 먼저 철군함에 따라 인도 대륙의 패권을 놓고 벌인 회전이 일단락 지어졌다. 물론, 전쟁의 불씨는 아직 꺼지지 않은 상태였다.

그리고 그 전쟁의 불씨는 바로 한국군이 쥐고 있었다. 데야 라바의 배신에 분노한 이준성은 비자야나가르 왕국에 주던 무기와 화약을 무굴 제국에 공급했다. 비자야나가르 왕국은 그 때문에 타격을 입었지만, 복수는 이제 시작일 뿐이었다.

이준성은 인도 남부에 있는 해안을 돌며 비자야나가르 왕국이 보유한 군함과 상선, 심지어는 어부들이 가진 어선까지 전부 불태워 비자야나가르 왕국을 상대로 해상 봉쇄에 나섰다.

비자야나가르 왕국은 한국 해군의 해상 봉쇄에 맞서기 위해 최후의 도박을 감행했다. 바로 왕국에 남아 있는 모든 선박을 동원해 대부대를 스리랑카에 상륙시키겠다는 도박이었다.

한국군이 현재 보유한 육상 전력은 주력인 홍염해병군단에 경호실과 맹호특수전여단까지 합쳐야 1만이 간신히 넘었다.

그에 비해 비자야나가르 왕국이 동원할 수 있는 육상 전력은 최소 30만에서 최대 50만이었다. 무려 50배에 달하는 차이였다.

한국군 개개인의 전투력이 아무리 뛰어나도 비자야나가르 왕국이 50만 병력으로 인해 전술을 펼치면 당해 낼 재간이 없었다.

그러나 본토에 있는 50만 병력 전부를 스리랑카에 투입할 수는 없는 노릇이었다. 무굴 제국이 이를 그냥 지켜볼 리 만무한 탓이었다. 비자야나가르 왕국이 전선에서 병력을 빼내는 순간, 무굴 제국은 바로 대대적인 침공을 개시할 것이다.

그렇다면 스리랑카에 투입할 수 있는 병력은 기껏해야 10만에서 20만이 한계란 소리였는데, 문제는 거기서 끝나지 않았다. 그 20만 명을 군함과 상선, 어선 등에 태워 스리랑카에 상륙시키려면 최소 수만 척에 달하는 배가 필요했다.

그러나 한국 해군이 비자야나가르 왕국의 해안을 돌며 눈에 띄는 군함과 상선, 어선 등을 전부 불태운 탓에 수만 척은 고사하고 수백 척으로 이뤄진 작은 함대조차 만들지 못했다.

비자야나가르 왕국의 국왕 데야 라바는 결국 작전 규모를 축소해 급히 건조한 군선 500여 척에 병력 5만 명을 태웠다. 그리고는 인도를 떠나 스리랑카 북동 해안으로 출발했다.

그러나 급조한 배가 공들여 건조한 전함처럼 안전할 리 만무했다. 비자야나가르 왕국의 상륙 함대는 항구를 출발한

지 불과 30분밖에 되지 않았을 때 무려 100척이 넘는 군선이 침수 사고가 나며 한꺼번에 수천 명이 넘는 병력이 익사하는 참사가 벌어졌다.

한데 이런 끔찍한 사고를 대참사가 아니라 그냥 참사라 부르는 이유는 그 후에 더 큰 참사가 벌어지기 때문이었다. 스리랑카와 인도 사이의 해역을 순찰하던 한국 해군 정찰 함대는 비자야나가르 왕국의 상륙 함대를 발견하기 무섭게 바로 가장 가까운 곳의 항구에 연락해 기동 함대를 출동시켰다.

이준성은 몇 달 전쯤, 비자야나가르 왕국에 잠입한 은호원 요원 몇 명으로부터 적이 상륙용 군함을 대거 건조 중이라 정보를 보고받았기 때문에 상대가 상륙 작전을 펼칠 것이란 사실을 이미 간파한 상태였다. 다만, 비자야나가르 왕국 상륙 함대의 정확한 상륙 위치와 날짜만 아직 모를 뿐이었다.

이준성은 비자야나가르 왕국의 상륙 함대가 아예 해안에 상륙조차 못 하게 만들 생각으로 기동 함대와 정찰 함대를 조직해 상대가 상륙할 가능성이 큰 지점 몇 곳에 배치했다. 그 결과, 비자야나가르 왕국의 상륙 함대가 스리랑카 북동해안에 도달하기 전에 이준성이 보낸 기동 함대가 먼저 도착했다.

함포 하나 없는 재래식 군함과 홍뢰, 청뢰로 무장한 대형 전함의 전투였기 때문에 승패는 이미 결정 난 상태와 같았다.

한국 해군의 기동 함대가 함포를 발사하며 종횡무진으로 활약하는 동안, 비자야나가르 왕국의 함대는 속절없이 무너져 내렸다. 전투를 시작한 지 불과 다섯 시간 만에 비자야나가르 왕국의 전함 400척 전부가 불타올라 바닷속으로 침몰했다.

비자야나가르 왕국의 국왕 데야 라바가 해상 봉쇄를 뚫기 위해 시도한 마지막 도박이 허무하게 무너지는 순간인 셈이었다.

그다음은 일사천리였다. 하루 날을 잡아 비자야나가르 왕국을 정복하겠다는 의지를 대내외에 천명한 무굴 제국의 황제 자한기르는 곧 50만 병력과 전투 코끼리 10만 마리, 낙타 15만 마리를 동원해 비자야나가르 왕국의 영토로 쳐들어갔다.

비자야나가르 왕국의 왕 데야 라바는 이를 막기 위해 병력 20만과 전투 코끼리 3만 마리, 낙타 8만 마리를 동원했다. 그러나 저번 회전에 비하면 확실히 동원한 전력의 양과 질이 떨어졌다. 한국 해군의 해상 봉쇄를 풀기 위해 무리하게 상륙 작전을 시도하다가 상당한 손실을 보았기 때문이었다.

자한기르는 이준성에게 한국군이 비자야나가르 왕국의 남부를 공격해 상대가 북방 전선에 전력을 집중하지 못하게 해 달란 요청을 해 왔다. 그리고 그렇게 해 주면 그 대가로 비자야나가르 왕국에 있는 전리품 3할을 주겠단 약속을 하였다.

이준성은 바로 승낙했다. 비자야나가르 왕국이 가진 땅 덩이를 고려했을 때, 그곳에서 거둔 전리품의 3할이면 구미가 당기는 제안임이 틀림없었다. 그는 전함 50척에 해병대원 5,000여 명을 태워 비자야나가르 왕국의 해안으로 쳐들어갔다.

그러나 자한기르의 요청대로 인도 남부를 공격한 것은 아니었다. 오히려 인도 내륙 깊숙한 곳에 있는 페누콘다란 곳으로 쳐들어갔는데, 페누콘다는 비자야나가르 왕국의 수도였다.

페누콘다를 지키는 병력이 많아 공성에 어려움을 겪긴 했지만, 치가 떨릴 만큼 어렵진 않아 닷새 만에 점령에 성공했다.

한국군은 비자야나가르 왕국의 수도에 있는 각종 보물을 약탈한 다음, 후속 부대의 추격을 뿌리치며 해안으로 퇴각했다. 그리곤 기다리던 장보고함대와 합류해 콜롬보로 복귀했다.

수도가 한국군에게 약탈당했다는 소식을 접한 비자야나가르 왕국의 국왕 데야 라바는 급히 회군하다가 무굴 제국 본대의 추격을 받아 수만 명이 전사하는 엄청난 손해를 입었다.

데야 라바는 간신히 병력을 수습해 페누콘다로 복귀하는 덴 성공했지만, 무굴 제국의 집요한 추격까지 뿌리치진 못했다.

무굴 제국의 황제 자한기르는 페누콘다를 포위한 다음, 100일 동안 공성해 결국 페누콘다를 점령하는 데 성공했다.

데야 라바는 함락당하기 직전, 독을 먹고 스스로 목숨을 끊었다. 그 후 1년 동안 데야 라바의 추종 세력이 거칠게 저항하긴 했지만, 무굴 제국은 결국 인도를 통일하는 데 성공했다.

무굴 제국은 한국에 약속한 대로 캘커타, 고아 두 항구와 독점 교역권을 넘겨주었다. 이준성은 그 즉시 캘커타, 고아 두 항구에 상관과 대사관, 해군 기지를 건설해 기반을 강화하였다.

동아시아에 이어 남아시아의 무역망까지 장악하는 데 성공한 이준성은 그 이듬해 봄에 바로 중동 지방으로 진출했다.

그러나 중동 지방에는 오스만 제국이란 거인이 버티고 있는 탓에 직접 진출하지는 않았다. 그 대신, 아덴만 입구에 있는 소코트라란 섬을 먼저 장악해 중간 기항지로 삼았다. 그리고는 그 소코트라에 항구를 건설하는 틈틈이 오스만 제국의 황제 오스만 2세에게 뇌물이나 다름없는 선물을 바쳤다.

선물을 보낸 의도는 하나였다. 한국이 중동에서 아프리카 대륙으로 들어가려는 계획을 방해하지 말아 달라는 의미였다.

한데 뜻밖의 일이 벌어졌다. 오스만 2세가 메카로 이준성을 초청한 것이다. 물론 오스만 2세가 직접 초청한 것은 아니었다. 이준성이 보낸 사신이 오스만 제국의 수도 코스탄티니에, 즉 이스탄불을 찾아가 오스만 2세를 직접 알현했을 때만 해도 별말이 없었다. 그저 고맙다는 말이 전부였다.

심지어 사신이 2년 사이에 세 번이나 찾아가 더 만났지만, 그때마다 별말 없었기 때문에 오스만 제국이 한국 정부의 아프리카 진출을 방해할 의도가 없는 것 같단 정도로 이해했다.

한데 오스만 2세가 무굴 제국의 황제 자한기르를 통해 은밀히 연락을 해 왔다. 오스만 제국, 무굴 제국 둘 다 이슬람에 뿌리를 둔 제국이기 때문에 그게 아주 이상한 일은 아니었다.

하지만 사신이 세 차례나 찾아갔을 때는 아무 말이 없다가 갑자기 자한기르를 통해 연락해 온 것이 약간 수상쩍었다.

며칠 고민한 끝에 이준성은 자한기르를 통해 오스만 2세에게 연락했다. 연락의 내용은 간단했다. 메카 대신 그 옆에 있는 제다에서 만나는 거라면 응할 용의가 있단 내용이었다.

메카가 홍해 쪽에 가까운 내륙에 있다지만 내륙은 내륙이었다. 반면, 제다는 메카와 가장 가까운 항구라서 여차하면 함대를 이용해 반격하거나 바로 내뺄 수 있었다. 오스만 제국의 해군 전력이 만만치 않다고는 하지만 한국 해군이 보유한 전함과 비교하면 어린애 수준에 불과하기 때문이었다.

오스만 제국의 해군 전력이 강한 이유는 그들이 주로 활동하는 무대가 해양 강국이 넘쳐나는 지중해였기 때문이었다. 물론 레판토에서 신성 동맹 함대와 싸워 패하긴 했지만, 오스만 제국이 워낙 강대한 덕에 복구가 몹시 어렵지는 않았다.

자한기르를 통해 이준성의 제안을 전해 들은 오스만 2세는 얼마 지나지 않아 제안을 받아들이겠다는 답신을 보내왔다.

오스만 제국의 문자를 읽을 줄 아는 해적 출신 통역관이 오스만 2세의 답신을 읽는 동안, 이준성은 깊은 고민에 빠져 있었다. 소코트라에 마련한 이준성의 집무실 안엔 지금 10여 명이 넘는 인물이 자리해 있었지만, 이준성이 깊은 고민에 빠져 있었기 때문에 숨소리조차 크게 내지 못하는 중이었다.

이준성은 한참 후에 은게란 쪽으로 고개를 돌리며 질문했다.

"황제가 제다에서 만나자는 제안을 수락한 이유가 뭘 거 같은가?"

은게란은 생각해 둔 게 있는지 거침없이 대답했다.

"오스만 제국 내부에 심상치 않은 변고가 발생한 것 같사옵니다."

"변고라면 어떤 변고?"

은게란은 눈을 가늘게 뜨며 대답했다.

"워낙 정보가 적어 자세히 알 순 없지만, 오스만 2세에게 다른 사람의 눈을 피해 은밀히 우리를 만나야 할 만큼 큰 걱정거리가 있는 것 같사옵니다. 아마 자한기르를 통해 연락한 것역시 다른 이의 눈을 피하기 위한 행동일 것이옵니다."

이준성은 고개를 끄덕였다.

그의 예상 역시 은계란과 거의 같았기 때문이었다.

오스만 2세의 권력이 단단한 반석 위에 놓여 있다면, 굳이무굴 제국의 황제 자한기르를 통해 연락해 올 이유가 없었다.

또, 제다에서 만나자는 이준성의 제안을 바로 수락한 것을보면 사태가 심각해 그의 도움을 급히 필요로 하는 것 같았다.

그때, 집무실에 모여 있는 이들 중 유일하게 금발의 머리카락과 푸른 눈을 지닌 백인 청년 하나가 갑자기 손을 들었다.

"오스만 2세가 우리를 은밀히 만나려는 이유를 제가 압니다."

이준성은 피식 웃으며 백인 청년을 바라보았다. 우리말을유창하게 구사하는 백인 청년의 이름은 토머스 랭커스터였다.

영국의 유명한 귀족 가문, 랭커스터가의 방계인 그는 영국동인도 회사가 고용한 간부 자격으로 무굴 제국과 비자야나가르 왕국의 전쟁에 참전했다가 이준성에게 포로를 붙잡혔다.

고귀한 가문의 후손인 그가 인도까지 와서 싸울 수밖에 없던 이유는 방계인 탓에 할 수 있는 일이 많지 않아서일 것이다.

그럴 바에야 차라리 기회의 땅이라 할 수 있는 동인도 회사에 취직해 한몫 벌어 보려 한 것인데, 운 나쁘게도 상대가 이준성인 탓에 한몫을 벌기는커녕 포로로 잡히는 굴욕을 맛봤다.

이준성은 랭커스터에게 당한 왼쪽 눈 밑의 상처를 어루만졌다. 그 모습을 본 랭커스터는 쓴웃음을 지을 수밖에 없었다.

칼을 다루는 솜씨가 아주 뛰어난 랭커스터는 이준성과 격돌했을 때 그의 왼쪽 눈 밑에 상처를 남기는 위업을 달성했다.

이준성의 몸에 상처를 남긴 사람이 매우 적다는 점을 고려하면 보통 실력은 아닌 셈이었다. 어쨌든 랭커스터의 뛰어난 실력에 반한 이준성은 그를 생포해 콜롬보로 데려갔다.

그리고는 그곳에서 참수형과 투항 중 하나를 선택하게 하였다. 랭커스터는 바로 투항을 선택했다. 귀족 가문의 후예치곤 아주 실용적인 성격을 지녔는지 별로 고민하지 않았다.

아마 랭커스터가 아닌 다른 이에게 두 가지 중 하나를 선택하라 했으면 기사도나 명예를 들먹이며 거절했을 것이다.

이준성은 투항한 랭커스터에게 선생을 붙여 주어 한국말을 공부할 수 있게 해 주었다. 그리고는 3개월 전부터는 직접 데리고 다니며 여러 가지를 가르쳐 주었다. 현재는 비서실장으로 승진한 은게란 밑에서 비서관으로 일하는 중이었다.

이준성은 껄껄 웃었다.

"하하, 자네만 보면 눈 밑에 있는 상처가 욱신거려서 말이야."

랭커스터가 한숨을 푹 내쉬었다.

"그걸로 언제까지 우려먹으실지는 모르겠지만 제 정수리에 난 상처보다는 작지 않습니까? 이제 좀 그만 괴롭히십시오."

"우려먹는다? 우리말을 아주 빨리 배우는군."

랭커스터가 귀족의 예를 차리며 대꾸했다

"말을 가르치는 선생님이 훌륭한 덕이겠지요."

"하하, 항상 생각하는 거지만 자넨 빠져나가는 솜씨가 좋아."

그때, 랭커스터가 심각한 표정으로 물었다.

"한데 조금 전에 제가 한 말이 궁금하지 않으십니까?"

"뭐? 오스만 2세가 우릴 은밀히 만나려는 이유를 자네가 알고 있다는 말 말인가? 크게 궁금하진 않네. 나도 이미 아니까."

랭커스터가 미심쩍은 기색으로 물었다.

"그렇습니까?"

"자넨 그 이유가 예니체리라고 생각하는 게 아닌가?"

랭커스터가 조금 놀란 표정으로 대답했다.

"맞습니다."

"자넨 예니체리가 문제란 사실을 어떻게 알았나?"

"인도로 오기 전, 콘스탄티노플에서 1년가량 머문 적이 있습니다. 오스만 2세가 콘스탄티노플로 직접 초청한 유럽인 학자를 호위하기 위해서였지요. 그때, 콘스탄티노플에 1년 동안 머물며 궁에 출입하던 학자를 통해 은밀히 떠돌던 소문을 몇 가지 접할 수 있었는데, 그중 하나가 바로 오스만 2세와 예니체리의 사이가 아주 나빠서 둘 중 하나가 사라지기 전까지는 관계가 좋아질 리 없다는 소문이었습니다."

"그랬었군."

이준성은 고개를 끄덕였다. 그가 오스만 2세가 급히 그를 만나려는 이유가 예니체리일지 모른단 사실을 알아낼 수 있었던 이유는 유진이 가진 방대한 데이터베이스 덕분이었다.

그 데이터베이스에는 당연히 오스만 2세와 관련된 정보가 많았는데, 역시 가장 눈길을 끈 것은 오스만 2세의 최후였다.

오스만 2세는 15살에 황제가 되었는데, 처음부터 섭정을 거부할 만큼 강단이 있는 소년이었다. 그러나 재위한 지 불과 4년 만인 19살에 암살당해 끔찍한 죽음을 맞이하는데, 그를 죽인 조직이 바로 지금 랭커스터가 언급한 예니체리였다.

기록에 따르면, 예니체리는 한때 유럽에서 악마의 군대라 불릴 만큼 무시무시한 명성을 떨치던 오스만 제국의 정예 부대

193

였다. 처음엔 오스만 제국이 지배하는 영토에 살던 기독교인의 자식을 징발해 군사 훈련을 시킨 다음 술탄과 왕궁, 수도, 주요 도시를 지키는 정예 부대인 예니체리로 삼았는데, 뭐든 그렇지만 시간이 지나면 처음의 의도가 약간씩은 퇴색되기 마련이었다.

예니체리 역시 마찬가지여서 세력이 점점 커지다 보니 어느 순간 그들의 힘이 황제의 권력에 대항할 정도로 커져 버렸다. 실제로 봉급 인상과 처우 개선을 요구하며 몇 차례 반란을 일으켰다.

말 그대로 유럽을 공포에 떨게 만든 예니체리가 이젠 오스만 제국의 황제를 공포에 떨게 만드는 존재로 변한 것이다.

이에 오스만 2세는 예니체리의 권력이 더 커지기 전에 어떻게든 제거하려는 계획을 품었다. 그래서 그는 성지인 메카를 탐방한단 구실을 대고 거시서 예니체리를 제거할 병력을 모으려 했는데, 이를 눈치 챈 예니체리가 먼저 손을 써 급습하며 오스만 2세를 죽여 버린 것이다. 오스만 제국이 예니체리를 완전히 제거한 시기가 1,826년이란 점을 생각하면, 오스만 제국은 예니체리란 폭탄을 안고 200년이 넘는 세월을 버틴 셈이었다.

이준성은 전함 50척에 해병 1여단을 태운 다음, 오스만 2세를 만나기로 한 제다로 가기 위해 홍해를 거슬러 올라갔다.

6장. 에니체리

소코트라에서 서쪽으로 200킬로미터를 들어가면 아덴만 입구가 나왔다. 그리고 그 아덴만 입구에서 서쪽으로 400킬로미터를 더 들어가면 목적지까지 이어지는 홍해 입구가 나왔다.

장보고함대는 홍해 입구에 있는 지부티를 찾아 식수를 보급받은 다음, 북서쪽에 있는 홍해를 거슬러 올라가기 시작했다.

홍해는 아라비아반도와 아프리카 대륙 사이에 있는 해협으로 해협 끝엔 그 유명한 수에즈가 있었다. 물론, 이때의 수에즈는 아직 운하를 파기 전이라 지금처럼 유명하진 않았다.

목적지인 제다는 홍해 가운데에 위치해 지부티에서 뱃길
로 500킬로미터를 더 들어가야 나왔다. 아덴만과 홍해 근처
에서 선박을 공격해 먹고사는 해적이 꽤 있었지만, 50여 척
으로 이뤄진 장보고함대에는 감히 덤벼들 생각을 못 했다.
덕분에 별다른 사고 없이 순항해 제다 인근에 이르렀다.

이준성은 지금처럼 배를 오래 탈 때는 세 가지 일을 하며
시간을 보냈다. 첫 번째는 당연히 업무를 처리하는 것이었
다.

배를 탔다고 해서 그가 해야 할 업무가 사라지거나 줄어드
는 것은 아니었다. 그는 어디에 있든 한국의 국왕이었으며,
그가 최종 재가를 해야 하는 서류만 하루에 수십 장에 달했
다.

두 번짼 운동이었다. 이준성은 이제 지천명을 바라보는
나이지만 운동만큼은 쉰 적이 없었다. 심지어 배에 있을 때
조차 장보고함 선실 하나를 운동 기구로 가득 채워 몸을 단
련했다.

또, 유산소 운동이 필요하다고 느낄 때는 장보고함 선수와
선미를 수십 번 왕복하는 일마저 서슴지 않았다. 물론, 승조
원과 해병대원이 바쁘게 움직일 때는 그들을 방해하지 않기
위해 주로 선실에 처박혀 근력 운동에 매진하는 편이었다.

마지막 세 번째는 책을 집필하는 일이었다. 그의 머리에
든 지식, 엄밀히 말하면 유진이 가진 데이터베이스지만 어쨌

든 그 안에 든 지식은 돈으로 살 수 없는 귀중한 자원이었다.

이준성은 그 지식을 틈나는 대로 책에 옮겨 적어 그가 죽고 난 후에도 한국이 다른 나라보다 앞선 기술을 보유할 수 있게 하였다. 이런 작업을 벌써 20년 가까이 해 오고 있었기 때문에 그가 그동안 집필한 서적만 거의 수백 권에 달했다.

한데 오늘은 예정에 없던 네 번째 종류의 업무를 보며 시간을 보내는 중이었다. 그건 바로 본토에서 보내온 신무기를 살펴보는 일이었는데, 가장 먼저 관심이 가는 신무기는 역시 육해군의 차기 제식 소총으로 개발 중인 뇌격이었다.

뇌격은 뇌섬의 장점을 극대화한 상태에서 단점은 최대한 없앤 최신형 소총이었다. 뇌격이 가진 가장 큰 특징 중 하나는 약실을 밀봉하는 기술이 좋아졌다는 것이었다. 뇌섬은 약실을 밀봉하는 기술이 떨어져 상당한 양의 가스가 새어 나간다는 단점이 존재했었다. 반면 뇌격은 발화 화약이 만들어 낸 가스가 온전히 탄두를 총구 밖으로 밀어내는 데만 쓰였다.

방위사업청이 보내온 비교 평가 자료에 따르면, 뇌섬은 유효사거리가 100미터에 130미터지만 뇌격은 130미터에서 150미터였다. 또한 강선과 조준기를 개선해 명중률을 크게 높였을 뿐만 아니라 총검을 장착할 수 있게 제작했다.

한데 가장 큰 변화는 따로 있었다. 그건 바로 탄환을 여러 발 쏠 수 있는 탄창을 개발했다는 점이었다. 탄창이라기보다는 탄을 여러 발 묶은 탄 클립에 가깝긴 하지만, 어쨌든 전에

는 한 발을 쏜 후에 다시 장전해야 했다면 지금은 다섯 발짜
리 클립을 이용해 다섯 발을 연속으로 쏠 수 있었다.

이준성은 방사청이 이번에 보낸 뇌격 1,000정과 5발들이
탄 클립 10만 개를 해병 1여단 병사들에게 보급하라 명령했
다.

한 달 후에 들어올 예정인 다른 화물선이 소코트라에 도착
하면 그때는 뇌격을 전 병사에게 지급할 수 있을 것이다.

뇌격을 꼼꼼히 점검한 이준성은 다시 의자에 앉아 국무총
리 이원익이 그에게 보낸 극비 서찰을 천천히 읽어 내려갔
다.

이원익에 따르면 증기 기관은 90퍼센트, 전기는 60퍼센
트, 내연 기관은 40퍼센트의 연구 진척률을 보이는 중이었
다. 그리고 가장 빠른 진척률을 보이는 증기 기관의 경우에
는 기차, 철갑선에 장착해 한창 시험 가동을 해 보는 중이었
다.

이원익이 비관적인 성격인지, 아니면 낙관적인 성격인지
에 따라 기간이 약간 달라지겠지만, 이원익은 적어도 5년 안
엔 이준성이 있는 중동까지 증기 기관과 포탑 형태의 신형
함포를 장착한 최신형 철갑선을 보낼 수 있을 거라 장담했
다.

또한 서찰 말미에는 이준성이 가장 기다리는 소식 중 하나
인 기관총의 개발과 관련된 소식이 적혀 있었는데, 현재 화

우기관총이란 이름으로 개발 중인 기관총은 개발과 시험용 프로토타입 제작을 성공적으로 마쳐 2년 안에는 해병대에 보급 가능한 수량을 양산할 수 있을 거란 내용이었다.

이준성은 서찰을 접으며 고개를 끄덕였다. 예상보다 진척이 느린 분야도 있고 빠른 분야도 있지만, 어쨌든 높은 벽에 가로막혀 연구 개발을 포기한 분야는 아직까진 나오지 않았다.

서찰엔 국내외의 소식 역시 상세하게 적혀 있었는데, 지금까진 국무총리 이원익이 세자를 도와 잘 처리하는 모양이었다.

어느새 나이가 벌써 약관에 가까워진 세자는 아버지가 비운 자리를 열심히 메우는 중이었다. 얼마 전엔 만주를 성공적으로 개발한 김육, 조익 등이 돌아와 세자를 보필해 준 덕분에 그가 만들어 둔 동아시아 세력 지형을 잘 유지하는 중이었다.

이준성은 만족한 표정으로 집무실을 나와 선수 쪽으로 이동했다. 그곳엔 승조원과 해병대원 몇 명이 서서 점점 가까워지는 제다 항구를 구경하는 중이었다. 그들은 이준성의 갑작스러운 등장에 깜짝 놀라 얼른 예를 표하며 물러섰다.

"괜찮다."

"황공하옵니다."

뒷짐을 진 이준성은 제다 항구를 보는 척하며 승조원과 해병대원의 얼굴을 훑어보았다. 대부분이 20대 중반에서 후반의 나이였다. 이준성이 한국을 떠난 지가 벌써 7, 8년이 넘은지라 처음에 같이 출발했던 함대 승조원과 해병대원 중 상당수가 몇 가지 이유로 이미 본토로 돌아간 상태였다.

일이 너무 힘든 탓에 복무 기간 갱신을 포기하고 제대를 선택한 경우와 병이 들어 어쩔 수 없이 돌아가야 하는 경우가 가장 많았다. 심지어 극심한 향수병과 우울증을 견디지 못하는 바람에 귀국하는 병사의 수가 1년에 수십 명에 달했다.

그런 이유로 현재 장보고함대의 승조원과 홍염해병군단의 해병대원 7할 가까이가 2, 3년 전에 입대한 풋내기들이었다.

물론, 이준성을 오래 따른 베테랑들은 아직 많이 남아 있었기 때문에 전력이 갑자기 약해지는 불상사는 피할 수 있었다.

이준성이 젊은 병사들을 보며 이런저런 생각에 잠겨 있을 때, 장보고함대의 정찰 함대가 제다 부두로 접근을 시도했다.

오스만 2세로부터 한국의 함대가 제다에 도착할 거란 통보를 미리 받았는지 부두에서 일하는 오스만 제국 항만 근로자들은 즉시 도선사가 탄 배를 몇 척 내보내 한국 해군의 정찰 함대가 부두에 안전하게 정박할 수 있게 도와주었다.

한국 해군이 제다에 입항하는 게 이번이 처음이기 때문에 현지 물길을 잘 아는 도선사의 도움이 필수였다. 도선사가 없으면 물길을 잘못 읽어 위험에 빠질 가능성이 농후했다.

정찰 함대가 현지 도선사의 도움을 받아 정박을 막 마쳤을 무렵, 부두 바깥쪽에서 낙타와 말을 탄 수천 명이 나타났다.

새로 나타난 자들이 차려입은 복장과 소지한 무기가 아주 화려해 지켜보는 사람들의 호기심을 잔뜩 끌었는데, 이준성이 보기에는 어떤 지체 높은 인물을 수행하는 대규모 수행단인 것 같았다. 물론 수천 명의 수행단을 동원할 정도의 능력은 일국의 국왕이나 황제만이 가질 수 있을 것이다.

새로 나타난 자들은 곧 낙타에 실어 둔 엄청난 짐을 풀어서 잎이 큰 활엽수 밑에 비단으로 만든 거대한 천막을 설치했다. 그리고 바닥에는 서역에서 나는 최고급 융단을 깔았다.

천막과 융단을 다 설치한 후엔 금과 은으로 장식한 장방형 탁자와 쿠션이 붙어 있는 의자 등을 몇 개 들여놓은 다음, 신선해 보이는 빵과 과일, 음식을 탁자에 정성스레 차렸다.

이준성이 인드라망으로 그 모습을 지켜보는 중일 때, 오스만 제국 관리로 보이는 사내들이 정박을 마친 정찰 함대 전함에 승선했다. 잠시 후, 정찰 함대 전함이 상륙에 쓰이는 작은 배를 하나 바다에 내렸는데 곧 그 배 위로 조금 전에 보았던 오스만 제국 관리들과 정찰 함대 전함의 함장이 올라탔다.

배는 제다 앞바다를 가득 메운 10여 척의 전함을 통과한 다음, 이준성이 있는 장보고함 옆으로 다가왔다. 이준성은 이순신 장군, 정충신, 은게란 등과 함께 집무실에 들어가 오스만 2세가 보낸 것으로 보이는 관리들이 도착하길 기다렸다.

홍염해병군단장을 맡았던 송대립은 소코트라에 도착하고 얼마 지나지 않아 물이 맞지 않는지 속앓이를 크게 했다. 그리곤 바로 중병이 들어 심하게 앓다가 세상을 떠났다.

송대립의 시신을 화장해 유해를 수습한 이준성은 송대립의 후임으로 해병 1여단장이며 홍염해병군단의 부군단장을 맡았던 정충신을 임명해 해병대원이 동요하지 않게 하였다.

그리고 비어 있는 1여단장엔 본토에서 온 유망한 지휘관인 정봉수를 임명했다. 정봉수는 무예와 병법에 모두 능통한 장교로 만주 원정에서 공을 세워 탄탄대로를 걷는 중이었다.

잠시 후, 오스만 2세가 보낸 관리들이 비서관 랭커스터의 안내를 받아 집무실 안으로 들어왔다. 이슬람교를 믿는 나라의 관리들답게 전부 하얀 카피에를 머리에 쓴 모습이었다.

그중 수염이 반쯤 센 노인이 앞으로 걸어 나와 정중히 예를 표한 다음, 오스만 2세의 정식 초청장을 두 손으로 바쳤다.

초청장을 받은 이준성은 비서실과 경호실 직원 100여 명만 대동한 상태에서 오스만 제국 관리들을 따라 부두로 향했다.

관리들은 부두에 내린 이준성을 나무 밑에 설치해 둔 천막 쪽으로 공손히 안내했다. 오스만 2세가 정성을 다해 모시라 명령했는지 표정이나 행동이 아주 공손하기 짝이 없었다.

이준성은 막사에 앉아 관리가 따라 준 포도주를 마시며 10분쯤 기다렸다. 인류는 포도를 코카서스, 그러니까 흑해와 카스피해 사이에 있는 땅에서 처음 재배했기 때문에 오스만 제국 역시 포도로 제조하는 포도주가 일찍부터 발달해 있었다.

물론 오스만 제국엔 코란에 나오는 몇몇 구절 때문에 포도주를 마시지 않는 국민이 더 많지만, 국민이 포도주를 만들어 기독교인에게 파는 것까진 막지 않아 오스만 제국 관리가 포도주를 구해 와 그에게 따라 준 게 이상한 일은 아니었다.

포도주, 즉 와인 제조를 통해 거두어들이는 세금이 만만치 않은 탓에 불법임에도 적발하지 않는다는 표현이 정확했다.

포도주로 배를 적당히 채웠을 때, 지체가 높아 보이는 청년 하나가 수행원 수십 명에 둘러싸여 바람처럼 나타났다. 청년은 약간 초조한 표정을 숨기지 못하며 막사 안으로 들어왔는데, 이준성 역시 상대의 정체를 확인하고는 일어나서 맞았다. 청년이 바로 오스만 제국의 황제 오스만 2세였다.

오스만 2세는 이준성에게 정중히 예를 표하며 말했다.

"어려운 부탁을 들어주어 정말 고맙소."

통역을 들은 이준성은 미소를 지으며 화답했다.

"별로 어려운 부탁은 아니었소. 다만, 일국의 황제가 수도에서 멀리 떨어진 이 제다까지 와서 나를 만나는 데는 특별한 이유가 있을 것 같은데, 무슨 일인지 물어봐도 괜찮겠소?"

한국 측 통역의 말에 귀를 기울이던 오스만 2세가 대답했다.

"몇 년 전에 무굴 제국의 황제가 한국의 도움을 받아 강력한 경쟁자인 비자야나가르 왕국을 누르고 인도를 통일했다는 말을 들었소. 더욱이 한국은 그 대가로 무굴 제국이 약속했던 고아, 캘커타와 독점 교역권만 얻은 후에는 깨끗하게 물러나 무굴 제국 쪽에서 귀국의 평판이 좋단 소문을 들었소."

이준성은 일부러 모르는 척하며 물었다.

"사파비 제국 때문에 우리의 도움을 원하는 것이오?"

사파비 제국은 페르시아, 즉 지금의 이란 땅에 있는 왕조였는데 국교가 이슬람 시아파였기 때문에 수니파가 대다수를 차지하는 오스만 제국과의 사이가 좋을 수 없는 상황이었다. 실제로 두 제국은 100년 넘게 전쟁을 이어 오는 중이었다.

오스만 2세는 바로 고개를 저었다.

"사파비와는 휴전해서 지금은 전쟁 중이 아니오."

"그럼 대체 무엇 때문에 우리의 도움이 필요한 것이오?"

오스만 2세가 미간을 찌푸리며 입술을 살짝 깨물었다.

그러나 상황이 급한지 한숨을 푹 내쉰 다음, 솔직하게 대답했다.

"제국의 치부를 다른 나라 사람 앞에 드러내는 것 같아 창피하긴 하지만, 상황이 급한 탓에 솔직하게 말씀드리겠소. 현재 나는 제국에서 가장 강한 전투 집단인 예니체리와 사이가 좋지 않은 편이오. 나는 몇 년 전에 권력이 비대해진 예니체리가 향후 우리 오스만 제국의 앞날에 좋지 않은 영향을 끼칠 것이란 확신이 들었소. 그래서 은밀히 병력을 모아 예니체리를 해산시킬 계획이었는데, 예니체리가 황궁에 심어 둔 첩자 때문에 계획이 그들의 귀에 들어가 도리어 내가 먼저 위험에 빠졌소. 만약 나를 도와 예니체리를 제거해 준다면, 무굴 제국이 귀국에 했던 것과 비슷한 특혜를 주겠소."

이준성은 잠시 고민한 후에 미리 생각해 둔 조건을 꺼내 놓았다.

"귀국이 그 대가로 두 가지를 준다면 고려해 보겠소."

오스만 2세가 기뻐하며 물었다.

"어떤 조건이오?"

"홍해 끝에 있는 수에즈항구와 지중해에 있는 다미에타 항구를 우리 한국 정부에 할양해 주시오. 그리고 수에즈와 다미에타를 잇는 운하를 완성하면 우리 한국 정부가 관리할 수 있게 해 주시오. 그럼 황제를 도와 예니체리를 제거하겠소."

오스만 2세는 즉시 근처에 있는 대신들과 상의를 하였다.

수에즈는 좀 전에 말한 대로 홍해 가장 안쪽에 있는 항구였다. 그리고 다미에타는 지중해의 항구인데, 수에즈와 다미에타는 거리가 100킬로미터에 불과할 정도로 아주 가까웠다.

원래 배로 인도양에서 지중해로 들어가려면 수천 킬로미터를 족히 항해해야 했다. 날짜로 계산하면 몇 달이 걸리는 먼 거리였다. 그러나 홍해 수에즈 항구와 지중해 다미에타 항구를 연결할 수만 있으면 불과 며칠 만에 그 일이 가능했다.

그런 이유로 인해 기원전부터 지금까지 수차례에 걸쳐 수에즈와 다미에타를 잇는 운하를 건설하려 했지만, 자금 조달과 기술력의 미비 등이 발목을 잡아 1,869년에 가서야 이루어졌다.

수에즈는 원래 이집트의 영토로 몇십 년 전까지는 맘루크 왕조의 지배를 받았지만, 오스만 제국이 맘루크 왕조를 병합함에 따라 지금은 오스만 제국이 이집트 지역까지 통치하는 중이었다.

오스만 2세가 허락하면 수에즈를 넘겨받을 수 있는 상황이었다. 오스만 2세는 곧 그렇게 하겠노라 대답했다. 두 정상은 바로 그 자리에서 서로 원하는 조건을 적은 협정문을 작성해 한 부씩 나눠 가졌다. 한데 두 정상이 협정문을 교환하는 순간, 부두 바깥쪽에서 날카로운 호각 소리가 들려왔다.

오스만 2세의 얼굴이 새파랗게 질렸다.

"아, 예니체리가 나를 죽이기 위해 쫓아온 것 같소."

이준성 역시 그럴 가능성이 크다고 보았기 때문에 바로 정충신에게 해병 1여단으로 부두를 사수하라는 명령을 내렸다.

◆ ◈ ◆

오스만 2세가 데려온 근위병 역시 적지 않았기 때문에 근위병이 항구 외곽을 틀어막는 동안, 상륙정에 몸을 실은 해병 1여단 대원들이 차례차례 상륙해 기지 방어 작전을 실행했다.

해병대원은 평소에 두 가지 훈련을 주로 받았다. 첫 번째는 당연히 적의 영토에 상륙하는 상륙 작전이었다. 그리고 두 번째는 해군 기지 등을 수비하는 방어 작전이었다. 해외에 있는 영토와 조차지를 지키는 임무를 해병대가 주로 맡기 때문에 해병대는 방어 작전에 많은 신경을 쓰는 편이었다.

해병대원들은 정충신, 정봉수의 지휘를 받아 부두에 있는 건물과 건물 사이에 철조망 등을 이용해 바리케이드를 쳤다. 그리곤 각 건물을 방어 거점으로 삼아 그 일대에 은철뢰, 천왕뢰, 다이너마이트, 지뢰 5호와 같은 부비트랩을 깔았다.

또한 저격 중대 저격수와 박격포 중대 포반을 각 건물에 분산 배치했으며, 한명련이 이끄는 맹호특수전여단은 상륙정을 이용해 부두를 몰래 빠져나간 다음 적의 후방에 매복했다.

마지막으로 최악의 상황에 대비하기 위해 부두에 정박한 전함의 함포로 부두 곳곳을 조준했다. 1여단이 방어에 실패했을 경우 이준성과 오스만 2세를 안전한 곳으로 빨리 탈출시키기 위해서였다. 육지에서는 예니체리가 해병대보다 강할 수 있었다. 그러나 그들이 전함에 승선하는 순간, 얘기가 달라졌다. 장보고함대의 보호를 받는 그들을 어찌할 수 있는 적은 전 세계에 존재하지 않기 때문이었다.

이준성은 전투에 앞서 적의 전력을 파악할 목적으로 오스만 2세의 부하에게 예니체리에 관한 정보를 물어보았다. 이번에 제대로 쳐들어온 예니체리는 3만 명이지만 오스만 제국 전체로 따지면 12만 명 정도의 규모를 가진 부대였다. 오스만 제국 전체 중앙군의 규모가 정확히 얼마인진 모르지만, 예니체리가 상당한 비중을 차지하는 것은 틀림없었다.

물론, 이준성은 오스만 2세의 부하가 준 정보에만 의지하진 않았다. 오스만 2세의 부하가 이런저런 이유로 사실을 왜곡해 전달할 위험이 있기 때문이었다. 그는 유진의 도움을 받아 보다 정확한 정보를 구했는데, 그중 가장 관심이 가는 정보는 예니체리의 전력이 예전만 못하다는 정보였다.

예니체리는 가장 최근에 벌어진 폴란드 호틴 전투에서 졸전을 펼쳐 체면을 왕창 구겼다. 또, 머스킷을 유럽보다 빨리 받아들인 결정은 좋았지만, 유럽이 머스킷과 머스킷 전술을 발전시키는 동안 처음 받아들인 매치락 머스킷과 분산형 사격 전술을 고집하는 바람에 전력이 예전만 못해졌다.

그때, 현장을 지휘하던 정충신이 달려와 보고했다.

"오스만 제국 근위대의 피해가 누적되어 외곽이 곧 뚫릴 것 같사옵니다. 앞으로 어떻게 해야 할지 명령을 내려 주시옵소서."

이준성은 그동안 취합한 정보를 이용해 명령을 내렸다.

"오스만 제국 장교들과 상의해 근위대를 부두 안으로 후퇴시킨 다음, 근위대를 쫓아 들어오는 예니체리를 기습해 타격하시오. 그리고 포로는 필요 없소. 모두 숨통을 끊어 버리시오."

"알겠사옵니다."

대답한 정충신은 바로 현장으로 복귀했다.

한편, 오스만 2세를 전함에 태워 잠시 피신시킨 이준성은 부두 근처에 있는 가장 높은 건물의 지붕 위로 올라갔다. 지붕에 도착한 후에는 인드라망으로 전장을 쭉 훑어보았다.

정충신이 조금 전에 한 보고처럼 예니체리 수천 명이 오스만 제국 황실 근위대가 만든 방어벽을 돌파해 사방에서 물밀 듯이 쏟아져 들어오는 중이었다. 해병대원은 예니체리에 쫓겨 부두 안으로 급히 피신한 오스만 제국 근위병을 구출한 다음, 다시 바리케이드를 쳐 예니체리의 진입을 차단했다.

탕탕탕탕!

바리케이드를 수비하는 해병대원이 마침내 뇌격으로 바리케이드를 공격하는 예니체리에 조준 사격을 가하기 시작했다.

전에는 총성 수십 발이 한 번에 겹쳐 들렸다가 뚝 끊겼다. 그리고는 2, 3초 후에 또다시 총성이 한 번에 겹쳐 들려왔다.

뇌섬을 사용할 땐 한 발, 한 발 일일이 장전해야 하므로 장전하는 동안에는 총성이 뚝 끊기는 경우가 많기 때문이었다.

그러나 뇌격은 5발들이 탄 클립을 사용하기 때문에 다섯 발을 연달아 발사할 수 있었다. 지금 역시 마찬가지여서 총성이 끊임없이 들려와 고막이 쉴 틈을 전혀 주지 않았다.

5발들이 탄 클립은 해병대가 화력을 일정한 수준으로 계속 유지할 수 있게 해 주어 바리케이드를 공격하는 예니체리를 곧장 수세에 몰아넣었다. 그때, 예니체리 머스킷 사수 수백 명이 사방에서 튀어나와 엄호 사격을 가하기 시작했다.

그러나 해병대와 예니체리가 가진 총의 사거리가 거의 두 배 가까이 차이 났기 때문에 그들이 쏜 탄환은 형편없이 빗나가는 경우가 많았다. 반면 해병대가 뇌격으로 발사한 탄환은 바리케이드를 공격하는 예니체리의 몸에 틀어박혔다.

예니체리는 결국 바리케이드를 치우거나 부수는 대신, 동료의 시체를 바리케이드에 가져가 쌓기 시작했다. 그리고는 쌓은 시체를 일종의 교량처럼 이용해 부두 안으로 진입했다.

그러나 해병대 역시 이를 두고만 보지 않았다. 우선 박격포 중대 포병이 단단한 지붕에 설치한 백뢰포로 부두에 진압한 예니체리 머리에 백뢰탄으로 만든 불벼락을 쏟아부었다.

또, 다른 지붕에 매복해 있던 저격 중대 저격수들은 장교로 보이는 예니체리를 저격해 적 지휘 체계에 혼란을 일으켰다.

백뢰포 포격과 저격 중대 저격에 정신을 못 차리는 동안, 각 건물에 숨어 있는 해병대원이 창과 문 뒤에 숨어 뇌격을 발사했다. 예니체리의 피해는 시간이 갈수록 급격히 증가했다.

예니체리 수뇌부는 지금처럼 건물 사이에 있는 길을 돌파해 들어가는 전술이 시체의 산만 더 크게 쌓을 뿐 별다른 효과가 없단 사실을 깨달았는지 시가전으로 방향을 틀었다.

부두에 있는 건물을 차근차근 점령해 들어가지 않고선 오스만 2세가 있을 것이라 추정되는 장소까지 갈 방법이 없었다.

물론, 후퇴는 아예 생각조차 안 했다. 그들은 오스만 제국의 황제를 상대로 반란을 일으킨 상황이었다. 어차피 여기서 물러서지 않아도 죽고 물러서도 죽을 수밖에 없다면, 그중 조금이라도 성공 가능성이 큰 쪽에 베팅하는 게 당연했다.

어떻게든 여기서 오스만 2세를 살해한 다음, 정신적인 문제로 폐위당한 선황제 무스타파 1세를 다시 황제로 복위시켜야 예니체리는 반역자라는 꼬리표를 떼어 낼 수 있었다. 무스타파 1세는 오스만 2세의 삼촌으로 1,618년에 정신적인 문제가 드러나 폐위당한 후에 유폐 생활을 이어 오는 중이었다.

예니체리는 해병대가 점령한 건물에 병력을 계속 투입했다. 병력 숫자에서 월등히 앞서기 때문에 가능한 방법이었다.

해병대는 건물 1층 정문으로 진입하는 예니체리를 막기 위해 문 뒤에 천왕뢰와 다이너마이트로 만든 폭탄을 설치했다.

이후 예니체리가 정문을 열어젖히는 순간, 문고리에 달아둔 인계 철선이 폭탄을 터트려 그 주변 일대를 불바다로 만들었다.

예니체리는 폭탄이 뿜어낸 연기가 가시기 무섭게 칼, 총, 방패 등을 앞세운 상태에서 안으로 뛰어들어 내부를 수색했다.

그러나 그들을 기다린 것은 해병대가 아니라 건물 곳곳에 깔린 정교한 부비트랩이었다. 부비트랩이 터질 때마다 예니체리가 비명을 지르며 나자빠졌다. 해병대가 설치한 부비트랩이 교묘해 아무리 정신을 바짝 차려도 소용이 없었다.

그때, 2층으로 올라가는 계단참 위에 해병대원이 여럿 나타나 천뢰 5호를 던지며 사격했다. 또 한 번 귀청을 찢는 총성과 고막을 울리는 폭음이 건물 1층 전체를 뒤흔들었다.

예니체리는 2층으로 이뤄진 건물의 1층을 수색하는 데만도 수십 명이 넘는 사상자가 발생했지만, 이미 너무 깊이 들어온 탓에 포기하기 쉽지 않았다. 그저 두 눈을 질끈 감고 몇 명이 죽어 나가든 계속 병력을 밀어 넣는 수밖에 없었다.

그러나 2층 계단참에 있는 해병대원을 추격하기 위해 계단에 올라서는 순간, 건물 전체가 내려앉을 것 같은 폭음과 함께 달궈진 쇠 구슬 수만 개가 튀어나와 1층에 있던 예니체리 전체를 휩쓸었다. 바로 한국식 크레모아인 은철뢰였다.

건물이 내려앉을 것 같은 충격에 깜짝 놀란 후속 부대가 동료를 돕기 위해 급히 안으로 뛰어들었지만, 그들을 반긴 것은 처참한 주검으로 변해 나뒹구는 동료들의 시체였다.

화가 난 후속 부대가 2층을 지나 지붕으로 올라갔을 땐 이미 해병대원이 사다리를 이용해 다른 건물로 옮겨 간 후였다.

그리고 그와 동시에 후속 부대가 서 있던 지붕이 폭음과 함께 무너져 내려 그렇지 않아도 흔들리던 건물이 내려앉았다.

예니체리 수뇌부의 바람대로 건물을 점거하긴 했지만 거의 100명에 달하는 인적 피해와 무너진 건물 잔해만이 달랑 남았을 따름이었다. 예니체리는 이런 식의 전투를 대여섯 번더 치른 후엔 차라리 건물 사이에 있는 길을 강행 돌파하는 쪽이 낫겠단 생각을 하였다. 그러나 길에 들어섬과 동시에 사방에서 백뢰탄과 탄환, 천뢰 5호가 쏟아지는 통에 10미터를 이동하기 위해 치러야 하는 희생이 너무 컸다. 말 그대로 시체가 산을 이루고 피가 내를 이룰 지경이었다.

전투를 지켜보던 이준성은 밑으로 내려와 명령했다.

"놈들이 곧 퇴각할 거다. 한명련 장군에게 작전을 시작하란 명령을 전해라. 그리고 해병 1여단엔 적을 추격할 준비를 하라 전해라. 이번 전투에서 최대한 많은 적을 없애야 한다."

"알겠사옵니다!"

대답한 전령들이 사방으로 뛰어갔다.

그 틈에 뇌격과 연뢰, 칼을 챙긴 이준성은 큰길 쪽으로 나아갔다. 현재 큰길은 들어오려는 예니체리와 막아서는 해병 1여단 1중대, 3중대 사이에 격전이 벌어지는 중이었다.

1중대, 3중대 해병대원은 집기와 가구, 통나무 등으로 만든 엄폐물 뒤에 숨어 철조망을 넘어오는 예니체리를 공격했다.

탕탕탕탕탕!

뇌격의 총성이 울릴 때마다 탄환이 철조망 위로 빗발치듯 날아가 그 위를 넘어오는 예니체리를 피투성이로 만들었다.

이준성 역시 방사청이 특별히 그를 위해 제작한 뇌격으로 예니체리를 공격했다. 5발들이 탄 클립을 약실에 끼운 다음, 방아쇠를 당기면 총성이 들리며 빈 탄피가 옆으로 빠져나갔다. 그리고 자동으로 탄 클립에 들어 있는 두 번째 탄환이 약실 안으로 들어가 장전되었다. 뇌격이 반자동 소총이기 때문이었다. 탄 클립에 들어 있는 탄환을 다 소모하면 팅 하는 맑은 소리와 함께 빈 클립이 위로 튀어 올랐다.

병력 숫자는 예니체리가 해병대와 비교해 10배 가까이 많지만, 해병대는 병력의 3분의 1이 반자동 소총인 뇌격을 무기로 사용했기 때문에 오히려 화력 면에서 월등히 앞섰다.

그때, 수백 명을 희생시킨 예니체리가 마침내 마지막 바리케이드까지 돌파해 해병대가 사수하는 부두 쪽으로 들어왔다.

이준성은 엄폐물 뒤에 있는 해병대원에게 소리쳤다.

"은철뢰를 동시에 터트려라!"

"예!"

대답한 해병대원이 설치해 둔 은철뢰 10여 개를 동시에 터트렸다. 곧 왼쪽 끝에 설치한 은철뢰부터 차례대로 터지기 시작해 마지막에는 부두 오른쪽 끝에 있는 은철뢰가 폭발했다.

은철뢰가 쏟아 낸 쇠 구슬이 서로 교차하며 완벽한 형태의 교차 사격 진형을 만들어 화망에 갇힌 예니체리를 몰살시켰다.

아무리 다급한 예니체리라도 이런 위력 앞에선 겁을 먹을 수밖에 없었다. 더욱이 한명련이 이끄는 맹호특수전여단 대원이 예니체리 수뇌부를 급습했는지 후방마저 소란스러웠다.

앞뒤에서 동시에 악재를 만난 예니체리는 결국 수천 명이 넘는 사상자를 전장에 남겨 둔 상태에서 항구 밖으로 퇴각했다.

물론, 쉽게 퇴각하지는 못했다. 예니체리가 곧 퇴각할 것임을 예측한 이준성이 맹호특수전여단과 해병대에 퇴각하는 적을 쫓을 준비를 해 두란 명령을 내려 두었기 때문에 처절한 추격전이 거의 이틀 내내 이어졌다. 그리고 그 결과로 3만이 넘던 예니체리는 1만 명만 살아 아나톨리아로 돌아갔다.

전함에 있다가 승기를 잡은 후에 다시 부두로 내려온 오스만 2세는 이준성에게 당장 오스만 제국의 수도인 코스탄티니예로 쳐들어갈 것을 주장했다. 코스탄티니예는 중세에는 콘스탄티노플로, 21세기엔 이스탄불이라 불리는 도시였다.

예니체리가 아라비아에 있는 이 먼 제다까지 와서 황제를 노렸을 정도면 수도는 이미 상대가 장악한 상태라 봐야 옳았다.

오스만 2세는 예니체리가 차지한 코스탄티니예부터 빨리 찾아와야 예니체리의 힘이 약해진다고 철석같이 믿고 있었다.

그러나 이준성은 곧바로 고개를 저었다.

"이번에 탄환과 포탄을 많이 소모하는 바람에 보급을 먼저 충분히 받아야 하오. 여기서 코스탄티니예로 가기 위해선 전투를 치러 가며 수개월은 족히 가야 할 텐데, 중간에 무기와 식량이 떨어지면 오히려 예니체리에 당할 가능성이 있소"

이준성의 대답을 곱씹던 오스만 2세 역시 그게 맞단 생각이 들었는지 더는 코스탄티니예로 가자고 주장하지 않았다.

오스만 2세는 대신 메카, 메디나에서 반역을 저지른 예니체리를 치기 위한 근왕군을 모집했다. 그러나 폐위된 선황제 무스타파 1세의 복위를 꾀하는 예니체리와 현 황제인 오스만 2세 중에 누가 이길지 장담할 수 없던 부족들은 뜨뜻미지근한 반응을 보였다. 결국, 오스만 2세는 예니체리의 반란을 막으려면 한국군에 의지하는 수밖에 없단 결론을 내렸다.

두 달 후, 보급을 완벽히 마친 홍염해병군단 전 병력은 메카, 메디나를 시작으로 코스탄티니예로 향하는 긴 여정에 돌입했다. 아라비아반도 중간쯤에 있는 메카, 메디나는 주변에 사막밖에 없는 황량한 곳이지만 이슬람의 성지이기 때문에 이슬람교를 믿지 않는 사람들은 출입에 제한을 받았다.

그러나 예니체리 소규모 부대가 활동한단 첩보를 접한 후엔 오스만 2세의 허락을 받아 성지 두 곳을 샅샅이 수색해 예니체리를 전부 사살했다. 메카, 메디나의 예니체리를 찾아서 모두 죽인 이유는 후방 교란을 당하지 않기 위해서였다.

이번 작전은 수에즈까지는 수륙병진, 즉 육지에선 육군이, 바다에선 해군이 같은 방향으로 이동할 예정이기 때문에 첫 번째 목적지는 당연히 수에즈였다. 수에즈에 도착한 이준성은 함대와 해병 1개 중대를 남기며 그들에게 항구를 지키는 틈틈이 기지와 상관, 대사관을 건설하란 명령을 내렸다.

또, 해병 2개 중대에는 수에즈 반대편에 있는 지중해 알렉산드리아로 가서 다미에타 항구를 손에 넣으란 명령을 내렸다.

이준성과 동행 중이던 오스만 2세는 이준성이 해병대 병력 일부를 나눠 수에즈와 다미에타 두 항구를 발 빠르게 점령하는 모습을 보고선 쓴웃음을 지었지만 대놓고 뭐라 하지는 않았다. 지금은 한국군의 도움이 간절하기 때문이었다.

수에즈를 떠난 한국군은 두 번째 목적지인 예루살렘으로 전진했다. 예루살렘은 기독교, 유대교, 이슬람교 세 종교의 성지기 때문에 이를 차지하기 위한 전쟁이 21세기인 지금까지도 끝나지 않아 말 그대로 중동의 화약고라 할 수 있었다.

이준성은 종교에는 그다지 관심이 없는 사람이지만 골고다 언덕이나 통곡의 벽 등은 역사적인 장소이기 때문에 잠시 구경한 다음, 텔아비브를 찾았다. 텔아비브는 텔아비브란 이름보다 야파란 이름으로 더 유명한 고대 무역항이었다.

텔아비브에 도착해 번갈아 가며 그동안 쌓인 피로를 푼 한국군은 지금의 시리아 수도로 유명한 다마스쿠스로 전진했다. 한데 그동안 보이지 않던 예니체리가 다마스쿠스에 다와 있었는지 7만 명이 넘는 적이 그들을 기다리는 중이었다.

오스만 2세를 지키는 근위대는 2만 명이었다. 그리고 이준성이 동원한 홍염해병군단은 1만 명이기 때문에 한국-오스만 연합군의 수는 3만으로 예니체리의 5할에 미치지 못했다.

다만, 오스만 2세가 이집트와 아라비아, 시리아 등에서 급히 끌어모은 군마 3,000기와 낙타 1만 마리를 한국에 제공해 준 덕분에 홍염해병군단의 전력이 전보다 상승한 상태였다.

이준성은 오스만 2세가 지원해 준 군마를 이용해 3,000기로 이뤄진 기병 부대를 조직했다. 그리고 낙타 만여 마리 대부분은 짐을 옮기는 데 투입해 해병대원이 완전 군장을 짊어진 상태에서 뜨거운 사막을 행군하는 최악의 상황을 피했다.

이준성은 예니체리가 다마스쿠스 성에 틀어박혀 수성전으로 나오는 상황을 제일 경계했다. 다마스쿠스는 무려 4천여 년 전에 만들어진 도시로 방어 시설이 꽤 쓸 만한 편이었다.

청뢰와 홍뢰를 가져온다면 수성전이 두렵지 않을 테지만, 그 무거운 화포를 다마스쿠스까지 가져오는 게 쉽지 않기 때문에 적이 수성전으로 나오면 어려울 수밖에 없었다.

한데 다마스쿠스를 지키던 예니체리는 한국군과 오스만군의 연합군이 3만에 불과하단 사실을 알고는 성 밖으로 나왔다.

비록 제다 부두에서 벌어진 전투에서 엄청난 피해를 보기는 했지만, 그때는 시가전이라 패했다고 믿는 모양이었다. 지금처럼 은폐, 엄폐할 게 거의 없는 황무지에서는 병력이 많은 예니체리 쪽이 유리하다는 결론을 내린 게 틀림없었다.

이준성이야 두 팔 벌려 환영할 만한 소식이었다. 그는 곧 정충신, 한명련, 정봉수, 강홍립, 슈메를 위시한 한국군 장교단과 오스만 제국 근위대를 지휘하는 오스만군 장교단을 한 자리에 모아 예니체리를 막을 작전을 논의했다.

오스만 제국 장교들은 오스만 2세의 엄명을 받은 탓에 이준성이 내리는 명령에 불만을 드러낼 생각을 못 했다. 동원한 병력은 오스만 제국 근위대가 한국군의 두 배에 달하지만, 연합군의 주력은 근위대가 아니라 한국군이기 때문이었다.

실제로 몇 달 전 제다 부두에서 벌어진 전투에서 2만 명이 넘는 근위대가 예니체리를 막는 데 실패했다. 그러나 한국군은 불과 3,000명의 숫자로 예니체리를 막아 냈을 뿐만 아니라 역습까지 성공시켜 불리한 전황을 완승으로 이끌었다.

작전 회의를 마친 후에 오스만 제국 근위대는 우익을, 한국군은 좌익을 맡아 전방에 있는 예니체리를 상대로 긴 전선을 구축했다. 그 모습을 본 예니체리 수뇌부는 크게 기뻐했다. 전선이 길수록 병력이 많은 군대가 유리하기 때문이었다.

예니체리 수뇌부는 바로 7만에 달하는 병력을 넓게 퍼트려 전선을 길게 펼친 한국-오스만 연합군 전술에 대응했다.

그러나 첫날은 별다른 전투 없이 조용히 지나갔다. 양측이 전선을 펼쳤을 때는 해가 벌써 중천으로 향하는 중이어서 양측 다 전투를 꺼린 탓이었다. 사막 기후를 가진 지역에서 해가 쨍쨍한 대낮에 싸우고 싶은 사람은 별로 없을 것이다.

다음 날 새벽, 예니체리가 먼저 천지가 떠나갈 것 같은 함성을 지르며 공격해 왔다. 유럽에선 전열 보병이 대세로 자리 잡을 때였지만, 예니체리는 여전히 각개 돌파를 애용했다.

머스킷과 활을 쏘며 전진하던 예니체리는 칼, 창, 방패 등을 소지한 보병 부대를 내보내 접근전 쪽으로 전투를 유도했다.

한국-오스만 연합군 역시 바로 예니체리에 맞서 싸웠다. 그러나 사용하는 전술은 예니체리와 딴판이었다. 참호에 들어간 한국-오스만 연합군은 총과 활 같은 원거리 무기로 적을 최대한 저지하다가 어쩔 수 없을 때만 접근전을 벌였다.

이준성은 인드라망으로 전황을 살펴보았다. 지금까지는 양측의 균형이 잘 맞는 중이었다. 오스만 제국 근위대 쪽이 약간 밀리기는 했지만 어쨌든 뒤로 퇴각해야 할 정도는 아니었다.

"근위대가 아주 형편없진 않군."

고개를 끄덕인 이준성은 고개를 돌려 예니체리 진채를 살폈다. 진채 위에서 먼지가 올라와 그 일대를 누렇게 물들였다.

이준성은 인드라망의 배율을 좀 더 높였다. 잠시 후, 먼지 속에서 예니체리 기병 수천 기가 튀어나와 한국군이 맡은 좌익 쪽으로 돌진해 들어왔다. 그는 안도의 한숨을 내쉬었다.

이준성은 전투 중에 예니체리 기병이 오스만 제국이 맡은 우익으로 돌진하는 상황을 가장 경계했다. 예니체리 기병이 우익을 치면 이준성이 지휘하는 기병 부대는 어쩔 수 없이 뒤로 돌아가 근위대를 지원해야 하는 처지였다. 근위대가 맡은 우익이 무너지면 전선을 유지할 방법이 없는 탓이었다.

예니체리 기병이야 두려울 것이 없었다. 그러나 그렇게 하면 가장 효과가 좋은 작전을 포기한 후에 백업으로 준비한 두 번째 작전으로 옮겨 가야 했다. 기분 좋은 일은 아니었다.

한데 예니체리 기병이 이준성의 바람대로 한국군을 향해 돌진해 들어왔다. 그는 지금 춤이라도 추고 싶은 심정이었다.

아마 예니체리 수뇌부의 의도는 둘 중 하나였을 것이다. 한국군이 너무 강한 탓에 기병 부대로 처리하지 않으면 이번 전투에서 이길 수 없단 생각에 그런 결정을 내렸을 수 있었다.

그리고 그게 아니라면 2만에 달하는 오스만 2세의 근위대보다 1만이 채 넘지 않는 한국군이 더 만만해 보였을 수 있었다.

둘 중 어떤 의도였는지는 모르지만, 이준성은 깊이 생각하지 않았다. 지금은 과정보다 결과가 훨씬 더 중요한 때였다.

이준성은 손가락을 튕겨 옆에 있는 랭커스터에게 신호를 보냈다. 신호를 받은 랭커스터는 즉시 붉은 깃발을 흔들었다.

홍염해병군단을 지휘하는 정충신에게 보내는 신호였다.

"장군! 주상 전하의 신호이옵니다!"

부관이 외치는 소리를 들은 정충신은 망원경의 방향을 돌려 직접 확인했다. 부관의 말대로 눈처럼 흰 백마를 앉아 있는 바람에 눈에 확 띄는 랭커스터가 붉은 깃발 두 개를 교차해 흔드는 모습이 보였다. 작전 개시를 알리는 신호였다.

정충신은 즉시 전령을 소집해 명령했다.

"3여단, 2여단, 1여단 순으로 돌격한다!"

"예!"

전령 10여 명이 즉시 군마에 올라 각 여단 지휘부로 달려갔다.

"3여단 돌격!"

잠시 후, 3여단장 슈메의 우렁찬 외침과 함께 번개같이 참호 밖으로 튀어나온 3여단 대원들이 뇌격을 쏘며 돌격했다.

탕탕탕탕탕!

뇌격의 총성이 울릴 때마다 참호를 공격하던 예니체리 수십 명이 피를 뿌리며 나자빠졌다. 적과의 간격이 너무 가까운 탓에 장전할 틈을 찾지 못한 3여단 대원들은 미리 착검해 둔 뇌격 총검을 적의 가슴과 배에 곧장 쑤셔 넣었다.

해병 3여단이 갑자기 튀어나오는 바람에 예니체리 쪽의 전선 끝이 뒤쪽으로 크게 밀려났다. 그때, 이를 기다렸다는 듯 강홍립이 지휘하는 해병 2여단이 참호에서 튀어나와 전선이

헝클어진 예니체리를 기습했다. 그리고 마지막엔 정봉수가 지휘하는 해병 1여단이 참호를 튀어나와 적을 밀어붙였다.

해병 3개 여단이 갑자기 공세로 나오는 바람에 크게 당황한 예니체리는 후퇴를 거듭해 거의 5, 600미터 이상 밀려났다.

예니체리 기병 부대는 아군이 갑자기 뒤로 밀리는 바람에 크게 당황했는지 갑자기 방향을 바꿔 아군 쪽으로 질주했다. 곤경에 처한 아군부터 구하려는 생각이 분명했다. 그러나 그 바람에 예니체리 기병 부대의 측면이 고스란히 드러났다.

"좋았어!"

고개를 끄덕인 이준성은 헬멧을 머리에 덮어쓰기 무섭게 말 배를 걷어차 방향을 바꾼 예니체리 기병 부대로 돌진했다.

그런 이준성의 뒤를 낭환과 랭커스터가 급히 뒤쫓으며 따라붙었다. 그리고 그 뒤엔 마사카츠가 이끄는 경호실 기병 100여 기가 따라붙었으며, 마지막에는 해병대원으로 이뤄진 기병 2,000여 기가 따라붙어 진형을 완성했다. 즉, 이준성을 꼭짓점으로 한 쐐기 형태의 진형이 만들어진 셈이었다.

이준성은 예니체리의 측면으로 파고들며 연뢰를 계속 발사했다. 연뢰의 실린더가 돌아갈 때마다 예니체리 기병이 움찔하며 말에서 떨어졌다. 연뢰에 들어 있는 마지막 소뇌 전을 3미터 앞을 지나가는 예니체리 기병의 등 쪽으로 발사한 이준성은 허리춤에 찬 칼을 뽑아 그대로 내리쳤다.

촤아악!

목이 잘린 예니체리 기병이 피를 분수처럼 쏟아 내며 쓰러졌다. 이준성은 순식간에 10여 미터를 전진하며 대여섯 명이 넘는 적 기병을 더 쓰러트렸다. 그때, 낭환과 랭커스터 두 명이 옆에서 따라붙어 사방에 칼을 휘둘렀다. 예니체리 기병이 죽어 가며 내지르는 단말마의 비명이 쉬지 않고 들려왔다.

예니체리 기병 부대는 그제야 측면을 기습한 이준성 등을 막기 위해 대대급 병력을 급히 측면 쪽으로 돌렸다. 그러나 그 대대급 병력이 측면에 도착했을 땐, 이미 마사카츠가 이끄는 경호실 기병 100여 기가 도착해 그들을 가로막았다.

또, 몇십 초 후에는 해병대원으로 이루어진 기병 2,000여 기가 연달아 도착해 부족한 숫자를 채워 나갔다. 예니체리 기병 부대가 측면을 기습한 한국군 기병 부대를 막기 위해 내보낸 대대급 병력은 그야말로 눈 깜짝할 사이에 전멸했다.

이준성은 여유가 생긴 틈에 얼른 연뢰 두 자루를 장전했다. 연뢰 역시 그동안 적지 않은 발전이 있었다. 다만, 뇌섬과 뇌격처럼 아예 작동 방식까지 달라진 경우는 아니어서 기존에 쓰던 연뢰란 이름을 계속 쓰는 중이었다.

새로운 연뢰의 가장 큰 특징이라면 역시 실린더를 교체할 수 있단 점을 들 수 있었다. 전에는 연뢰의 약실을 연 다음, 실린더 하나하나에 소뇌전을 장전해야 하는 번거로움이 있었다. 그러나 새로운 연뢰는 아예 실린더 자체를 재빠르게 교체할 수 있어 재장전이 불과 몇 초 만에 끝났다.

재장전을 마친 이준성은 다시 앞으로 뛰어 나가 연뢰를 발사했다. 이준성 본인이 원체 명사수인 데다 지금은 거리까지 가까워 빗나가는 탄환이 없었다. 연뢰가 불을 뿜을 때마다 예니체리 기병이 비명과 선혈을 쏟아 내며 죽어 갔다.

연뢰 두 자루에 장전한 소뇌전을 순식간에 소모한 이준성은 다시 칼을 뽑아 적을 베어 갔다. 예니체리 기병이 베어 온 칼을 가볍게 막은 그는 허리에 힘을 주며 칼을 올려쳤다.

힘이 실린 칼이 예니체리 기병의 갑옷을 가르다가 얼굴까지 같이 갈라 버렸다. 얼굴 반이 잘려 나간 예니체리 기병이 비명을 지르며 말 등에서 굴러떨어졌다. 그때, 예니체리 기병 두 명이 휘두른 단창과 칼이 양옆에서 동시에 날아들었다.

이준성은 번개 같은 솜씨로 예니체리 기병이 휘두른 단창과 칼을 한 번에 막아 낸 다음, 칼을 두 번 연속 휘둘렀다. 칼날이 만든 새파란 빛이 허공에 번쩍일 무렵, 예니체리 기병 두 명은 목과 얼굴에 피를 흘리며 말 위에서 떨어졌다.

뒤에서 그 모습을 우연히 지켜본 랭커스터가 흠칫하며 고개를 절레절레 저었다. 이준성의 칼 솜씨가 자신과 싸웠을 때보다 더 훌륭해졌기 때문이었다. 그때는 이준성이 휘두른 칼을 다섯 번을 막고 패했지만 지금 다시 싸운다면 세 번, 아니두 번 만에 자신 역시 방금 죽은 예니체리 기병처럼 진득한 피를 쏟으며 말 위에서 떨어졌을 가능성이 컸다.

이는 랭커스터의 실력이 퇴보해서가 아니라 이준성의 실력이 급상승했기 때문이었다. 지천명의 나이인 이준성은 이제 더는 젊었을 때처럼 힘으로 밀어붙이지 않았다. 물론, 하라면 할 수는 있지만 금방 지쳐 버릴 공산이 아주 높았다. 이제는 나이가 들어서 체력이 더는 예전 같지 않기 때문이었다.

나이가 든 이준성은 몇 년 전부터 새로운 방식을 연구하기 시작했는데 그건 바로 힘을 단시간에 집중시키는 것이었다.

지금처럼 힘을 낭비하지 않고 원하는 지점에 원하는 강도의 타격을 주는 연습을 시작한 이준성은 마침내 작년 이맘때 그가 원하는 수준의 검술을 구사할 수 있는 실력을 갖췄다.

한국군 기병 부대는 이준성의 엄청난 활약 덕분에 그들보다 수가 많은 예니체리 기병 부대를 압도하기 시작했다. 그리고 1시간쯤 지났을 땐 압도를 넘어 적을 섬멸하기 시작했다.

낭환이 도망치던 예니체리 기병 부대 지휘관을 뇌섬으로 죽였을 땐 이미 살아남은 적 기병이 손가락으로 헤아릴 수 있을 정도였다. 이준성은 이 기세를 살리기 위해 해병 1, 2, 3여단이 밀어붙이는 중인 예니체리 보병 부대를 급습했다.

머스킷이 등장한 시기이기는 하지만 여전히 기병 부대는 보병 부대의 천적과 마찬가지였다. 전장 여기저기서 예니체리 보병 부대가 그야말로 손쓸 틈 없이 무너져 내리기 시작했다.

"모두 나를 따라와라!"

소리친 이준성은 말을 몰아 예니체리 보병 부대 후방으로 이동해 적의 퇴로를 끊은 다음, 우왕좌왕하는 적을 공격했다.

예니체리 보병 부대는 어쩔 수 없이 비어 있는 동쪽으로 퇴각했다. 남쪽엔 오스만 제국 근위대가, 서쪽에는 홍염해병 군단 해병 1, 2, 3여단이, 북쪽에는 이준성이 직접 이끄는 한국군 기병 부대가 있어 동쪽만이 유일하게 비어 있기 때문이었다.

그러나 공격을 받으면서 퇴각하는 일이 쉬울 리 없었다. 이준성은 한국군과 오스만군, 양군을 직접 지휘해 동쪽으로 퇴각하는 예니체리를 학살해 전장을 피와 시체의 바다로 만들었다. 그렇게 1킬로미터쯤 이동했을 때였다. 지독하게 저항하던 예니체리 역시 포기했는지 백기를 올려 투항했다.

이준성이 세운 망치와 모루 전술이 완벽히 통한 것이다. 그는 오스만군을 모루로, 해병대와 기병 부대를 망치로 만들어 먼저 상대의 망치인 예니체리 기병 부대부터 빨리 섬멸했다.

그리곤 기병 부대와 해병대를 망치처럼 내리쳐 모루에 막힌 예니체리 보병 부대를 학살함으로써 전투를 승리로 이끌었다.

오스만 2세는 항복한 예니체리를 잡아다가 전부 참수형에 처했다. 이준성은 속으로 쓴웃음을 지었지만, 그가 간섭할 일은 아닌 탓에 그냥 말없이 지켜만 보았다. 다마스쿠스 외곽 전투를 대승으로 이끈 이준성은 내친김에 다마스쿠스마저 점령한 다음 지중해 연안을 따라 북상하기 시작했다.

베이루트, 트리폴리, 라타키아를 지난 후에는 아나톨리아 반도로 입성해 메르신, 안탈리아, 이즈미르, 부르사를 거쳐 마침내 최종 목적지인 코스탄티니예에 도착해 그때까지 항복하지 않은 예니체리 강경파와 최후의 결전을 눈앞에 두었다.

그러나 최후의 결전은 결전답지 않게 싱겁게 끝나 버렸다. 한국-오스만 연합군이 연전연승을 거두며 코스탄티니예 코앞에 도착한 모습을 목격한 코스탄티니예의 귀족, 거부, 상인, 군인, 학자 등이 예니체리에 반기를 들어 버린 것이다.

결국, 누군가 열어 준 성문을 통해 코스탄티니예에 입성한 한국-오스만 연합군은 거의 보름에 가까운 기간 동안, 코스탄티니예 도시 전체를 피로 물들이며 예니체리를 학살했다.

권력을 되찾은 오스만 2세는 그동안 맺힌 게 많은지 예니체리에 협조했다는 이유만으로 무려 5만 명이 넘는 백성을 처형했다. 이준성은 광기가 난무하는 곳에 오래 있고 싶은 생각이 없었기 때문에 다시 긴 거리를 행군해 수에즈로 돌아갔다. 이번 원정이 지금까지 한 원정 중에 가장 힘들기는 했지만 어쨌든 이번 원정 덕에 중동이란 아주 중요한 지역에서 그곳의 맹주인 오스만 제국의 맹방 자격을 얻어 냈다.

이준성은 수에즈에서 3개월가량 머무른 후에 남쪽으로 내려갔다. 이젠 아프리카라는 미지의 대륙을 만나 볼 차례였다.

독재자

7장. 미지의 대륙

　서양은 동양이, 동양은 서양이 존재한다는 사실을 아주 일찍부터 깨달았다. 그 이유는 여러 가지가 있을 테지만 동양과 서양을 잇는 대표적인 교역로던 비단길의 개척, 알렉산더 대왕의 인도 침공, 몽골 제국의 동유럽 정벌과 같은 사건이 있었기 때문이었다. 그러나 아프리카 대륙이란 존재가 유럽과 아시아에 상세히 알려진 것은 비교적 최근의 일이었다. 17세기 기준으로 따지면 불과 2, 3세기 전의 일이었다.

　동양은 항해술이 뛰어나지 않아 중동까지가 그들이 진출할 수 있는 한계에 가까웠다. 중동을 지나 아프리카 대륙이 있는 남쪽으로 내려가기에는 기술적인 제약이 너무 많았다.

반대로 서양 사람들은 전혀 다른 이유에서 남쪽 바다 너머에 엄청나게 광대한 대륙이 있다는 사실을 뒤늦게 파악했다.

물론 아프리카 대륙 북부는 지중해 영역이기 때문에 일찍부터 유럽 문명과 함께했지만, 대륙 중부와 남부는 여전히 미지의 땅으로 남아 있었다. 그 이유는 바로 종교 때문이었다.

유럽인들은 성서에 나오는 천동설을 믿었기 때문에 바다 끝에 절벽에 있을 거라 믿어 아프리카 북부 아래쪽으로는 내려갈 엄두를 내지 못했다. 대서양 쪽 역시 마찬가지였다. 콜럼버스가 인도를 찾겠다며 서쪽으로 떠나기 전까지는 바다 끝에 그 끝을 알 수 없는 절벽이 있을 거라 믿었다.

고기를 잡던 유럽 어부들이 훨씬 먼저 아메리카 대륙을 발견했단 설이 있긴 하지만 어부들은 그곳이 신대륙이란 사실을 알지 못했다. 비바람을 피할 목적으로 들렀기 때문이었다.

한데 오스만 제국이 15세기에 콘스탄티노플을 점령하면서 상황이 급변했다. 당시 유럽에선 여러 가지 이유로 향신료를 아주 귀하게 여겼다. 여러 설이 있긴 하지만 귀족들이 자신의 부를 자랑하기 위해 사치품인 향신료를 대량으로 사들였다는 설과 그들이 먹던 형편없는 음식에 풍미를 더하기 위해 향신료가 필요했다는 설, 심지어는 고기의 잡내를 없애기 위해 애용했다는 설과 건강 보조 식품으로 사용했다는 설

까지 있었다. 뭐라 딱 정의 내릴 순 없지만 어쨌든 유럽에서
는 향신료의 가치가 점점 더 올라가는 상황이었다.

한데 문제는 그러한 향신료 대부분이 동양, 특히 인도, 인
도차이나반도, 인도네시아 등 특정한 지역에서만 구할 수 있
어 중동과 인도 쪽 상인들이 중간에서 중개해 주지 않으면 유
럽에 있는 상인들은 향신료를 구할 길이 없다는 점이었다.

14세기까진 향신료 중개 무역이 별 탈 없이 이어졌지만,
오스만 제국이 콘스탄티노플을 점령한 15세기부턴 상황이
변했다.

오스만 제국이 향신료 중개 무역을 통제함에 따라 유럽에
들어오는 향신료 값이 폭등하기 시작한 것이다. 이에 참다못
한 일부 국가들, 특히 포르투갈과 에스파냐처럼 이베리아반
도에 위치해 아메리카, 아프리카와 지리적으로 가까운 국가
들이 앞장서서 향신료를 찾아 먼 바다로 나가기 시작했다.

이것이 바로 대항해시대였다. 물론, 아프리카에 거주하는
주민에게는 지옥의 문이 열리는 순간이었다. 이때부터 아프
리카에 쳐들어온 유럽 열강이 흑인을 사다가 노예로 팔았다.

소코트라를 출발한 장보고함대는 몇 주 후에 마다가스카
르 마하장가에 도착했다. 세계에서 네 번째로 큰 섬인 마다가
스카르는 무려 남한의 여섯 배에 해당하는 면적을 지녔다.

지도상에서 보면 아프리카 대륙 모잠비크와 300킬로미터
밖에 떨어져 있지 않아 아프리카 대륙에 붙어 있는 섬으로

보였다.

그러나 실상은 전혀 달랐다. 마다가스카르에 사는 주민 대부분은 동남아시아에서 배를 타고 건너온 말레이인을 조상으로 두고 있어 생활상 역시 아프리카보다는 동남아시아 쪽에 더 가까웠다. 실제로 마다가스카르 주민의 주식은 쌀이었다.

마다가스카르는 수십 개의 부족이 난립해 있는 탓에 외부의 침입에 저항하기가 쉽지 않았다. 실제로 이슬람의 세력이 강할 때는 이슬람 상인들이 들어와 주민을 노예로 팔아먹었다. 그리고 유럽 열강의 세력이 강한 시기엔 유럽인이 주도하는 플랜테이션이 발달해 농부들이 전부 바닐라만 키웠다.

장보고함대가 정박한 마하장가 항구는 마다가스카르에서 가장 큰 항구로 마리보라는 부족이 통치하는 영역에 속해 있었다.

그러나 말이 좋아 항구지, 전함처럼 큰 배가 정박할 수 있는 부두는 없는 상태였다. 그리고 평소에는 항구를 지키는 병력을 두지 않는지 근처 어촌에 거주하는 노인과 여자, 어린애들 수백 명이 엄청난 크기를 자랑하는 장보고함대의 전함을 보고 겁을 먹어 뿔뿔이 도망치는 모습만 보일 따름이었다.

부두에 내린 이준성은 마리보 부족의 족장을 만나기 위해 100여 명으로 이루어진 정찰 부대를 꾸려 내륙으로 들어갔다.

항구와 이어진 길을 걸어가던 중에 비서실장 은게란이 물었다.

"한데 조금 이상하지 않사옵니까?"

묵묵히 걸음을 옮기던 이준성이 고개를 돌렸다.

"뭐가?"

"항구에 도착했을 때 젊은 사내가 한 명도 보이질 않았사옵니다. 다 노인과 여자, 아이들뿐이었지요. 남자들이 일하러 나가서 없을 순 있사옵니다. 하지만 아무리 그래도 젊은 사내가 한 명도 없다는 것은 이상한 일이 아니겠사옵니까?"

뒤에 있던 랭커스터가 끼어들었다.

"그럼 실장님 말은 이 지역에 무슨 일이 생겼을 거란 뜻입니까?"

"내 추측은 그렇네."

랭커스터가 고개를 살짝 저었다.

"이런 곳에서 생길 큰일이라 해 봐야 결국 하나밖에 없지 않겠습니까? 전쟁이 일어나 젊은 사내들이 전부 그쪽에 가 있다면 항구에 사내들이 없는 게 그리 이상한 일은 아닐 겁니다."

은게란이 고개를 끄덕였다.

"맞네. 다른 부족과 전쟁 중일 가능성이 가장 크겠지."

그때, 은게란과 랭커스터의 대화를 듣던 이준성이 피식 웃었다.

랭커스터가 깜짝 놀라 물었다.

"왜 그러시옵니까?"

"우리 속담에 호랑이도 제 말 하면 온단 속담이 있는데 아는가?"

랭커스터가 미간을 살짝 찌푸리며 그런 말을 배운 적 있는지 찾았다. 그러나 생각이 안 나는지 곧 고개를 살짝 저었다.

"처음 들어 보는 속담이옵니다."

"그럼 이번에 제대로 배울 수 있겠군."

이준성이 대답하는 순간, 길옆에 자라 있는 야자수 뒤에서 창과 칼을 든 전사 300여 명이 튀어나와 그들을 포위했다.

사전에 얻은 정보대로 흑인보다는 말레이인에 더 가까운 전사들이었다. 아직 외부 문물이 들어오기 전인지 그들은 가죽으로 만든 가죽옷으로 중요 부위를 대충 가린 상태에서 귀와 목, 손목에 송곳니나 뼈로 만든 장신구를 착용했다.

전문가 아닌 탓에 이준성은 그들이 착용한 장신구가 사람의 것으로 만들었는지, 아니면 짐승의 것으로 만든 것인지 알아보지 못했다. 또, 근육이 발달한 구릿빛 피부에 하얀색과 빨간색 액체를 칠한 탓에 아주 험상궂은 분위기를 풍겼다.

정체불명의 전사들은 손에 쥔 날카로운 창으로 이준성 일행을 찌를 것처럼 위협하며 자기네 말로 뭐라 캐묻기 시작했다.

이준성은 고개를 돌려 뒤를 보았다.

곧 통역관 하나가 앞으로 나와 머리를 숙였다.

"말씀하신 대로 이들이 지금 쓰는 언어는 칼리만탄 섬에서 사용하는 마아냔어와 아주 흡사하옵니다. 하지만 워낙 오래전에 넘어온 탓에 완벽히 해석하기에는 무리가 있사옵니다."

칼리만탄은 인도네시아 보르네오를 의미했다. 즉, 이들이 쓰는 말이 인도네시아 보르네오의 언어와 흡사하단 말이었다.

통역관은 인도네시아 보르네오 출신 해적으로 한국군이 싱가포르를 점령할 때 붙잡혔다. 그리고 그 자리에서 투항과 죽음 중 하나를 고르란 명령을 받은 후에 투항을 선택했다. 투항한 후엔 한국말을 배워 통역관으로 일하기 시작했다.

이준성은 해외 원정을 떠나기 전부터 통역에 많은 신경을 썼다. 앞으로 갈 나라들과 갈 지역의 언어를 알지 못하면 거래하거나 협상할 때 답답한 상황이 생길 수밖에 없었다.

이준성은 마닐라, 다낭, 싱가포르, 콜롬보, 캘커타, 고아, 소코트라, 수에즈 등을 거치는 동안 언어에 재능이 있는 인물을 닥치는 대로 포섭한 다음, 강제로 한국말을 가르쳤다. 그 덕분에 언어가 통하지 않아 당황하는 일이 거의 없었다.

마다가스카르에서 만난 낯선 전사가 보르네오 주민이 쓰는 마아냔어와 비슷한 언어를 구사한다는 말은 조상이 말레이와 인도네시아에서 넘어왔다는 사실을 뒷받침하는 증거였다. 물론, 마다가스카르로 이주한 지 거의 천년 넘게 지난 탓에 마아냔어와 이들의 언어가 완벽히 비슷하진 않았다.

이준성은 고개를 끄덕였다.

"괜찮다. 알아들을 수 있는 말만 먼저 해석해 봐라."

"알겠사옵니다. 이들은 지금 우리가 누군지, 어디서 왔는지 캐묻는 중이옵니다. 또, 마리보 부족과 어떤 관계인지 궁금한 것 같사옵니다. 아마 우리를 마리보 부족을 지원하기 위해 다른 지역에서 넘어온 지원군 정도로 여기는 것 같사옵니다."

이준성은 잠시 생각한 후에 대꾸했다.

"우리 역시 마리보 부족에게 갚을 원한이 있어 온 거라 말하게."

통역관이 깜짝 놀라 되물었다.

"원한이 있사옵니까?"

이준성은 서늘한 표정으로 대꾸했다.

"그냥, 그렇게 전하게."

움찔한 통역관이 얼른 이준성의 말을 전사들에게 통역했다.

전사들은 통역관의 말을 용케 알아들었는지 갑자기 그들을 보는 표정이 묘해졌다. 수뇌부로 보이는 전사 몇 명이 모여 회의한 다음, 다시 돌아와 통역관을 바라보며 통보했다.

통역관이 이준성 쪽으로 고개를 돌렸다.

"자기들을 따라오랍니다."

"시키는 대로 하겠다고 전하게."

"알겠사옵니다."

통역관의 대답을 들은 전사들은 이준성 일행을 포위한 상태에서 길옆 작은 소로로 빠져 정글 속을 한참 동안 걸어갔다.

통역관은 붙임성이 좋은지 가는 동안 금세 친해진 전사 몇 명을 통해 그들이 야카라 부족에서 온 전사들이며 야카라와 마리보가 장보고함대가 정박해 있는 마하장가 항구를 차지하기 위해 몇 년째 전쟁을 벌이는 중이란 사실을 알아냈다.

야카라 부족은 마하장가 항구 방향에서 마리보 부족을 돕기 위해 오는 지원군을 저지하기 위해 매복해 있었던 모양이었다.

이준성은 옆에서 그의 목에 칼을 겨눈 채 따라오는 야카라 부족 전사보다는 소로 옆에 있는 풍경에 더 관심이 갔다. 열대 정글을 처음 보는 건 아니었지만, 아프리카 쪽의 정글은 처음이라 구경할 게 아주 많았다. 더욱이 화려한 털 빛깔을 가진 원숭이가 많아 시간 가는 줄 모를 지경이었다.

특히, 가끔 보이는 바오바브나무는 너무 거대해 마치 인간이 난쟁이처럼 작아진 것 같은 신기한 느낌마저 들게 하였다.

이준성뿐만 아니라 다른 일행들 역시 주변 풍경에 넋을 잃었다. 물론 숨을 막히게 하는 습기와 열기, 그리고 정글 특유의 비릿한 냄새, 날벌레와 파충류까지 좋아하지는 않았다.

마다가스카르는 면적이 원체 넓은 탓에 북부는 열대 우림, 중부 고원 지대는 아열대와 온대, 남부는 사막 기후에 가까웠다. 마하장가는 북부에 속해 열대 우림으로 이루어져 있었다.

야카라 부족 전사들은 그들이 칼과 창으로 위협 중임에도 불구하고 태평한 모습을 보이는 이준성 일행의 행동에 약간 신경이 쓰이는 것 같았지만 화를 내거나 무기로 위협을 가해 일행이 가진 무기를 빼앗으려 들지는 않았다.

잠시 후, 정글 속에 난 소로가 사라짐과 동시에 커다란 분지가 나타났다. 그리고 그 분지에선 두 부족이 대치 중이었다.

한쪽은 이준성 일행을 데려온 야카라 부족 전사와 비슷한 차림새였다. 다른 한쪽은 천으로 만든 옷을 입은 전사들이었다. 아마 천으로 만든 옷을 입은 쪽이 마리보 부족 전사 같았다.

전사 숫자는 야카라 부족 쪽이 좀 더 많아서 6, 700명이었다. 마리보 부족은 3, 400명을 넘지 않았다. 더욱이 마리보 부족 전사 중엔 몸매가 날렵한 여전사까지 수십 명 끼어 있었다.

야카라 부족 전사들이 이준성 일행을 데리고 분지에 나타났을 때, 야카라 부족 전사들은 기뻐한 반면 마리보 부족 전사들 크게 당황한 듯한 기색이 역력했다.

길에 매복해 있던 야카라 부족 전사가 추가로 합류함에 따라 전사의 숫자가 금세 1,000명에 육박한 탓이었다. 더욱이 이번에 나타난 야카라 부족 전사들은 녹색 정글복을 맞춰 입은 정체불명의 사내 100여 명과 동행했기 때문에 더 당황할 수밖에 없었다. 마리보 부족은 이준성 일행을 야카라 부족의 지원군으로 오해한 듯했다.

그때, 분지 상황을 단번에 파악한 이준성이 갑자기 입을 열었다.

"쳐라."

그리 크지 않은 목소리였지만 듣지 못한 병사는 없었다. 능숙한 솜씨로 연뢰를 뽑아 든 병사들이 그들을 포위한 야카라 부족 전사들을 향해 총을 발사했다. 총성이 울릴 때마다 야카라 부족 전사들이 피를 뿌리며 쓰러져 바닥을 뒹굴었다.

야카라 부족 전사들이 뒤늦게 무기를 휘둘러 막으려 했지만, 무기가 날아들기 전에 연뢰의 소뇌전이 먼저 날아갔다.

이준성 역시 바로 권총집에서 연뢰를 뽑아 옆에 있던 야카라 부족 전사의 얼굴에 총을 쏘았다. 미간에 정통으로 탄환을 맞은 야카라 부족 전사가 비명조차 없이 뒤로 날아갔다.

그리고는 뒤와 옆에 있던 야카라 부족 전사 두 명을 더 제거한 다음, 왼손으로 칼을 뽑아 밑으로 휘둘렀다. 급히 다가오던 야카라 부족 전사 하나가 다리가 잘려 바닥에 쓰러졌다.

쓰러진 야카라 부족 전사의 심장에 칼을 박아 넣은 이준성은 다시 상체를 세우며 주위를 둘러보았다. 이준성 일행이 야카라 부족 전사들을 죽이는 순간, 분지 한쪽에 서 있던 야카라 부족 본대 전사들이 고함을 지르며 달려오기 시작했다.

이준성은 등 뒤에 맨 뇌격을 뽑아 탄 클립을 장전한 다음, 전사들을 조준해 발사했다. 총성 다섯 번이 울리고 야카라 부족 전사 다섯 명이 바닥을 굴렀다. 이준성 일행은 그들의 세 배가 넘는 야카라 부족 전사들을 모두 제압한 다음, 그들을 향해 달려오는 야카라 부족 본대 전사들을 상대했다.

뇌격의 총성과 천뢰 5호의 폭음이 쉴 새 없이 들려왔다. 야카라 부족 본대는 200명이 넘는 사상자를 낸 후에야 이준성 일행 앞에 도착할 수 있었다. 이준성은 연뢰의 남은 탄환을 다 쏟아부은 다음, 칼을 휘두르며 앞으로 달려갔다.

다른 병사들 역시 함성을 지르며 앞으로 달려가 칼과 뇌격에 장착한 총검으로 야카라 부족 본대 전사들을 베어 갔다.

마리보 부족 남녀 전사들은 지금 상황을 이해할 수 없었는지, 그저 멍한 표정으로 이준성 일행과 적의 싸움을 지켜보았다.

◆ ◈ ◆

한국군이 사용하는 뇌격과 연뢰 같은 신무기에 야카라 부

족 전사들이 놀라지 않는 것을 보면 포르투갈이나, 이슬람 상
인이 사용하던 머스킷을 전에 본 적이 있는 것 같았다.

그러나 그 위력까지 알 순 없는 탓에 뭔가 일이 잘못되어
간다는 것을 직감했을 때는 이미 돌이킬 수 없는 지경에 이르
러 있었다. 1,000명이던 야카라 부족 전사들은 순식간에 700,
500, 300으로 줄어들었다. 뒤늦게 도망치려 해 봤지만, 뇌격
의 탄환이 빗발치듯 쏟아진 후엔 겨우 100여 명만 살아 도망
칠 수 있었다. 순식간에 9할이 죽어 나간 셈이었다.

연뢰 두 자루의 실린더를 새것으로 교체한 이준성은 주변
에 널브러져 있는 야카라 부족 전사들의 시신을 무표정한 얼
굴로 잠시 지켜보다가 고개를 돌려 마리보 부족을 보았다.

마리보 부족은 자신들보다 강한 야카라 부족 전사 1,000여
명이 순식간에 죽어 나가는 모습을 보곤 긴장을 감추지 못했
다.

그때, 마리보 부족을 응시하던 이준성이 갑자기 걸음을 떼
어 그들에게 걸어갔다. 당연히 옆에 있던 은게란, 낭환, 랭커
스터, 마사카츠 역시 이준성을 따라 마리보 부족에게 향했다.

마리보 부족은 이준성 일행을 몹시 경계했다. 그리고 정
체를 알 수 없는 상대가 손을 쓰면 바로 도망칠 수 있게 미리
준비해 두었다. 길이 없는 정글 안으로 도망치면 아무리 상
대의 수완이 뛰어나더라도 그들을 전부 죽일 수는 없을 것이
다.

이를 모를 리 없는 이준성은 피식 웃곤 마리보 부족과 10
여 미터 떨어진 지점에 멈춰 서서 부드러운 목소리로 물었
다.

"당신들이 마리보 부족이오?"

통역관이 얼른 뛰어와 그의 말을 통역했다.

정체를 알 수 없는 상대가 그들이 평소에 쓰는 말을 비슷
하게 흉내 내는 모습을 보고 깜짝 놀란 마리보 부족 전사들
은 자기들끼리 속닥거리며 한참을 상의한 후에 입을 열었다.

통역관이 고개를 돌리며 말했다.

"그렇답니다."

고개를 끄덕인 이준성은 눈을 가늘게 뜨며 물었다.

"귀 부족의 족장에게 전할 말이 있는데 이곳에 족장이 있
소?"

통역관의 통역을 들은 마리보 부족 전사들은 다시 한참을
숙덕거리며 상의한 후에야 중간에 길을 터 안에 있는 누군가
가 바깥으로 나올 수 있게 하였다. 잠시 후, 손에 칼을 쥔 4,
50대 중년 여인 하나가 그 앞으로 천천히 걸어 나왔다.

이준성은 눈을 깜빡거리며 중년 여인에게 물었다.

"당신이 마리보 부족의 족장이오?"

중년 여인이 말없이 고개를 끄덕였다.

이준성은 통역관을 옆에 두고 중년 여인과 대화를 이어 나
갔다.

중년 여인의 이름은 마리나였다. 그리고 진짜 마리보 부족을 이끄는 족장이었다. 마다가스카르 부족 상당수가 족장인 남편이 죽으면 부인이 족장의 지위를 이어받는 모양이었다.

형제 상속이나 말자 상속은 자주 들어 봤지만, 부인 상속은 들어 본 적이 없었기 때문에 특이하단 생각이 들었다. 하지만 그게 다였다. 이들의 풍습에 관해 뭐라 할 생각은 눈곱만치도 없었다.

이준성은 마리나에게 단도직입적으로 제안했다.

"우리에게 마하장가 항구를 내주면 귀 부족을 마다가스카르에서 가장 강한 부족으로 만들어 드리겠소. 앞으로는 야카라 부족 같은 놈들에게 당하는 일이 없게 해 주겠다는 뜻이오."

말을 마친 이준성은 고개를 돌려 피를 흘리며 누워 있는 야카라 부족 전사들의 시신을 힐끗 보았다. 통역을 들은 마리나는 한참을 고민한 후에 부족 장로들을 불러 모아 상의했다.

뒷짐을 진 이준성은 여유 있게 기다렸다. 어차피 마리보 부족에겐 달리 선택할 여지가 없었다. 이준성의 제안을 거절하면 야카라 부족과 같은 신세를 면치 못할 것이기 때문이었다.

잠시 후, 마리나가 앞으로 나와 마하장가 항구를 내주는 대가로 두 가지 조건을 제시했다. 한국인이 정해진 구역 밖으로 나오는 일이 없어야 한다는 것이 첫 번째 조건이었다. 그리고 한국 정부가 앞으로 마리보 부족 내부 일에 간섭하는 일이 없어야 한다는 게 그녀가 내건 두 번째 조건이었다.

이준성은 오히려 그가 더 원하던 조건이었기 때문에 바로 승낙했다. 분지에 전사 100여 명을 남긴 마리나는 그들에게 죽은 야카라 부족 전사들의 시체를 처리하란 명령을 내렸다. 또, 시체를 처리한 후엔 야카라 부족의 동태를 감시하며 그들이 또 쳐들어올 기미가 있는지 알아보란 명령을 내렸다.

명령을 꼼꼼히 내린 마리나는 마하장가 항구에서 10여 킬로미터쯤 떨어진 자신들의 부족 마을로 이준성 일행을 안내했다.

마을에 도착한 이준성은 마리보 부족 사람들을 안심시키기 위해서 계약금 조로 뇌우 1호, 화약, 뇌관 몇 개를 넘긴 다음, 사람들이 지켜보는 앞에서 뇌우 1호의 성능을 시연했다.

뇌우 1호의 위력에 크게 감탄한 마리나는 드디어 경계심을 풀고 진심으로 이준성 일행을 대접했다. 말레이인을 조상으로 둔 부족답게 쌀로 만든 음식과 생선 요리, 고기 요리 등을 먼저 내왔다. 그리고 식사가 거의 끝나 갈 무렵에는 과일로 빚은 발효주와 신선한 과일 몇 가지를 안주로 내왔다.

한데 극진한 대접을 받는 동안, 날이 어느새 저물어 이준성 일행은 마리보 부족 마을 안에서 하룻밤을 보내기로 하였다.

이준성은 자기 전에 땀에 흠뻑 젖은 몸부터 씻을 생각으로 목욕할 만한 장소가 있는지 물었다. 한데 이준성의 요청을 듣기 무섭게 묘한 표정을 지은 마리나가 직접 그를 데리고 마을에서 약간 떨어진 폭포 쪽으로 데려갔다. 폭포 옆에 사람이 만든 커다란 돌 욕조가 있어 몸을 씻을 수 있었다.

부족 안에서 지체가 높은 사람들만 이용하는 욕조이기 때문에 안전할 거라 말한 마리나가 또 한 번 묘한 표정을 지은 다음, 그를 돌 욕조 앞에 남겨 두고 혼자 마을로 돌아갔다.

미간을 살짝 찌푸린 이준성은 별일 있겠어 하는 마음으로 옷을 훌러덩 벗은 다음, 물이 채워진 돌 욕조 안으로 뛰어들었다. 폭포수를 이루는 물이 땅속 깊은 곳에서 흐르는 지하수인 덕에 습기 때문에 진득해진 몸과 마음이 상쾌해졌다.

물론, 일국의 국왕인 이준성이 경호 없이 혼자 밖을 돌아다닐 수는 없는지라, 20명이 넘는 경호원이 폭포 주변을 돌아다니며 살쾡이처럼 번득이는 눈으로 사방을 예의주시했다.

한데 이준성이 몸을 한창 씻고 있는데 마을 쪽에서 누가 왔는지 폭포 입구를 지키던 낭환이 누군가와 얘기를 나누는 소리가 들렸다. 잠시 후, 낭환이 돌 욕조 앞에 나타나 물었다.

"마리보 부족 여자가 전하를 뵙겠다며 찾아왔사옵니다."

"여족장 말이더냐?"

낭환은 신중한 표정으로 고개를 저었다.

"아니옵니다. 젊은 여자이옵니다."

이준성은 미간을 살짝 찌푸린 후에 대꾸했다.

"올려 보내라."

"예, 전하."

잠시 후, 그를 찾아왔다는 젊은 여자가 돌 욕조 앞으로 천천히 걸어왔다. 한데 젊다기보다는 어리다는 게 더 맞을 듯했다. 그가 여자의 나이를 알아맞히는 데 별다른 재주가 없긴 하지만 많이 쳐줘야 열일곱 혹은 열여덟으로 보이는 소녀였다.

한데 나이보다 더 놀란 것은 따로 있었다. 바로 소녀의 엄청난 미모였다. 소녀는 새벽이슬을 맞은 청초한 꽃과 같았다.

부드러운 턱선과 옥처럼 반질반질한 피부, 그리고 까맣고 큰 눈동자와 오똑한 콧날, 립스틱을 바른 것 같은 분홍빛 입술까지 마치 신이 공들여 조각해 놓은 미인상을 보는 듯했다.

이준성은 피식 웃었다. 그제야 마리나가 그를 보며 지었던 의미심장한 표정의 의미를 깨달았기 때문이었다. 마리나는 사내라면 누구나 혹할 만한 미모를 지닌 소녀를 그에게 보내 그의 환심을 사려는 중이었다. 이준성이 소녀의 외모와 몸매에 혹해 정신을 차리지 못할수록 그녀의 부족이 얻어 가는 이득이 많을 수밖에 없었다. 이는 고금의 진리였다.

그러나 이준성의 머리에 들어 있는 도덕적 관념은 17세기보다 21세기에 더 가까웠다. 만약 그가 17세기를 살아가는 평범한 사내라면 마리나가 보낸 소녀를 거절하지 않았을 테지만, 그는 그렇게 할 수 없었다. 소녀의 아름다운 외모에 매료당해 약간 뜨거워졌던 몸의 열기가 빠르게 식어 갔다.

그러나 소녀는 생각이 다른 듯했다. 원피스 형태의 옷을 거침없이 벗어젖힌 소녀가 욕조 안으로 두 발을 집어넣었다. 놀랍게도 소녀는 원피스 안에 아무것도 입지 않은 상태였다.

옆에 횃불이 걸려 있었기 때문에 소녀의 아름다운 몸매가 선명하게 드러났다. 탄력 넘치는 가슴과 잘록한 허리, 그리고 항아리처럼 부드럽게 뻗은 하체의 곡선이 눈을 어지럽혔다.

소녀는 욕조의 물을 가르며 거침없이 다가와 이름 모를 풀로 만든 목욕 수건으로 이준성의 몸 이곳저곳을 닦기 시작했다.

소녀는 이런 경험이 많은 건지, 아니면 마리나가 시켜서 그런 건지 모르겠지만 그의 중요 부위까지 거침없이 손을 뻗었다. 그는 쓴웃음을 지었지만, 그녀의 손을 밀어내진 않았다.

목욕이 얼추 끝났을 무렵, 소녀가 뭔가를 기대하는 표정으로 그를 유심히 바라보았다. 아마 자기를 안아 달라는 것 같았다.

그러나 이준성은 고개를 저으며 물었다.

"이름이 뭔가?"

이준성은 낮에 배운 말라가시어로 물었다. 말라가시어는 인도네시아 마야난어에서 영향을 받은 마다가스카르 공용어였다.

소녀가 고개를 살짝 갸웃하며 대답했다.

"달리아."

그가 한 말라가시어가 통했는지 소녀는 자기의 이름을 알려 주었다. 이준성은 고개를 끄덕인 후에 몇 가지 더 물었다.

유진의 도움을 받았기 때문에 달리아란 소녀는 이준성이 물어보는 질문을 거의 다 알아들었다. 달리아는 놀랍게도 마리나의 외동딸이었다. 즉, 소녀는 얼마 전에 죽은 전 족장 카이샨과 현 족장 마리나의 무남독녀로 유력한 차기 족장 후보였다. 마다가스카르는 여자가 족장에 오르는 경우가 많아 특별한 사고가 생기지 않는 한, 다음 족장은 그녀였다.

이준성은 달리아와 얘기를 나눌수록 그녀가 가진 진짜 재능은 외모가 아니라 머리란 사실을 직감할 수 있었다. 달리아는 아주 똑똑해서 그가 구사하는 엉터리 말라가시어를 해석해 질문의 요지를 재빨리 파악한 다음, 그가 알아들을 수 있도록 자세히 풀어 설명했다. 목욕을 마친 이준성은 그를 따라 욕조 밖으로 나온 달리아에게 그녀의 옷을 다시 입혀 주었다. 그리고는 경호원을 붙여 마을로 돌려보냈다.

다음 날, 이준성은 그를 찾아온 마리나에게 달리아를 자기가 데려가겠다고 말했다. 어젯밤에 달리아가 이준성을 유혹하는 데 실패했단 말을 듣고 표정이 좋지 않던 마리나는 그 말을 듣고는 뛸 듯이 기뻐하며 달리아를 바로 데려왔다.

낮에 본 달리아는 밤에 본 달리아보다 더 아름다워 그녀가 들어서는 순간 그가 있는 방 전체가 환해지는 것 같았다.

이준성은 달리아에게 통역관을 한 명 붙여 먼저 함대로 돌려보낸 다음, 함대에 실린 무기를 마리보 부족에 주었다. 그리고 무기를 건네줄 때, 군사 훈련을 담당할 교관을 몇 사람 같이 보내 그들이 신무기에 적응할 수 있도록 도와주었다.

한국 정부가 양도한 무기를 이용해 전사들을 훈련시킨 마리보 부족은 몇 개월 후에 야카라 부족으로 쳐들어가 원한을 갚았다. 그리고는 불과 3년 만에 마다가스카르 전체를 통일해 마다가스카르에 마리보 왕국을 세우는 데 성공했다. 물론, 마리보 왕국의 초대 국왕은 부족의 족장이던 마리나였다.

한국 정부는 마하장가 항구를 영구 할양받는 조건으로 마리보 왕국에 농사짓는 기술과 비료, 농약, 농기구 등을 공급했다.

비록 기후가 달라 한국이 개발한 농법이 완벽한 효과를 거두기는 어려웠지만, 원시 수준에 불과하던 마다가스카르의 농법을 발전시키는 건 어렵지 않았다. 덕분에 마리보 왕국은 10년 후에 마다가스카르에 사는 전 주민을 배불리 먹일 수 있는 식량을 생산해 내 마침내 기아에서 탈출할 수 있었다.

물론, 한국 정부는 그사이 마하장가 항구를 대대적으로

개발해 아프리카 대륙 동해안 전체를 담당하는 거점으로 삼았다.

한편, 마다가스카르에 3개월가량 머문 이준성은 달리아와 함께 아프리카 대륙의 두 번째 목적지인 케이프타운을 찾았다.

아프리카 대륙 최남단에는 희망봉이 있었다. 유럽인 최초로 아프리카 대륙 서해안을 왕복하는 데 성공한 바르톨로메우 디아스가 아프리카 대륙 최남단에서 발견한 곳이 희망봉이었다.

평범한 곳에 희망봉이란 거창한 이름이 붙은 데는 그럴 만한 사정이 있었다. 유럽을 떠난 선원이 1만 킬로미터에 달하는 어마어마한 길이의 아프리카 대륙 서해안을 따라 지루하게 남하만 하다가 동쪽으로 방향을 꺾을 수 있는 첫 지점이 바로 희망봉이기 때문이었다. 한데 아프리카 대륙의 진짜 최남단은 아굴라스곶이란 데였다. 바르톨로메우 디아스가 희망봉을 최남단이라 착각하는 바람에 빚어진 촌극이었다.

아굴라스곶을 통과한 함대는 이준성이 제공한 정밀한 해도를 이용해 함대의 두 번째 목적지인 케이프타운에 정박했다.

케이프타운을 우리말로 풀면 곶이 있는 마을 정도에 해당했다. 그러나 지금은 곶만 있을 뿐, 마을은 존재하지 않았다. 네덜란드 동인도 회사가 남아프리카에 상륙해 마을을 건설하는 시기가 17세기 중반 무렵이기 때문에 지금은 마을이 존재할 수가 없었다. 지도에서 보면 대서양과 인도양을 가르는 아주 중요한 지역이지만, 당시 선원들은 그냥 지나가는 곳 중에 하나라 여겼는지 여기에 큰 관심을 두지 않았다.

그러나 이준성은 케이프타운을 그냥 지나갈 생각이 없었다. 케이프타운과 그 주변 지역은 해양 기후가 강해 농사를 짓기 어려웠다. 그 대신 이를 상쇄할 만한 엄청난 게 있었는데, 바로 자원이었다. 특히 다이아몬드와 금이 유명했는데, 금은 세계 생산량의 60퍼센트를, 다이아몬드는 20퍼센트를 차지했다.

이준성은 케이프타운에 항구를 건설하는 한편, 지도에 나온 금광과 다이아몬드 광산을 찾아 바로 광산 개발에 착수했다.

케이프타운에 6개월을 머문 이준성은 마침내 대서양에 첫발을 내디뎠다. 아프리카 대륙의 세 번째 목적지는 앙골라였다.

앙골라는 서아프리카에서 가장 중요한 지역으로 유럽 열강이 노예를 사들이는 최전선 기지에 해당했다. 유럽 열강은 앙골라에서 사들인 노예를 아메리카 대륙 쪽에 데려가 팔았는데, 가장 대표적인 국가가 바로 포르투갈과 네덜란드였다.

장보고함대가 앙골라로 올라온단 소식이 서해안 쪽에 쫙 퍼졌는지 앙골라 앞에 네덜란드와 포르투갈 양국의 무장상선

60여 척이 늘어서서 그들이 도착하기를 기다리는 중이었다.

네덜란드, 포르투갈 양국은 노예 무역만큼은 절대 빼앗길 수 없다는 듯 아주 비장한 각오로 이번 해전에 임하는 중이었다.

한국이 동아시아, 남아시아, 중동에 있는 유럽 열강을 다 쫓아낸 탓에 유럽 열강이 기댈 수 있는 곳은 이제 아프리카 노예와 그 노예로 플랜테이션 중인 아메리카 대륙 두 개밖에 없었다. 한데 지긋지긋한 한국이 결국 아프리카 서해안까지 그들을 쫓아와 노예 무역을 훼방 놓으려 하는 중이었다.

피식 웃은 이준성은 곧바로 해군에 총공격을 명령했다.

전투는 초반부터 치열했다.

이순신 장군이 직접 지휘하는 장보고함대 전 전함이 학익진을 펼친 상태에서 천천히 전진했다. 그때, 네덜란드 국기를 단 무장상선 20여 척과 포르투갈 왕실 국기를 단 무장상선 20여 척이 좌우 양쪽으로 갈라지며 접근전을 시도했다.

함교에서 이를 지켜본 이순신 장군은 노쇠한 목소리로 명했다.

"좌우익을 담당하는 이운룡 분함대와 탁나신 분함대에 신호를 보내 적 함대를 학익진 안으로 깊숙이 끌어들이라 전해라!"

"예, 제독!"

대답한 기함 통신 장교 몇 명이 즉시 함교 옥상으로 올라갔다. 그리고는 기둥에 달아 둔 깃발을 조정해 좌우에 있는 이운룡 분함대와 탁나신 분함대에 이순신 장군의 지시를 전했다.

날씨가 쾌청한 덕분에 몇 킬로미터 떨어진 해역에 있는 이운룡 분함대와 탁나신 분함대가 기함의 명령을 바로 접수했다.

17세기 초반에 쓸 수 있는 통신 수단은 기껏해야 봉화나 화살, 수신호, 전령, 깃발 등 대여섯 가지에 불과했다. 21세기처럼 수화기를 들면 상대와 연락할 수 있는 게 아니었다.

바다에서는 그 숫자가 더 줄어들어 전령이 탄 전령선과 깃발, 화살 등이 전부였다. 더욱이 지금과 같은 해전 상황에서는 전령선을 사용하기 힘들어 결국 남은 건 깃발 정도였다.

물론 깃발 역시 악천후나 야간에는 사용할 수 없단 약점이 있었다. 다행히 지금은 날씨가 쾌청한 덕에 이순신 장군이 내린 명령을 전함 10척을 지휘하는 이운룡 분함대와 탁나신 분함대가 바로 접수해 그 명령대로 적 함대를 유인했다.

이순신 장군이 대월국에서 직접 스카우트해 데려온 탁나신은 동아시아와 남아시아, 중동 등지에서 여러 차례 공을 세워 지금은 전함 10척을 지휘하는 제독의 반열에 올라 있었다.

이준성은 능력만 있다면 그 사람의 출신, 배경, 심지어는 인종까지 상관하지 않는 능력 제일주의자이기 때문에 탁나신 역시 그간 세운 공을 인정받아 함대 수뇌부에 등극했다.

이운룡 분함대와 탁나신 분함대는 적 함대를 학익진의 양 날개 쪽으로 순조롭게 끌어들였다. 적 함대가 끌려 들어가는 모습을 본 이순신 장군은 창노한 목소리로 다시 명령을 내렸다.

"권준 분함대와 이영남 분함대에 지금 즉시 전진하라 명령해라!"

"예, 제독!"

통신 장교는 부리나케 함교 옥상에 올라가 푸른색과 노란색 깃발을 접은 다음, 그 자리에 녹색과 붉은색 깃발을 세웠다.

장보고함대는 다섯 개의 함대가 모인 연합 함대에 가까워 이운룡 분함대, 권준 분함대, 이영남 분함대, 탁나신 분함대, 그리고 이순신 장군이 직접 통솔하는 본함대로 이루어져 있었다.

그래서 기함이 다른 네 개 함대를 지휘할 때 색깔이 다른 깃발을 사용해 편의를 추구했는데, 이운룡 분함대는 푸른색, 탁나신 분함대는 노란색, 권준 분함대는 녹색, 이영남 분함대는 붉은색 깃발을 사용했다. 또한 본함대는 검은색 깃발을 사용했으며 장보고함 자체는 하얀색을 사용했다. 마지막으로 장보고함에 국왕인 이준성이 승선해 있을 때는 따로 한글로 왕이라 적혀 있는 큰 하얀색 깃발을 달아 두었다.

물론 이준성이 다른 전함으로 옮겨 탈 때는 그 왕이라 적혀 있는 큰 깃발 역시 이준성이 옮겨 간 전함으로 같이 이동했다.

다른 분함대의 승조원은 그 깃발을 보고 이준성이 지금 어느 전함에 있는지 바로 알 수 있었다. 쉽게 말해 대통령이 해외에 가기 위해 전용기에 오르면 전용기 콜사인이 공군 1호기를 뜻하는 에어포스 원으로 바뀌는 것과 같은 이치였다.

이순신 장군의 명령을 받은 권준 분함대 전함 10척과 이영남 분함대 전함 10척이 속도를 높여 쾌속 전진했다. 이운룡 분함대와 탁나신 분함대가 적 전함 대부분을 학익진 날개 쪽으로 유인해 둔 상태이기 때문에 그들을 막아서는 적은 없었다.

함교 앞에 있는 두꺼운 유리창을 통해 권준 분함대와 이영남 분함대가 적 함대 사이에 뚫려 있는 공간으로 전진하는 모습을 확인한 이순신 장군은 망원경을 떼지 않은 상태에서 명했다.

"권준 분함대와 이영남 분함대에 그대로 선회해 앞서 끌어들인 적 함대의 후방을 기습함과 동시에 퇴로를 차단하라 전해라!"

"예, 제독!"

통신 장교들은 다시 함교 옆에 있는 사다리를 타고 올라가 옥상에 걸어 둔 깃발을 조정했다. 기존에 걸려 있던 깃발 대신 검은색 줄무늬가 들어간 흰색 깃발과 더불어 파란색과 붉은색이 섞여 있는 체크무늬 깃발, 반은 금색에 반은 은색인 깃발을 달았다. 검은색 줄무늬가 들어 있는 흰색 깃발은 선회, 파란색과 붉은색이 섞여 있는 체크무늬 깃발은 후방 기습, 반은 금색에 반은 은색인 깃발은 퇴로 차단을 각각 의미했다.

장보고함 통신 장교가 깃발을 바꿔 다는 순간, 몇 킬로미터 떨어진 거리에 있던 권준 분함대 기함의 통신 장교가 엄청나게 큰 망원경의 초점을 장보고함 함교 옥상 쪽에 맞추었다.

이준성은 집권 초기에 군사 활동을 원활하게 할 목적으로 망원경, 시계 등을 만들어 각 군에 배포했다. 한데 그게 벌써 20여 년 전 일이라, 지금은 그 수준이 일취월장한 상태였다.

권준 분함대 기함 통신 장교는 망원경으로 장보고함 함교 옥상에 올라와 있는 깃발의 종류와 색깔 등을 바로 확인했다. 그러나 눈대중으로 대충 살펴보는 짓은 절대 하지 않았다.

깃발의 위치와 종류, 색깔 등에 모두 의미가 담겨 있기 때문에 눈대중으로 대충 살펴보다가는 명령을 오해하거나 실수로 착각해 버리는 경우가 발생했다. 그러면 분함대 승조원과 해병대원 몇천 명의 목숨이 풍전등화에 처할 수 있었다.

통신 장교는 기함의 명령을 가져온 수첩에 꼼꼼히 적은 다음, 옆에서 같은 작업을 반복한 다른 통신 장교와 내용을 비교했다. 한 사람이 하는 것보다 두 사람이 확인하는 게 틀릴 가능성이 적었기 때문이다. 두 사람 다 수첩에 같은 내용을 적었음을 확인한 후엔 함교로 내려가 권준에게 보고했다.

"방금 기함에서 새로운 명령이 내려왔습니다."

함교 정면에 서서 망원경으로 해역을 둘러보던 권준이 물었다.

"어떤 명령이었느냐?"

"선회하여 적 후방을 기습한 후에 퇴로를 차단하란 명령입니다."

"알겠다."

고개를 끄덕인 권준은 분함대 기함인 최무선함의 함장을 불러 오른쪽으로 선회하란 명령을 내렸다. 최무선함 함장은 즉시 일등 항해사에게 명령했고, 일등 항해사는 조타수에게 그 명령을 전달했다. 큰 소리로 복명복창한 조타수는 즉시 키를 돌려 최무선함이 오른쪽으로 선회하도록 조종했다.

큰 소리로 복명복창하는 이유는 자기가 들은 명령이 확실한지 상관에게 재차 확인받기 위해서였다. 사방이 소음으로 시끄러운 데다 처해 있는 상황까지 급박하다면 집중력이 흐트러져 누구나 실수할 수 있었다. 명령을 전해 듣는 사람이 단어나 문장을 잘못 이해하는 경우는 물론이거니와 명령을 내리는 상관 쪽에서도 발음 쪽에서 실수할 여지가 있어 크게 복명복창을 하여 상관과 부하 양측 다 내린 명령과 받은 명령이 일치하는지를 확인하는 과정이 필요했다.

물론 가장 확실한 방법은 글로 명령을 내리는 것이었다. 글을 읽을 수 있다면 그보다 확실한 명령 전달 방법은 없었다. 한데 그런 글조차도 가끔은 실수를 유발하는 때가 있었다.

실제로 크림 전쟁 중 벌어진 발라클라바 전투에서 영국군 사령관이 명령서에 to부정사 하나를 누락한 대신 마침표를 찍는 바람에 전혀 다른 명령이 휘하 부대에 전해지는 비극이 일어난 적이 있었다.

원래는 기병 부대에 이미 전선을 형성한 보병 부대의 지원을 받으며 진격하란 명령이 내려졌어야 했다. 한데 to부정사가 누락되며 그 자리에 마침표를 잘못 찍는 바람에 기병 부대가 먼저 적의 고지로 돌격하면 보병 부대가 뒤에서 지원해 줄 거란 뜻으로 명령이 변질되었다.

기병 부대는 그들이 받은 명령이 어딘가 모르게 이상하단 사실을 눈치 챘지만 군 특유의 경직된 상명하복 체계로 인해 잘못 받은 명령대로 기병 부대가 먼저 적 고지로 돌격했다.

그 결과 기병 부대는 러시아 포병이 이미 자리를 잡은 고지로 돌격했다가 포탄에 맞아 극소수만이 간신히 살아남았다.

더 큰 문제는 이 전투 후에 명령을 잘못 내린 사령관과 뭔가 이상하다는 것을 알면서도 그대로 따른 지휘관 모두 재판에서 무죄를 받았단 점이었다. 애꿎은 병사들만 목숨을 잃게 된 것이다.

이처럼 군에서는 명령 전달 체계를 확실하고 명확하게 해둘 필요가 있었다. 그리고 상관이 내린 명령이 무언가 이상할 때에는 상관에게 되물어 볼 수 있는 용기 역시 필요했다.

이준성은 한국군이 운영하는 육군사관학교, 해군사관학교, 육군훈련소, 해군훈련소, 해병훈련소 등에서 훈련병을 가르치는 교관과 교수에게 이러한 점을 중점적으로 가르치란 명령을 내렸다. 그래야 인재로 인한 실수를 줄일 수 있었다.

가장 앞선 최무선함이 오른쪽으로 선회함에 따라 뒤에 있던 9척의 분함대 전함 역시 오른쪽으로 선회하기 시작했다. 그리곤 명령대로 함포를 발사해 적 함대 후방을 공격했다. 자연히 그 와중에 적 함대의 퇴로 역시 차단할 수 있었다.

권준 분함대와 이영남 분함대가 선회해 적 함대의 후방을 공격함에 따라 네덜란드 함대와 포르투갈 함대는 앞뒤로 포위당한 상태에서 한국 해군이 발사한 화룡탄 수백 발을 거의 무방비 상태에서 얻어맞았다. 바다 곳곳에 불길과 검은 연기가 치솟아 오르길 2시간쯤 했을 때, 전투가 벌어진 해역에 남아 있는 적 전함은 단 한 척에 불과했다. 그 1척마저 탁나신 분함대가 발사한 화룡탄 대여섯 발을 동시에 얻어맞기 무섭게 불길에 휩싸여 깊은 바닷속으로 천천히 가라앉았다.

이순신 장군의 완벽한 지휘 덕에 아군의 피해는 거의 없었다. 그야말로 완벽한 승리였기 때문에, 마지막 적 전함이 바다에 가라앉는 순간 해역이 떠나갈 듯한 함성이 울려 퍼졌다.

이순신 장군은 학익진을 펼쳐 상대를 날개 쪽으로 끌어들였다. 이에 포르투갈 함대가 학의 왼쪽 날개 쪽으로, 네덜란드 함대가 학의 오른쪽 날개 쪽으로 유인당해 안으로 끌려들어감에 따라 두 함대 사이엔 광활한 공간이 만들어졌다.

이런 기회를 놓칠 리 없는 이순신 장군은 바로 학의 몸통을 구성하던 권준 분함대와 이영남 분함대에 두 함대 사이로 드러난 광활한 공간으로 들어가 적을 포위하란 명령을 내렸다.

권준 분함대와 이영남 분함대가 포위를 마친 순간, 전 전함이 그동안 아껴 두었던 홍뢰를 가동해 몇십 척에 달하는 적 함대를 불과 2시간여 만에 모두 격침하는 쾌거를 이룩했다.

거칠 것이 없어진 장보고함대는 바로 앙골라에서 가장 큰 항구인 루안다로 들어갔다. 항구 앞에 도착해선 홍염해병군단을 상륙정에 태워 부두로 보냈다. 부두엔 포르투갈과 네덜란드 상인이 고용한 용병 수백 명이 있었지만, 홍염해병군단의 화력에 압도당해 불과 한 시간여 만에 백기를 들었다.

이준성은 바로 루안다 항구 부두에 들어가 정박했다. 루안다 항구는 장보고함대가 그동안 거쳤던 수십 개의 항구 중에서 시설이 가장 뛰어났기 때문에 따로 손을 댈 필요가 없었다.

루안다 항구가 유럽 수준으로 발전한 이유는 이곳이 유럽 열강이 노예를 공급받는 기지였기 때문이었다. 항구를 잘 만들어 놓아야 한 번에 많은 노예를 실어 나를 수 있는 것이다.

루안다 항구에 정박한 이준성은 여느 때처럼 정찰 부대를 구성해 내륙으로 들어갔다. 루안다 근처에 사는 강력한 부족과 거래해 이 지역에서 한국의 입지를 강화하기 위해서였다.

한데 누가 닦아 놓은 길을 따라 내륙으로 20여 킬로미터쯤 들어갔을 때였다. 갑자기 길 반대편에서 누런 먼지구름이 일었다. 그리곤 이 지역 주민으로 보이는 수백 명이 다급한 모습으로 그들이 있는 곳으로 도망쳐 오는 모습이 보였다.

이준성은 인드라망의 배율을 높여 살펴보았다. 도망치는 사람이 있다면 쫓는 사람이 있을 수밖에 없었다. 물론 이곳이 아프리카인 탓에 사람이 아닐 순 있었지만, 어쨌든 그들을 쫓는 무언가가 있을 확률이 높았다. 이준성의 예상대로였다.

도망치는 주민들 뒤로 칼과 창, 활 등을 든 전사 200여 명이 나타났다. 전사들 역시 유럽 백인이 아니라 아프리카 주민이었기 때문에 이준성은 부족 간 전쟁이 벌어진 줄 알았다.

인드라망을 가진 이준성은 시력이 다른 대원보다 월등히 좋았기 때문에 누구보다 빨리 그 광경을 인지할 수 있었다. 심지어 시력이 좋아 평소에 매의 눈이라 불리는 낭환마저 한참 후에야 길 반대편에서 누가 오는 중임을 눈치 챘다.

이준성은 말없이 수풀 쪽을 가리켰다. 그 순간, 경호실, 비서실, 맹호특수전여단에서 나온 정찰대원들이 바로 길옆에 있는 수풀로 몸을 날려 숨었다. 이준성 역시 수풀로 들어갔다.

그로부터 10여 분쯤 지났을 때였다. 도망치는 사람들과 이를 쫓는 사람들이 그들이 숨어 있는 수풀 코앞까지 이르렀다.

이준성은 그제야 그가 전에 생각한 가정이 틀렸던 사실을 알 수 있었다. 이는 부족 간에 일어난 전쟁이 결코 아니었다.

전사들은 도주하는 주민의 머리나 다리에 밧줄로 만든 올가미를 던져 쓰러트렸다. 그리곤 쓰러진 주민의 팔과 다리를 통나무에 엮어 마치 짐승을 끌고 가듯 왔던 길로 돌아갔다.

경호실장 마사카츠가 눈앞에서 전사가 던진 올가미에 걸려 짐승처럼 끌려가는 젊은 여인을 보고는 눈살을 찌푸렸다.

"왜 굳이 힘들게 잡아가는 걸까요? 죽이는 게 훨씬 편할 텐데."

이준성은 쓸쓸한 표정으로 고개를 저었다.

"이게 부족 간에 벌어진 영토 분쟁이 아니기 때문이지."

"하면 사람들을 잡아가는 데에 다른 이유가 있다는 뜻이옵니까?"

이쪽 사정을 잘 아는 랭커스터가 이준성 대신 대답했다.

"노예 상인에게 팔아먹기 위해 잡아가는 겁니다."

마사카츠는 여전히 이해가 가지 않는다는 표정으로 물었다.

"노예 상인이 들어와 노예를 잡아가는 게 아니라, 이 지역 주민이 동족을 잡아다가 노예 상인에게 팔아먹는단 뜻이오?"

"그렇습니다."

"동족끼리 그렇게 하는 이유가 대체 무엇이오?"

"돈이 되기 때문입니다. 짐승을 잡거나 과일을 따는 것보다 동족을 잡아다가 노예 상인에게 파는 게 더 이득이니까요."

랭커스터의 말처럼, 이 시기의 앙골라는 말 그대로 인신매매의 천국이었다. 큰 부족이 작은 부족의 부족민을 잡아다가 루안다 항구의 노예 상인에게 파는 일이 비일비재했다.

심지어 콩고 왕국처럼 막강한 왕조가 들어선 지역에서는 왕국 병사들이 직접 왕국에 사는 백성들을 잡아다가 노예 상인에게 팔았다. 그리고는 그 대가로 총과 화약 등을 얻었다.

이준성은 부하들에게 수신호를 보내 동족을 잡아가는 전사들을 공격하란 명령을 내렸다. 다들 눈앞에서 짐승처럼 끌려가는 사람들을 보며 분노를 참지 못하던 중이었기 때문에 수풀 속에서 튀어 나가기 무섭게 매섭게 살수를 펼쳤다.

전투는 30분 만에 한국군 정찰 부대의 싱거운 승리로 끝났다. 이준성 일행은 노예가 될 뻔한 주민들을 풀어 준 다음, 풀려난 주민들에게 그들을 공격한 전사들의 정체를 물어보았다.

예상대로 콩고 왕국이 보낸 병사들이었다. 콩고 왕국이 노예를 하도 많이 잡는 바람에 이젠 근처에 잡아갈 노예가 없어 루안다가 있는 지역까지 내려와 노예사냥을 벌이는 중이었다.

바로 함대로 복귀한 이준성은 다음 날 홍염해병군단 1여단과 함께 콩고 왕국에 쳐들어가 왕국을 철저히 멸망시켰다. 그리곤 서아프리카에 거주하는 유력한 부족 족장들을 한자리에 모아 동족을 노예로 팔면 멸망시키겠단 엄포를 놓았다.

8장. 지브롤터

8장. 지브롤터

이준성이 서아프리카의 유력한 부족 족장들에게 동족을 잡아다가 유럽의 노예 상인에게 팔면 멸망시키겠다는 엄포를 놓은 이유는 그가 메시아 콤플렉스에 시달려서가 아니었다.

이준성이 조선의 노비를 해방함으로써 세금을 내는 백성의 비율을 거의 99퍼센트까지 끌어올려 정부의 재정 건전성을 높였던 것처럼 여기에도 숨겨진 의도가 하나 있었다.

현재 유럽 열강의 재정 대부분은 아메리카 대륙에 있는 플랜테이션 농장과 광산, 그리고 식민지에서 거두어들이는 세금에서 나왔다. 한데 그런 농장과 광산, 식민지 등을 운영하기 위해선 막대한 노동력이 필수적인데, 유럽 열강은 그 노동력을 아프리카에서 값싸게 수입한 흑인 노예로 충당하였다.

그 말은 이준성이 서아프리카에서의 노예 무역을 금지하는 데 성공하면 유럽 열강의 돈줄을 마르게 할 수 있단 뜻이었다. 이준성은 유럽이 지금보다 훨씬 더 가난해지길 원했으므로 서아프리카 부족 족장을 불러 모아 엄포를 놓은 것이다.

물론 졸지에 부족의 가장 큰 수입원이 막혀 버린 서아프리카 부족 족장들로선 이준성의 이러한 명령이 달가울 리 없었다. 그들이 지금까지 쌓은 부와 권력 대부분이 노예 상인에게 노예를 팔아 얻은 대가로 이루어져 있었기 때문이었다.

이를 모를 리 없는 이준성은 불만을 품은 족장들에게 눈이 번쩍 뜨일 만한 제안을 하였다. 금이나 은, 다이아몬드와 같은 보석을 가져다주면 노예 상인이 공급하던 무기보다 더 좋은 무기를 제공하겠다는 제안이었다. 마음에 드는 제안이었던지 족장들은 한참 동안 상의한 후에 그러겠노라 대답했다.

루안다로 돌아온 이준성은 족장들과 한 약속을 지키기 위해 노력했다. 족장들이 가져온 보석을 무기로 바꿔 주기 시작한 것이다. 그의 이러한 행동에는 두 가지 뜻이 담겨 있었다.

첫 번째는 당연히 뇌우 1호와 화약, 뇌관, 진천 1호, 유성 3호와 같은 한 세대 전의 무기를 이용해 현금처럼 쓸 수 있는 보석을 대량으로 사들일 수 있다는 점이었다. 그리고 두 번째는 서아프리카의 전력을 끌어올려 유럽의 침공으로부터 자체적으로 방어할 수 있는 수단을 갖추게 한다는 점이었다.

유럽은 그들과 가까운 곳에 있는 아프리카를 쉽게 포기하지 못할 것이다. 그렇다면 2차, 3차 침공이 있을 수밖에 없는데, 그때 한국이 제공한 무기로 무장한 서아프리카 여러 부족이 뭉쳐 대항하면 유럽의 침공을 막아 낼 가능성이 컸다.

이준성이 약속을 지키는 모습을 본 서아프리카의 여러 부족은 한국 정부와 좀 더 긴밀하게 협력하기를 원했다. 그것은 이준성 역시 원하던 바이기 때문에 행정, 사회, 문화, 교육 등 현지 부족이 교류하길 원하는 분야에 지원을 아끼지 않았다.

루안다 항구에서 1년가량 머무르며 서아프리카, 중앙아프리카의 수십여 부족과 긴밀히 교류하던 이준성은 마침내 1차 계획의 최종 목적지라 할 수 있는 유럽 대륙을 향해 출발했다.

가봉의 리브르빌, 나이지리아의 라고스, 가나의 아크라, 코트디부아르의 아비장, 기니의 코나크리, 세네갈의 다카르, 모나코의 카사블랑카를 거친 장보고함대는 마침내 지중해의 관문에 해당하는 에스파냐의 지브롤터 근해에 도착했다.

세계 지도를 열심히 본 사람이라면 지브롤터가 있는 위치가 특이하단 사실을 금방 알 수 있었다. 지브롤터는 유럽과 아프리카의 거리가 가장 가까운 곳에 만들어진 항구였다. 그 거리가 얼마나 가까우냐면, 고작 15킬로미터에 불과했다.

즉, 아프리카에서 배를 타고 15킬로미터만 올라가면 유럽 대륙에 있는 이베리아반도의 최남단 지역에 도달할 수 있는 것이다.

그 이유는 에스파냐, 포르투갈이 위치한 이베리아반도의 최남단이 아프리카 쪽으로 툭 튀어나와 있고 아프리카 북서부 끝에 있는 모로코의 탕헤르 역시 유럽 쪽으로 툭 튀어나와 있기 때문이었다. 물론 튀어나온 위치가 다르다면 다른 곳과 별 차이 없을 테지만, 공교롭게도 튀어나온 부분이 절묘하게 맞물려 두 대륙 사이의 거리가 15킬로미터로 줄었다.

만일 이런 상황에서 한국이 탕헤르나 지브롤터 중 하나를 손에 넣는다면, 지중해를 마치 한국의 앞바다처럼 쓸 수 있었다.

대서양에서 지중해로, 지중해에서 대서양으로 가기 위해서는 반드시 탕헤르와 지브롤터 사이의 좁은 해협을 지나가야 하는데, 만약 그곳에 한국 해군의 전함이 수시로 출몰한다면 마음 놓고 해협을 왕래할 수 있는 교역선은 거의 없었다.

한데 이준성은 탕헤르와 지브롤터 둘 중 하나만 손을 넣을 생각이 없었다. 탕헤르와 지브롤터 중 하나만 손에 넣으면 유럽 열강이 나머지 하나를 차지해 한국을 견제하려 들 게 뻔하기 때문이었다. 그는 장보고함대와 탕헤르로 향했다.

탕헤르는 현재 포르투갈의 속령이었다. 포르투갈이 아프리카 서해안을 탐험하던 초창기인 1,471년에 정복당한 이후로 150년이 지난 지금까지도 포르투갈의 속령으로 남아 있었다.

탕헤르 앞바다엔 포르투갈 왕실 국기를 단 무장상선이 몇 척 정박해 있었지만, 한국 해군이 근해에 당도하는 순간 지중해 반대편으로 도망쳤다. 그러나 개의치 않은 이준성은 탕헤르 항구에 도착하기 무섭게 홍염해병군단부터 상륙시켰다.

전형적인 상륙 작전이었다. 항구를 점거한 한국 해군의 전함이 함포를 발사해 적 방어 기지를 초토화하는 동안, 상륙정 수십 척에 나눠 탑승한 홍염해병군단 해병대원이 부두에 속속들이 상륙해 탕헤르에 주둔한 포르투갈인을 몰아내기 시작했다.

정봉수가 이끄는 해병 1여단은 부두 왼쪽에 상륙해 그곳에 있던 요새를 공격했다. 요새 위에선 포르투갈인 수백 명이 머스킷을 쏘며 저항했지만, 거리가 멀어 위력이 떨어졌다.

망원경으로 요새의 방비를 확인한 정봉수가 바로 명령했다.

"박격포 중대에게 포격을 시작하라 전해라!"

"예!"

대답한 여단 통신 참모가 깃발을 흔들었다.

잠시 후, 박격포 중대가 발사한 백린탄이 요새 위에 떨어졌다.

처음에는 요새 앞과 뒤에 떨어져 적에게 큰 손해를 입히지 못했지만, 사정거리를 조정한 후에는 마침내 백뢰탄이 포르투갈인이 지키는 요새 성벽에 정확히 떨어져 내렸다.

펑펑펑펑!

백뢰탄이 요새 성벽에 떨어질 때마다 포르투갈인 서너 명이 붕 떠올라 성벽 밑으로 떨어졌다. 흡족한 표정으로 고개를 끄덕인 정봉수는 1, 2, 3, 5중대를 전선으로 내보냈다.

곧 네 개 중대 해병대원이 뇌격으로 엄호 사격을 가했다. 백뢰탄이 우박처럼 떨어지는 와중에 뇌격으로 발사한 뇌전마저 빗발치듯 날아가니 버틸 재간이 있을 리 만무했다.

위와 앞에서 동시에 공격당한 포르투갈인은 감히 성벽 밖으로 고개를 내밀 엄두를 내지 못했다. 그 모습을 서늘한 시선으로 지켜보던 정봉수가 부여단장을 불러 명령을 내렸다.

"부여단장은 6, 7, 8, 9, 10중대를 지휘해 요새를 점령하시오!"

"예, 장군!"

대답한 부여단장은 예비 병력으로 남아 있던 5개 중대 해병대원 600여 명과 함께 뇌격을 쏘며 요새 정문으로 돌격했다.

아군의 엄호 사격이 굉장했기 때문에 성문으로 돌격하는 해병대원을 향해 날아드는 적의 탄환은 고작 10여 발에 불과했다.

성벽에 바짝 붙은 부여단장은 바로 폭파 주특기를 지닌 대원 여럿을 성문에 투입했다. 곧 등에 커다란 배낭을 짊어진 폭파병이 성문에 달라붙어 배낭에 가져온 천왕뢰와 드릴, 다이너마이트를 이용해 성문 곳곳에 폭탄을 설치하기 시작했다.

부여단장은 폭파병을 엄호하기 위해 계속 소리쳤다.

"쉬지 않고 사격해 아군을 엄호해라! 척탄병은 일어나서 천뢰 5호와 운룡 5호를 성벽 위로 투척해라! 놈들이 정신을 차리지 못하게 해야 폭파병이 맡은 임무를 수행할 수 있다!"

곧 기골이 장대한 병사들이 탄띠 가슴에 달아 둔 천뢰 5호와 운룡 5호를 뜯어 손에 쥐었다. 그리고는 천뢰 5호와 운룡 5호에 달린 클립을 당겨 점화시킨 다음, 성벽 위로 던졌다.

기골이 장대한 만큼 손의 악력 역시 강해 병사들이 던진 천뢰 5호와 운룡 5호는 5, 6미터에 불과한 성벽을 단숨에 넘어 그 뒤에 숨어 있는 포르투갈인 병사의 머리에 떨어졌다.

척탄병은 정예 해병대원에게 주어지는 명예로운 칭호였다. 원래 옛날 수류탄은 무게가 많이 나가는 데다 언제 터질지 알 수 없는 탓에 용감하고 힘이 센 병사들을 따로 추려 수류탄을 적에게 던지는 임무, 즉 척탄을 맡겼다. 그리고 그 척탄을 수행하는 병사를 척탄병이란 이름으로 호칭했다.

천뢰 5호와 운룡 5호가 유럽이 전근대에 사용하던 수류탄처럼 엄청 무겁지는 않았지만 어쨌든 힘이 세고 용감해야 잘

던질 수 있는 것은 마찬가지여서 홍염해병군단 역시 정예 대원을 따로 추린 다음, 그들에게 척탄병 임무를 맡겼다.

평평평평평!

픽픽픽픽픽!

천뢰 5호와 운룡 5호는 폭발음이 달랐다. 천뢰 5호는 폭탄이어서 펑 하는 소리가 먼저 들리지만, 운룡 5호는 연막을 뿌려 시야를 가리는 용도인 탓에 무언가 새는 소리가 들렸다.

곧 요새 성벽 위에 연기가 뭉게구름처럼 치솟아 오르며 요새를 수비하는 포르투갈인 병사의 시야를 방해했다. 덕분에 안전하게 설치를 마친 폭파병이 돌아와 큰 소리로 경고했다.

"폭파 10초 전!"

그 소리에 성벽에 붙어 있던 해병대원 전원이 귀를 틀어막았다.

10초 후에 땅이 울리는 굉음과 함께 두꺼운 성문이 폭발하며 사방으로 날아갔다. 부여단장은 혹시 불발 난 폭탄이 있을지 몰라 직접 살펴본 후에 대원들을 요새 안으로 들여보냈다.

뇌격을 쏘며 요새 안으로 진입한 해병대원들은 불과 1시간 만에 요새 전체를 장악했다. 포르투갈인 몇십 명이 요새 가장 안쪽에 있는 타워에서 맹렬히 저항했지만, 해병대원이 타워 입구에 불을 지르는 바람에 대부분 질식해 죽었다.

해병 1여단이 1차 목표인 요새를 점령하는 동안, 강홍립이 이끄는 해병 2여단은 부두와 붙어 있는 시가지를 점령했다. 해병 2여단 대원들은 저격 중대, 박격포 중대의 엄호를 받으며 시가지를 구성하는 주요 건물을 차례차례 점령하다가 마지막에 적의 최후 거점이라 할 수 있는 성당을 태워 버렸다.

또한 슈메가 지휘하는 해병 3여단은 항구 밖에 매복해 있다가 도망치는 포르투갈인이 보이는 족족 사로잡아 포로로 삼았다.

이준성은 다음 날 새벽 경호실의 호위를 받으며 탕헤르에 상륙해 주위를 둘러보았다. 곳곳에서 불길이 치솟기는 하지만, 해병대원이 급히 진화한 덕에 불이 번질 위험은 없었다.

탕헤르에 해병 1여단을 남겨 지키게 한 이준성은 나머지 병력과 함께 다시 장보고함대에 승선해 북쪽으로 15킬로미터가량 떨어져 있는 지브롤터를 향해 나아갔다. 그러나 지브롤터는 탕헤르 상륙 때처럼 바로 쳐들어갈 수가 없었다.

에스파냐 역시 지브롤터가 중요하단 사실을 알아서 4,000명에 달하는 수비 병력을 파견해 둔 상태였다. 더욱이 이준성이 이끄는 함대가 케이프타운, 루안다를 거쳐 북상 중이란 소문이 온 유럽에 파다하게 퍼져 지원 부대를 급파한 탓에 지금은 거의 8,000명에 달하는 병력이 지키는 중이었다.

항간에 떠도는 소문처럼 한국 해군의 최종 목적지가 유럽이라면 전략적 요충지인 지브롤터만큼은 절대로 내어 줘서는 안 됐기 때문이었다.

한데 지브롤터 앞에는 에스파냐 소속 전함이 보이지 않았다. 평소에 수십 척이 넘는 무장상선, 전함, 교역선이 머무르는 활기찬 항구였단 점을 고려하면 확실히 이상한 일이었다. 그러나 속사정을 알면 그렇게까지 이상한 일은 아니었다.

현재 유럽은 이준성이 이끄는 한국 함대를 몹시 두려워했다. 그게 어느 정도냐면, 몽골 제국의 대군이 동유럽을 초토화할 때 느꼈던 공포가 연상된다는 풍문까지 있을 정도였다.

물론 이해가 가지 않는 일은 아니었다. 한국 해군은 동아시아, 남아시아, 아프리카에서 영국을 비롯해 네덜란드, 에스파냐, 포르투갈 등 유럽에서 난다 긴다 하는 해양 강국과 맞서 한 번도 패하지 않았다. 심지어 한국 해군에게 치명적인 손해를 입힌 적조차 없었다. 캘커타 앞에서 영국 해군이 화공선을 동원해 장보고함을 호위하던 호위함 몇 척을 침몰시킨 것이 유럽 열강이 한국 해군에 입힌 거의 유일한 피해였다.

그런 마당에 한국 해군을 상대로 자국의 전함을 내보내는 것은 낭떠러지 위에서 스스로 뛰어내리는 행동과 다름없었다.

이런 이유로 인해 에스파냐 왕실은 지브롤터에 전함을 파견하지 않았다. 아니, 원래 지브롤터에 있던 전함까지 대서양과 지중해 양쪽으로 피신시켜 놓았다. 대신, 한국군이 내륙으로 올라오지 못하도록 해안에서 저지한다는 계획을 세웠다.

이에 이준성 역시 작전을 바꿨다. 이준성은 야간에 한명련의 맹호특수전여단을 지브롤터 후방으로 잠입시켰다. 그리곤 맹호특수전여단에 내륙에서 오는 에스파냐 지원 부대를 차단하는 한편, 후방의 보급 기지 등을 폭파하란 지시를 내렸다.

맹호특수전여단이 작전에 막 들어갔을 무렵, 장보고함대 전함 20여 척이 지브롤터 항구로 돌격해 포격을 시작했다. 홍뢰와 청뢰가 화룡탄, 소화룡탄 수백 발을 쏟아부었다. 전이라면 포탄 한 발을 쏠 때마다 아까워 손이 떨릴 정도였지만, 지금은 아니었다. 지금은 거의 한 달 간격으로 한국 본토에서 출발한 무장상선 함대가 루안다 항구에 도착하는 중이었기 때문에 보급은 충분하다 못해 넘치는 상황이었다.

각 무장상선 함대는 호위 전함 5척, 무장상선 15척으로 이루어져 있었다. 즉, 전함 20여 척으로 이루어진 일종의 분함대인 셈이었다. 한데 그런 무장상선 함대가 한 달 간격으로 루안다 항구에 도착하려면 최소 20척으로 이루어진 분함대를 20개 운영해야 했다. 짐을 싣고 내리는 데 시간이 걸릴 뿐 아니라, 기상 상태가 나쁘면 며칠 혹은 몇 주 동안 항구를 나가지 못하기 때문이었다. 결국 20개의 분함대를 운영해야 이준성이 전 세계에 만들어 둔 항구에 보급품을 실어 나를 수 있었다.

문제는 말이 20개의 분함대지, 전함의 수만 최소 400척이
필요하단 뜻이었다. 거기다 한국 본토를 지키는 함대와 각
해역을 지키는 지역 함대, 그리고 이번 해양 원정의 주력인
장보고함대에 있는 전함까지 포함하면 최소 1,000척의 전함
이 필요했다.

  지금으로부터 불과 3년 전까지만 해도 전함 건조에 들어
가는 막대한 재정과 그 전함을 움직이는 승조원의 수급 문제
등이 겹쳐 충분한 수의 전함을 건조하지 못했다. 그러나 지
금은 이준성의 해양 원정이 마침내 수익을 내기 시작함에 따
라 1년에 80척에서 90척에 달하는 새 전함을 건조해 냈다.
그리고 진수와 시험 항해를 마친 전함을 바로바로 충원함에
따라 지금은 1,200척이 넘는 전함을 운영 중이었다.

  덕분에 장보고함대는 지브롤터를 향해 수천 발의 화룡탄
과 소화룡탄을 마음껏 쏟아부을 수 있었다. 평범한 철환이라
면 방어하는 쪽의 피해가 그렇게 크지 않겠지만, 화룡탄과 소
화룡탄은 폭발하는 포탄이어서 지브롤터의 방어 시설을 무
너트리는 일이 그리 어렵지 않았다. 더욱이 맹호특수전여단
이 지브롤터 북쪽에서 에스파냐 왕실이 보낸 지원병과 보급
품을 차단하는 중이었기에, 포격을 시작한 지 10일쯤 지났을
무렵에는 적의 사기가 눈에 띄게 떨어지는 모습을 보였다.

  지브롤터를 살펴보던 이준성은 고개를 끄덕이며 명령을
내렸다.

"해병대를 보내시오!"

"예!"

대답한 정충신이 바로 대기하던 해병대를 부두로 상륙시켰다. 상륙정 100여 척이 물살을 가르며 지브롤터로 돌격했다.

◆ ◈ ◆

지브롤터를 사수하는 에스파냐 병사들의 저항이 거세긴 했지만, 10일간 포격을 당한 데다 보급품까지 끊기는 바람에 상륙 작전을 벌인 지 6시간쯤 지났을 무렵 백기가 올라왔다.

이준성은 지브롤터에 상륙해 전장을 직접 정리했다. 우선 포로로 잡은 에스파냐인 병사 3,000여 명을 급조한 감옥에 가둔 다음 통역을 시켜 여기서 죽을 건지, 아니면 투항할 건지 선택하게 하였다. 얼마 후, 그중 귀족으로 보이는 300여 명만 끝까지 투항을 거부했다. 그는 귀족들이 원하는 대로 그들을 처형장에 끌고 가 전부 총살했다. 그와 동시에 투항한 에스파냐 병사 2,700여 명을 처형장 주위에 빙 둘러 세워 놓아 귀족들이 처형당하는 모습을 끝까지 지켜보게 하였다.

이렇게 한 데엔 몇 가지 의도가 있었다. 첫 번째는 전쟁이 끝날 때까지 포로 3,000명을 데리고 있을 생각이 없어서였다.

만일 포로 3,000명을 그대로 놔두면, 전투 중에 적과 내통하여 지브롤터 내부에서 반란을 일으킬 위험이 있었다. 그리고 아무 일도 하지 않는 포로에게 식량을 공급하는 일 역시 마음이 내키지 않긴 매한가지였다. 그럴 바에야 처음부터 깨끗이 정리해 후환을 없애고 쓸데없는 지출도 없애는 게 나았다.

두 번째는 투항한 에스파냐인 병사들이 겁을 먹길 바라서였다. 이준성이 만만치 않단 인상을 미리 심어 놓아야 투항한 에스파냐인 병사들이 딴마음을 먹지 않을 확률이 높았다.

착한 사람 흉내나 내며 포로에게 유화적인 태도를 견지하면, 그를 얕봐 중요한 순간에 반란을 일으킬 위험이 존재했다.

다행히 그의 의도가 제대로 먹혀 투항한 에스파냐 병사들은 감히 딴마음을 품을 생각을 하지 못했다. 이준성은 그들에게 생명을 유지할 수 있는 최소한의 식량과 식수를 공급한 다음, 포격 때문에 무너진 방어 시설부터 빠르게 재건했다.

앞으로 전투를 치러야 하는 해병대원과 승조원을 동원해 방어 시설을 재건하면 전투를 치르기 전에 지칠 위험이 있었다.

특히 지브롤터가 가진 특성 때문에 포로가 가진 노동력이 꼭 필요했다. 지브롤터는 이베리아반도 최남단에 있는 탓에 육지에서 적이 쳐들어오는 경우는 거의 없었다. 만약 적이 이베리아반도 최남단까지 쳐들어온다면, 그건 한참 전에 나라가 멸망했단 의미나 다름없었기 때문에 저항할 이유가 없었다.

그러나 바다 쪽에선 누가 쳐들어올지 알 수 없는 탓에 육지보다는 바다를 바라보는 방향에 방어 시설이 많은 편이었다.

하지만 지금은 정반대였다. 한국군이 지브롤터를 점령한 지금은 바다보다 내륙 방향에서 적이 나타날 확률이 크기 때문에 이준성은 포로를 동원해 내륙 방향에 방어 시설을 확충했다.

방어 시설을 어느 정도 갖추었을 무렵, 에스파냐 왕실이 보낸 병력이 도착했다. 에스파냐는 한때 육군 쪽에서는 테르시오, 해군 쪽에서는 무적함대라 불리던 막강한 군 전력을 보유한 유럽 최강의 군사 대국이었지만, 네덜란드 독립전쟁과 위그노 전쟁 등에 계속 휘말린 데다 펠리페 2세의 뒤를 이은 황제들이 변변치 못한 탓에 국력이 급격히 쇠한 상태였다.

그게 어느 정도냐면 무려 세 차례에 걸쳐 나라가 파산할 정도였다. 그러나 17세기 초반에서 중반으로 넘어가던 이 시기는 에스파냐가 그래도 아직 비장의 한 수는 남아 있던 시기라, 한국군에 빼앗긴 자국의 중요한 요충지인 지브롤터를 탈환하기 위해 3만 명이 넘는 대군을 동원해 쳐들어왔다.

이준성은 1미터 높이로 쌓은 성채 위에 올라가 인드라망으로 전진해 오는 에스파냐 병력을 살펴보았다. 에스파냐는 예

상대로 그들을 대표하는 테르시오 전술을 쓰는 중이었다.

기다란 창, 즉 파이크를 든 장창병이 가운데 집결해 방진을 구성하면 그 바로 앞에 머스킷, 네 모서리에 아르퀘부스를 든 총병을 배치했다. 그리고 갑옷으로 전신을 감싼 중보병이 칼과 방패를 들고 방진 전체를 보호하듯이 위치했다.

테르시오를 쉽게 설명하면 파이크를 쓰는 장창병과 머스킷을 사용하는 총병을 적절히 섞어 적을 상대하는 전술이었다.

유럽의 다른 국가들은 머스킷의 대중화에 발맞춰 총병을 주력으로 하는 선형진 형태의 전술을 도입하던 반면, 에스파냐는 여전히 장창병의 비율이 높은 테르시오를 고집했다. 장창병의 비중이 높은 테르시오를 이용해 거의 2세기 가까이 유럽을 호령했던지라, 쉽게 포기할 수 없는 듯했다.

이준성은 인드라망 배율을 높여 테르시오 옆을 쳐다보았다. 그곳에는 군마에 탑승한 중기병 2,000기가 자리해 있었다.

그러나 중기병은 에스파냐 보병과 체구, 머리카락과 눈동자의 색이 달랐다. 독일에서 온 용병이기 때문이었다.

이베리아가 넓긴 하지만 말을 키울 수 있는 초지 자체는 다른 유럽보다 적어 기병이 거의 발달하지 않았다. 그런 이유로 자체적으로 기병을 양성하기보단 다른 나라의 용맹한 기병을 돈을 주고 고용해 전투를 치르는 경우가 아주 많았다.

지금 역시 마찬가지였다. 보병인 테르시오 쪽에는 에스파냐인, 포르투갈인, 이탈리아인, 벨기에인 등이 섞여 있지만, 기병만큼은 전원 독일에서 건너온 용병으로 이루어져 있었다.

에스파냐인 부대에 포르투갈인이 끼어 있는 이유는 현재 에스파냐와 포르투갈이 형식적으론 합병 상태이기 때문이었다. 그리고 이탈리아인과 벨기에인이 있는 이유는 에스파냐가 전성기 시절에 얻은 영토가 전 유럽에 퍼져 있기 때문이었다.

특히 베네룩스 삼국이라 불리는 벨기에, 네덜란드, 룩셈부르크가 에스파냐의 식민지였는데 이 베네룩스 삼국은 일찍부터 상업이 발달하여 에스파냐 재정에 큰 비중을 차지했다.

한데 그 베네룩스 삼국 중 영토가 가장 넓은 네덜란드가 에스파냐 왕실이 정한 가혹한 세금과 내정 간섭 때문에 불만을 품어 무려 90년 가까이 이어지는 독립 전쟁을 일으켰다.

에스파냐 입장으로선 눈앞에 최악의 상황이 펼쳐진 셈이었다. 네덜란드가 독립 전쟁을 일으키는 바람에 네덜란드에서 들어오던 막대한 세수가 끊겼을 뿐만 아니라, 영국 등의 지원을 받은 네덜란드 반란 세력과 전쟁을 치르는 데 막대한 전비를 소모한 탓에 나라가 파산할 지경에 이른 것이다.

지브롤터 성벽에 서서 인드라망으로 에스파냐 3만 병력이 천천히 다가오는 모습을 지켜보던 이준성은 손을 번쩍 들었다.

그 순간, 성벽에 설치해 둔 홍뢰 20여 문과 청뢰 10여 문이 동시에 포탄을 발사해 테르시오 진형을 뒤흔들었다.

이준성은 이번 전투를 위해 전함에 실려 있는 함포를 떼다가 성벽에 설치했다. 이를테면 함포를 요새포로 바꾼 것이다.

이준성은 에스파냐군이 요새포 사정거리에 들어오는 순간, 재빨리 손을 들어 포격을 명령했다. 그리고 이준성의 손만 바라보던 포병들은 즉시 요새포를 발사해 적을 선공했다.

콰콰콰콰콰쾅!

방진을 구성한 상태에서 천천히 전진하던 에스파냐군에 요새포로 발사한 포탄 수십 발이 작렬하는 순간, 탄착지 부근에 있던 에스파냐 병사들이 흙과 함께 공중으로 떠올랐다.

아마 에스파냐 병사들은 이런 광경을 전에 본 적이 없었을 것이다. 물론 유럽 또한 전투에 화포를 동원하는 게 이젠 아주 자연스러운 현상이지만, 철환이 날아드는 상황과 폭발하는 포탄이 날아드는 상황은 아예 차원이 다른 문제였다.

그러나 에스파냐 병사들은 전진을 멈추지 않았다. 불과 몇 초 전까지만 해도 옆에서 같이 얘기를 나누던 동료들이 포탄이 뿜어낸 폭발력 때문에 사지가 찢겨 날아가는 참혹한 모습을 보았음에도 도망치거나 대열이 흐트러지지 않았다.

이는 에스파냐 병사 대부분이 아주 독실한 가톨릭 신자이기 때문이었다. 또, 이베리아반도 남부를 점령한 무어인을 상대로 벌인 독립 전쟁인 레콘키스타를 무려 700년 가까이 치렀기 때문에 평소에 상무 정신이 아주 투철한 덕분이었다.

이준성은 에스파냐 병사가 보여 주는 용기에 감탄을 금치 못했다. 그러나 감탄한 것과 전투는 전혀 별개의 문제였다.

이준성은 테르시오가 뇌격의 사정거리에 들어오는 순간, 또다시 손을 들어 올렸다. 그 순간, 성벽 뒤에 대기 중이던 2여단 해병대원이 성채에 거치해 둔 뇌격의 방아쇠를 당겼다.

탕탕탕탕탕!

뇌격의 총성이 마치 기관총을 발사할 때처럼 어지럽게 울릴 때, 테르시오 방진을 구성하던 장창병이 도미노가 쓰러지듯 쓰러져 나갔다. 심지어 천관을 사용하는 저격 중대가 저격에 돌입했을 때는 군마를 탄 장교마저 픽픽 죽어 나갔다.

한데 에스파냐 병사들은 한국군을 수백 년 전 이베리아반도 남부를 강탈한 이교도와 동일시하는지 후퇴할 기미가 없었다. 그들에겐 이번 전투가 거의 성전이나 다름없는 듯했다.

에스파냐 병사들은 2,000명에 달하는 큰 손해를 입은 후에야 마침내 머스킷과 아르쿼부스를 쏠 수 있는 거리에 이르렀다.

이 시기에 머스킷과 아르쿼부스를 나누는 기준은 무게인 경우가 많았다. 머스킷은 소형 대포와 마찬가지여서 발사할 때 총신 무게를 지탱해 주는 지지대가 반드시 있어야 했다.

그리고 아르퀘부스는 머스킷보다 무게가 가벼워 총병이 다른 기구의 도움 없이 바로 발사할 수 있었다. 물론 위력은 무게가 많이 나가는 머스킷이 좋았는데, 그 때문인지 100년쯤 지난 후에는 모든 소총을 머스킷이라 부르기 시작했다.

탕탕탕탕탕!

에스파냐 총병 수백 명이 일제히 발사한 머스킷과 아르퀘부스 탄환이 지브롤터 성채 곳곳에 틀어박혔다. 그러나 성채의 성가퀴로 몸을 보호한 상태에서 뇌격의 총구만 밖으로 내밀어 발포하는 해병대원에게는 큰 위협을 주지 못했다.

더구나 해병대원은 탄 클립을 장착한 뇌격으로 다섯 발을 연속해 발사할 수가 있었기 때문에 화력 차이마저 극심했다.

화력으로는 한국군을 이길 수 없다는 생각이 들었는지 에스파냐군 수뇌부가 급히 장창병과 중보병을 연달아 내보냈다.

장창병은 앞서 말한 파이크병이었는데, 에스파냐 언어로는 피케로라 불렀다. 한데 장창병 역시 두 종류로 나뉘었다. 갑옷을 일부 혹은 전혀 입지 않은 장창병은 피케로, 갑옷을 제대로 갖춰 입은 장창병은 코셀레테라 불렀다. 수는 피케로가 많지만, 장창병 부대의 주력은 당연히 갑옷을 입은 코셀레테가 맡았다.

또한 중보병은 갑옷을 갖춘 상태에서 검과 방패를 들었는데, 에스파냐인은 이들을 로델레로라 불렀다. 로델레로의 주요 임무는 동작이 느린 피케로와 코셀레테를 기동성을 갖춘 적의 기병이나 경장보병의 손에서 지켜 내는 것이었다.

지금 역시 마찬가지여서 로델레로가 맨 앞에 섰다. 그리고 바로 뒤에 코셀레테가 섰으며 마지막에는 피케로가 위치했다.

한국군이 에스파냐군을 막기 위해 지브롤터 북쪽에 쌓은 성벽의 높이는 1미터에 불과했다. 기간이 짧았던 데다, 건설에 동원할 수 있는 포로의 숫자가 많지 않아 어쩔 수 없었다.

에스파냐군 수뇌부는 어떻게든 성벽에만 접근할 수 있으면 숫자가 많다는 이점을 이용해 성채를 쉽게 점령할 수 있을 거라 내다본 것 같았다. 용감한 코셀레테가 2여단 해병대원이 쏘는 수백 발의 탄환을 앞에서 대신 맞아 주는 동안, 장창병이 만든 방진은 끊임없이 성벽과의 거리를 좁혀 왔다.

그 모습을 서늘한 눈으로 지켜보던 이준성이 팔을 들어 올렸다.

그 순간, 준비를 마친 상태로 대기하던 박격포 중대가 백뢰탄을 발사했다. 높은 포물선을 그린 백뢰탄이 작렬하는 순간, 단단하게 뭉쳐 있던 에스파냐군 방진 사이에 균열이 생겼다.

그뿐만이 아니었다. 척탄병 수십 명이 천뢰 5호를 적의 머리 위에 투척했다. 심지어 힘이 좋은 병사들은 천뢰 5호를 몇 개 뭉쳐 제작한 천왕뢰까지 적에게 투척했다. 전선 여기저기서 폭음이 울리며 성채에 접근하던 적이 나가떨어졌다.

그러나 에스파냐군 역시 거의 200년간 명성을 떨친 군대답게 쉽게 포기하지 않았다. 엄청난 피해를 보았지만, 그들이 원하던 대로 1미터에 불과한 성채에 도달하는 데 성공했다.

살아남은 에스파냐군이 성벽을 기어올라 해병대원과 백병전을 벌였다. 해병대 또한 백병전에는 누구보다 뛰어났기 때문에 뒤로 물러서는 법 없이 처절한 살육전을 전개했다.

한편, 이준성은 탄 클립을 장전해 둔 뇌격으로 성벽을 기어올라 오는 에스파냐군을 쏘았다. 막 다섯 번째 적을 죽였을 때, 탄 클립이 팅 하는 소리를 내며 위로 튕겨 올라왔다.

이준성은 재빨리 성가퀴에 기대 놓은 두 번째 뇌격으로 손을 뻗었다. 그러나 총구를 잡는 순간, 에스파냐군이 성가퀴 위에서 뛰어내리며 칼로 머리를 베어 왔다. 그는 총검을 장착해 둔 뇌격으로 칼을 막은 다음, 개머리판을 휘둘러 에스파냐군 관자놀이를 후려갈겼다. 에스파냐군은 마치 전기에 감전당한 사람처럼 몸이 뻣뻣하게 굳어 픽 쓰러졌다.

이준성은 그 틈에 두 번째 뇌격으로 에스파냐군 다섯 명을 연달아 죽였다. 비록 표적이 좌우로 움직이기는 했지만, 거리가 아주 가까운 덕에 빗나가는 탄환은 보이지 않았다.

뇌격 두 자루에 장전해 둔 탄 클립을 다 소모한 이준성은 연뢰를 뽑아 사격했다. 물론, 연뢰 역시 장탄 수가 그리 많지 않아 실린더에 있는 소뇌전을 금세 소모해 버렸다.

이준성은 하는 수 없이 칼을 뽑아 적을 상대했다. 이미 지천명을 넘긴 나이지만 근력은 젊을 때와 별 차이가 없어 칼이 번쩍하며 지나갈 때마다 적의 머리와 팔다리가 잘려 나갔다.

젊을 때와 다른 점이라면 예전처럼 오래 싸울 수 없다는 점 정도였다. 젊을 때는 한두 시간 싸우는 건 일도 아니었다. 심지어는 반나절 가까이 전투를 치른 경험마저 있었다.

가슴을 베어 오는 적의 칼을 가볍게 피한 이준성은 곧바로 수중의 칼을 위로 올려쳤다. 그 순간, 얼굴 반이 잘려 나간 적이 비명을 지르며 주저앉았다. 그는 주저앉은 적의 목에 칼을 쑤셔 박은 다음, 죽은 적을 성가퀴 위로 던져 버렸다.

성가퀴 위를 넘어오던 적 두 명이 시체에 맞아 나동그라졌다. 그때, 적 두 명이 양쪽에서 함성을 지르며 덮쳐 왔다. 성채가 그리 넓지 않은 탓에 피하기엔 이미 늦은 상황이었다.

그러나 옆에서 그를 호위하던 낭환이 그중 한 명을 없애 준 덕분에 이준성은 옆으로 몸을 날리듯이 피했다. 그리고는 적의 배에 칼을 깊숙이 찔러 넣은 상태에서 위로 들어 올렸다. 그 즉시, 배가 갈라지며 적이 선혈과 장기를 쏟아 냈다.

미간을 살짝 찌푸린 이준성은 고개를 들어 올려 정면을 바라보았다. 칼과 방패를 소지한 로델레로가 거의 다 죽었는지 장창을 소지한 코셀레테와 피케로가 성가퀴를 넘어오기 시작했다. 장창을 소지한 코셀레테와 피케로가 성가퀴 위에 서서 성채를 내려다보며 창을 찌르면 막기가 쉽지 않았다.

이준성은 재빨리 소리쳤다.

"터트려라!"

그 말이 끝나기 무섭게 성벽 바깥에 달아 둔 은철뢰 수백 개가 엄청난 섬광과 굉음을 토해 내며 차례대로 터져 나갔다.

〈11권에 계속〉